MW01705719

Les Secrétaires

Catalogage avant publication de Bibliothèque et Archives nationales du Québec et Bibliothèque et Archives Canada

Pion, Marylène, 1973-
Les secrétaires
Sommaire : 1. Place Ville Marie
ISBN 978-2-89585-594-1 (vol. 1)
I. Pion, Marylène, 1973- . Place Ville Marie. II. Titre.
PS8631.I62S62 2015 C843'.6 C2014-942744-1
PS9631.I62S62 2015

Les Éditeurs réunis bénéficient du soutien financier de la SODEC et du Programme de crédit d'impôt du gouvernement du Québec.

Nous remercions le Conseil des Arts du Canada de l'aide accordée à notre programme de publication.

Nous reconnaissons l'aide financière du gouvernement du Canada par l'entremise du Fonds du livre du Canada pour nos activités d'édition.

Édition :
LES ÉDITEURS RÉUNIS
www.lesediteursreunis.com

Distribution au Canada :
PROLOGUE
www.prologue.ca

Distribution en Europe :
DNM
www.librairieduquebec.fr

Suivez les activités de Marylène Pion et des Éditeurs réunis sur Facebook.

Imprimé au Canada

Dépôt légal : 2015
Bibliothèque et Archives nationales du Québec
Bibliothèque nationale du Canada
Bibliothèque nationale de France

MARYLÈNE PION

Les Secrétaires

★

Place Ville Marie

LES ÉDITEURS RÉUNIS

De la même auteure

Les infirmières de Notre-Dame – tome 1. Flavie, roman, Les Éditeurs réunis, 2013.

Les infirmières de Notre-Dame – tome 2. Simone, roman, Les Éditeurs réunis, 2013.

Les infirmières de Notre-Dame – tome 3. Évelina, roman, Les Éditeurs réunis, 2014.

Les infirmières de Notre-Dame – tome 4. Les Nursing Sisters, roman, Les Éditeurs réunis, 2014.

Flora, une femme parmi les Patriotes – tome 1. Les routes de la liberté, roman historique, Les Éditeurs réunis, 2011.

Flora, une femme parmi les Patriotes – tome 2. Les sacrifices de l'exil, roman historique, Les Éditeurs réunis, 2012.

À paraître à l'automne 2015 :

Les secrétaires – tome 2.

En souvenir de ma grand-maman Jeannine.

1

Dès qu'elle sortit de chez elle, Claire sut tout de suite que son idée de porter le tailleur pour aller travailler n'était peut-être pas très appropriée. La chaleur presque estivale de ce matin d'octobre la frappa de plein fouet lorsqu'elle passa la porte du logement rue du Couvent, tout près de l'église Saint-Henri. « C'est sûrement l'été indien ! » songea-t-elle en poursuivant son chemin malgré tout. Sa mère serait beaucoup trop déçue de la voir revenir à la maison pour se changer. Claire voulait faire bonne impression pour sa première journée de travail. De toute façon, l'air était climatisé à la Place Ville Marie !

Les choses ne s'arrangèrent guère dans l'autobus. En cette heure d'achalandage, Claire dut se résoudre à faire le trajet debout. Sentant les gouttes de sueur glisser le long de sa colonne vertébrale, la jeune femme retira sa veste pour essayer de faire sécher sa blouse crème qui serait trempée avant même qu'elle ne franchisse les portes tournantes de la Place Ville Marie. Sa bonne humeur matinale la quittait peu à peu. Elle aurait vraiment dû retourner chez elle pour se vêtir autrement pendant qu'il en était encore temps. Sa tenue serait gâchée, sa mise en plis – à laquelle elle avait consacré plus d'une demi-heure – serait tout à fait anéantie. En plus, elle avait déjà mal aux pieds à cause de ses escarpins neufs. Claire était au bord des larmes lorsque l'autobus s'immobilisa à l'arrêt où elle devait descendre. Elle renifla bruyamment pour se donner du courage et sortit du véhicule.

Après s'être arrêtée devant l'imposant édifice, la jeune femme de vingt-deux ans détailla sa silhouette dans le reflet d'une des fenêtres. La vitre lui renvoya une image un peu moins fraîche et dispose qu'à son départ de la maison. « Wow ! Toute une arrivée pour une première journée ! » Sa chevelure brune lui collait au front et elle était rouge comme une pivoine. Se recoiffant du bout des doigts, elle remit sa veste pour cacher les cernes disgracieux apparus sous ses aisselles et sortit son rouge à lèvres afin de s'en réappliquer. À l'aide d'un mouchoir trouvé au fond de son sac à main, elle s'épongea le front tout en détaillant le lion et la couronne emblématique de la Banque Royale qui s'affichait sur l'entrée du grand hall ouest de la Place Ville Marie. L'esplanade grouillait de gens se dépêchant de se rendre au travail. L'ambiance était bien différente du quartier Saint-Henri et, malgré ses contrariétés, Claire ressentit une bouffée de fierté en pensant qu'elle faisait maintenant partie de ces travailleurs. Peu importe ses origines, elle pouvait désormais se fondre dans la masse des commis et secrétaires qui s'engouffraient dans l'immeuble surplombant la métropole.

Franchissant les portes tournantes, Claire constata que la même effervescence régnait à l'intérieur de l'édifice. Se dirigeant d'un pas incertain vers le guichet d'information, elle fut bousculée par un groupe de jeunes femmes qui se pressaient vers les ascenseurs. Soudain, elle se sentit mal. Peut-être aurait-elle dû déjeuner ce matin ? Parcourant des yeux le hall d'entrée, elle se précipita vers un banc et s'y affaissa. Elle ne se sentait pas bien du tout. « Je ne vais pas m'évanouir ici parmi toutes ces personnes, quand même ! » pensa-t-elle, angoissée, en prenant de profondes respirations pour se calmer. Elle s'adossa au dossier du banc et ferma les yeux quelques instants, s'aérant avec son sac à main. Une voix douce la tira de sa torpeur.

— Vous allez bien, mademoiselle ?

Claire ouvrit les yeux. Un homme d'une trentaine d'années, le regard inquiet, se tenait devant elle. Visiblement, il attendait une réponse de sa part.

— Ça va un peu mieux. J'ai eu un coup de chaleur, c'est tout.

Sentant son estomac gargouiller, Claire se promit de ne plus jamais lever le nez sur le gruau de sa mère. « Un café n'est pas suffisant pour nourrir quelqu'un ! » songea-t-elle, se blâmant de ne rien avoir avalé d'autre.

— Vous êtes d'une telle pâleur ! Vous êtes certaine que vous vous sentez bien ?

La jeune femme hocha péniblement la tête.

— Attendez-moi ici, lui dit l'inconnu. Je reviens dans une minute.

Claire le suivit des yeux tandis qu'il s'éloignait. Élégant et les cheveux châtains coupés court, il portait un chic complet gris perle. De toute évidence, il ne voyageait pas à bord d'un autobus bondé pour venir ici – l'odeur de son eau de Cologne planait aux alentours, prouvant qu'il était encore frais et dispos. Claire attendit pendant quelques minutes son retour. Heureusement, l'air conditionné de la Place Ville Marie lui avait fait du bien. Elle se leva, certaine que l'homme ne reviendrait pas. C'est alors qu'elle remarqua sa mallette à côté du banc. Claire allait la saisir lorsqu'elle vit son bon Samaritain réapparaître, tenant une brioche d'une main et, de l'autre, un jus d'orange.

— Vous alliez partir comme ça? Allez! Buvez un peu, ça vous fera du bien.

L'inconnu la força à se rasseoir et lui tendit le verre de jus d'orange. Claire ferma les yeux pendant que le liquide descendait dans sa gorge. Après en avoir englouti la moitié, elle ressentit un grand bien-être. Elle termina la boisson à petites gorgées et tendit ensuite le gobelet à son interlocuteur. Ce dernier lui fit un clin d'œil avant d'aller le jeter dans une poubelle tout près. La jeune femme mordit dans la brioche et se délecta du goût délicieux de la cannelle. Marmonnant un merci à son sauveur, elle regarda sa montre. Elle sursauta. Elle était déjà en retard d'une quinzaine de minutes. Se levant à la hâte, elle remballa la pâtisserie dans le sachet de papier kraft et saisit son sac à main.

— Combien est-ce que je vous dois pour la brioche et le jus? demanda-t-elle avant de sortir son porte-monnaie.

— Ce n'est rien! s'exclama-t-il. Je dispose d'un fonds monétaire pour venir en aide aux jeunes femmes en détresse! plaisanta-t-il en refusant l'argent qu'elle lui tendait.

Claire rangea ses sous et le reste de la brioche dans son sac. L'inconnu l'observait avec un sourire en coin. Claire aurait aimé faire plus ample connaissance avec lui. Son sourire franc et ses yeux bleus lui donnaient un air sympathique.

— Je suis en retard..., annonça la jeune femme. C'est ma première journée de travail!

Elle sentit un vertige l'assaillir. L'homme lui prit délicatement le coude pour la soutenir.

— Je peux peut-être vous accompagner. De toute façon, je suis déjà en retard pour mon rendez-vous. Où allez-vous ?

— Je suis attendue au Service des comptes courants de la Banque Royale. Je ne sais pas à quel étage il se trouve. J'allais m'informer lorsque j'ai eu mon malaise...

Les yeux bleus de l'inconnu s'écarquillèrent.

— Drôle de coïncidence ! C'est justement là où je vais, moi aussi. Laissez-moi vous y emmener.

Claire consentit. Après tout, elle ignorait où elle devait se rendre exactement. Elle laissa l'homme s'occuper de l'ascenseur, dans lequel elle s'engouffra à sa suite. Quand le parfum de son compagnon lui effleura les narines, elle se laissa porter par ces effluves.

L'ascenseur s'arrêta au troisième étage. Claire suivit le jeune homme. La réception était décorée avec goût ; une moquette moelleuse brun orangé recouvrait entièrement le sol et, au centre de la pièce, trônait le bureau de la réceptionniste. Le mobilier de bureau moderne ajoutait une touche de distinction à l'endroit. Dans un coin, des fauteuils en cuir étaient disposés autour d'une table basse en guise de salle d'attente pour les clients importants de la banque. Quelques tableaux d'art abstrait étaient accrochés aux murs. Claire n'aurait su dire de quel artiste il s'agissait – et elle n'était pas certaine d'aimer cet amalgame de taches de couleur qui s'agençaient avec les teintes orangées de la moquette. Des plantes vertes, probablement en plastique, agrémentaient les lieux. L'inconnu lui tenait toujours délicatement le coude pour la guider. Sans lever les yeux vers les arrivants, la réceptionniste demanda d'une voix nasillarde :

— C'est à quel sujet ?

Claire répondit timidement qu'elle commençait aujourd'hui son travail de secrétaire pour monsieur Coulter.

— Je vais informer mademoiselle Durham que vous êtes enfin arrivée.

La réceptionniste avait insisté sur le mot « enfin » tout en invitant Claire d'un geste machinal à aller s'asseoir dans un des fauteuils situés un peu plus loin pour attendre. Claire obtempéra, laissant son bienfaiteur debout à l'accueil. Une jeune femme rousse approximativement du même âge qu'elle, qui venait de déposer des papiers devant sa collègue, lui sourit. Claire lui retourna la pareille avant de s'installer dans un fauteuil. Sentant la nervosité la regagner, elle se cala dans son siège et prit une profonde respiration. Elle espérait que mademoiselle Durham ne lui reprocherait pas son retard. Son accompagnateur vint s'asseoir près d'elle. Visiblement, il avait reçu les mêmes instructions.

Il eut tout juste le temps de lui sourire pour la rassurer lorsqu'une porte donnant sur le hall s'ouvrit. Un homme d'une cinquantaine d'années aux cheveux grisonnants s'avança vers le voisin de Claire en lui tendant la main.

— Romain ! s'écria-t-il. J'espère que vous allez bien ! Désirez-vous un café ?

S'adressant à la réceptionniste avant de retourner dans son bureau, il ajouta :

— Apportez-nous deux cafés, Marthe.

— Très bien, monsieur.

La porte se referma sur le visiteur et le nouveau patron de Claire. À regret, cette dernière détourna le regard. Elle aurait bien aimé prendre le temps de remercier son bon Samaritain pour son aide, mais il n'était déjà plus là. Dès que la réceptionniste l'interpella, Claire s'approcha.

— Je ne peux pas quitter l'accueil, car j'occupe un poste très important ici : c'est moi qui reçois tous les appels du service. Habituellement, mademoiselle Durham se charge du café de monsieur Coulter. Mais puisqu'il semblerait que vous travailliez maintenant ici, mademoiselle Lemay, et que cette tâche fait partie de vos attributions, pourriez-vous servir le café à monsieur Coulter ?

Claire gagna la petite pièce que Marthe lui avait désignée de ses ongles manucurés. Dans la cuisinette, une cafetière était déjà prête. La jeune femme versa le liquide fumant dans deux tasses, qu'elle disposa ensuite sur un plateau. N'ayant aucune idée de la façon dont monsieur Coulter prenait son café, elle sortit de l'armoire un pot à lait vide et le remplit. Ce contenant, un sucrier et deux cuillères allèrent rejoindre les tasses. Essayant de calmer ses tremblements, Claire retourna à la réception. Elle frappa à la porte du bureau de monsieur Coulter et attendit une réponse. Marthe lui fit signe d'entrer, ce qu'elle fit en hésitant. Le visage de l'inconnu s'illumina en la voyant, mais le patron ne leva pas le nez du document qu'il lisait, assis à son bureau. Claire déposa le plateau sur un guéridon avant de demander d'une voix timide ce que monsieur Coulter préférait dans son café.

— Pourquoi cette question, Marthe ? demanda le supérieur sans détacher son regard des papiers posés devant lui. Vous devriez le savoir depuis le temps !

Claire ignorait comment réagir. Devait-elle insister ? De toute évidence, monsieur Coulter croyait qu'il avait affaire à la réceptionniste. Sensible au désarroi de la jeune femme, l'homme, encore une fois, vint à sa rescousse. Il se leva.

— Deux sucres et du lait, sans oublier une larme de brandy pour le patron, mademoiselle. Pour ma part, je préfère mon café noir !

George Coulter leva enfin la tête. Sans tarder, il se dirigea vers Claire en souriant.

— Vous êtes nouvelle, miss ?

— Je m'appelle Claire Lemay. Effectivement, c'est ma première journée ici, monsieur.

Monsieur Coulter prit sa tasse de café. Constatant la gêne de l'employée, il se fit rassurant.

— Romain connaît bien mes goûts ! clama-t-il. Et puis vous verrez que je ne suis pas tellement difficile. Et je suis beaucoup moins menaçant que je le parais ! ajouta-t-il avant d'éclater d'un rire franc.

Il regagna sa place. Romain fit un clin d'œil à Claire avant de se rasseoir, lui aussi. Claire s'éclipsa.

Une fois sortie du bureau, elle s'installa dans le même fauteuil que Marthe lui avait désigné auparavant. De toute évidence, malgré « l'importance de son poste », la réceptionniste avait déserté son antre. Claire se détendit ; son patron avait l'air conciliant et aimable. Un léger sourire se plaqua sur ses lèvres. Elle n'oublierait pas de sitôt de quelle façon il prenait son café puisqu'il avait les mêmes goûts qu'elle – à l'exception du brandy, si tôt le matin !

Une voix stridente brisa le silence des lieux. Une femme dans la quarantaine entra en trombe dans le hall.

— Vous voilà enfin, miss Lemay ! Vous avez près d'une quarantaine de minutes de retard. Monsieur Coulter déteste les gens qui manquent de ponctualité !

La nouvelle employée entreprit d'expliquer ce qui s'était passé, mais la femme la fit taire d'un geste. Elle détailla Claire des pieds à la tête, puis lui dit sur un ton autoritaire :

— Suivez-moi immédiatement pour que je vous donne vos instructions. Je serais gênée à votre place d'arriver aussi tard ! maugréa-t-elle avec un fort accent anglais pendant que Claire la suivait d'un pas incertain.

Claire venait de faire la connaissance d'Eunice Durham. Et si monsieur Coulter s'avérait une aimable personne, on ne pouvait en dire autant de cette femme !

* * *

Assise à son bureau, Claire éprouvait une grande satisfaction en pensant qu'elle faisait maintenant partie du personnel de la Banque Royale, et ce, dans les nouveaux bureaux de la Place Ville Marie. Elle avait rêvé de ce moment-là si souvent ! Heureuse, elle songeait au début de cette journée remarquable. Un peu plus tôt, ce matin-là, Claire avait tournoyé dans la cuisine pour montrer à sa mère et à son frère comme elle était élégante pour sa première journée de travail.

— Ouais, la sœur ! Tu es *swell* à matin !

Délaissant son journal, Denis avait émis un sifflement admiratif. Le tailleur cousu par Henriette, leur mère, mettait en évidence la silhouette élancée de Claire. Henriette s'était essuyé les mains sur son tablier et avait approuvé de la tête. Puis elle avait déposé un bol de gruau sur la table en faisant signe à sa fille de s'asseoir pour manger. Cette dernière avait refusé en levant la main.

— Merci, maman, mais je ne pourrai rien avaler. Je suis beaucoup trop nerveuse.

— Tu ne vas pas partir le ventre vide ! Allez !

Devant l'insistance de sa mère, Claire avait soupiré et s'était installée à sa place, regardant le bol de gruau du coin de l'œil. S'étant laissé convaincre, elle avait pris une bouchée. Mais elle avait rapidement repoussé le bol, sa nervosité l'empêchant de se sustenter. Elle s'était contentée de se verser une tasse de café, agrémentant la boisson chaude de lait et de sucre. Après avoir consulté sa montre, Denis avait terminé rapidement son café avant de se lever d'un bond.

— Il faut que j'y aille, moi !

Sa mère lui avait tendu sa boîte à lunch. Il avait plaqué un baiser sonore sur la joue d'Henriette avant d'empoigner son repas.

— Merci, ma petite maman, de prendre si bien soin de moi ! Sans vous, je ne sais pas ce que je ferais.

— Tu préparerais toi-même tes lunchs, Denis, si je n'étais pas là.

— Mais ils ne seraient pas aussi délicieux, c'est certain ! Excusez-moi, mes deux belles dames, mais je dois me rendre à la manufacture ! L'Imperial ne pourrait se passer de mes services ce matin !

Henriette avait embrassé son aîné et lui avait fait signe de partir.

— Allez, ouste ! Bonne journée, mon grand !

Puis la mère de famille avait repris le lavage de la vaisselle. Jetant un œil à l'horloge sur le mur, elle avait déposé son torchon sur le comptoir et levé les yeux au ciel.

— Claire ! Va dire à ta sœur qu'elle se dépêche de venir déjeuner. Sinon elle sera encore en retard !

Claire avait bu en vitesse sa dernière gorgée de café et s'était dirigée vers la chambre qu'elle partageait avec sa cadette. En entendant *Runaround Sue* filtrer derrière la porte, Claire avait stoppé net : Lisette s'était encore servie de son tourne-disque sans lui demander la permission. Sa jeune sœur de seize ans avait la manie de fouiller dans ses affaires aussitôt qu'elle avait le dos tourné. Leur mère était obligée d'intervenir souvent pour désamorcer les conflits entre elles. Claire était la plus âgée des deux, alors c'était souvent elle qui devait faire les concessions. Lisette avait le don de la mettre hors d'elle. Mais ce matin, Claire s'était refusée de gâcher une si belle journée en se disputant avec sa cadette. Elle avait pris une profonde respiration avant d'ouvrir la porte. À sa vue, Lisette s'était figée. Quelques secondes plus tard, elle s'était précipitée pour arrêter la musique, faisant crisser l'aiguille sur les sillons du 45 tours.

— Oups !

— Je t'ai dit mille fois d'utiliser le lève-bras, Lisette! s'était écriée Claire avec un brin d'impatience dans la voix.

— Excuse-moi, Claire!

— Peux-tu au moins faire attention à mes affaires?

— Je t'ai déjà dit que je m'excusais.

Penaude, Lisette avait remis le microsillon dans sa pochette avant de se poster devant le miroir pour terminer de se coiffer. Claire s'était approchée également et avait replacé une mèche rebelle de sa propre chevelure. Pour se faire pardonner, Lisette lui avait cédé la place. Ensuite, elle avait déclaré:

— Tu es très *class* avec ce tailleur, Claire.

— Merci! avait-elle répondu en se contemplant dans la glace. Le patron ne m'inspirait pas tellement, mais maman a des doigts de fée. Et je dois dire que le résultat n'est pas trop mal depuis qu'elle l'a ajusté.

Lisette avait reporté son attention sur ses propres vêtements.

— Tu es très chanceuse d'étrenner des beaux habits comme ça en plein milieu de la semaine! s'était-elle exclamée.

Claire s'était radoucie en voyant que sa cadette l'observait avec envie.

— Ça va faire du bien, l'entrée d'un salaire de plus à la maison. Peut-être qu'avec ma première paye on pourrait aller magasiner, toutes les deux?

Les yeux de Lisette s'étaient écarquillés.

— Tu m'emmènerais magasiner ? On pourrait aller à la Place Ville Marie ? Il paraît que les boutiques qui s'y trouvent sont fabuleuses. J'ai une amie qui y a trouvé des affaires fantastiques ! Quand est-ce qu'on y va ?

Claire avait cru bon de freiner les ardeurs de sa sœur.

— Il faut attendre que j'aie une paye, Lisette, et on verra ensuite. Mais ne pense pas revenir avec une garde-robe complète ! Moi aussi, j'ai besoin de vêtements, et puis j'ai promis à maman de lui payer une pension maintenant que je suis « officiellement » une travailleuse salariée !

— Hé ! Ce n'est pas n'importe quoi ! Ma sœur est secrétaire pour la plus grosse banque du pays, la Royal Bank of Canada !

— La Banque Royale du Canada, l'avait corrigée Claire.

— C'est pareil ! Alors, aujourd'hui, c'est le grand jour ! Tu dois avoir hâte de rencontrer ton patron et tes collègues ?

Claire s'était tue. Sa nervosité l'emportait sur sa joie d'avoir enfin décroché l'emploi de ses rêves. Grâce à ses économies et à l'aide financière de son frère Denis, elle était parvenue à se payer un cours de sténodactylo ; elle avait terminé la première de sa classe. Diplôme en main, elle avait frappé à plusieurs portes avant de décrocher un poste de secrétaire.

Trop souvent, la jeune femme avait vu sa mère s'arracher les yeux pendant de longues soirées sur sa machine à coudre afin de subvenir aux besoins de ses enfants. Henriette Lemay, qui travaillait durant la journée comme femme de ménage dans les résidences des riches de Westmount, prenait aussi des contrats de couture à la maison, question d'arrondir les fins de mois. Denis travaillait déjà; c'était maintenant au tour de Claire d'aider à améliorer le sort de la famille.

Claire n'avait jamais su pourquoi leur père s'était levé un bon matin et avait quitté le domicile familial définitivement. Les premières années, elle avait espéré le voir revenir. Puis, peu à peu, le souvenir d'Alphonse s'était estompé pour laisser place au quotidien. Sa mère avait travaillé d'arrache-pied pour que ses trois enfants ne manquent de rien, refusant de sombrer dans la déprime à la suite de cet abandon.

Attendant une réponse de sa sœur aînée, Lisette l'avait poussée du coude.

— À voir ton air, on ne dirait pas que tu as hâte de commencer ton nouvel emploi.

— Je suis nerveuse ; tu devrais comprendre ça, il me semble ? avait spécifié Claire en jetant un dernier regard à son reflet dans le miroir avant de sortir de la chambre.

Prenant conscience que le champ était libre, Lisette avait remis sur le tourne-disque le 45 tours qu'elle écoutait précédemment, faisant fi de la demande de sa sœur de ne pas prendre ses affaires. Le chanteur Dion entamait tout juste le premier couplet de *Runaround Sue* lorsque Claire poussa la porte de nouveau. Elle venait de se rappeler la raison pour laquelle elle était entrée dans la chambre la première fois.

— Maman fait dire de te « grouiller », sinon tu seras encore en retard !

***

Le siège social de la Banque Royale, autrefois sis rue Saint-Jacques, venait tout juste d'inaugurer ses nouveaux bureaux dans la grande tour ouest de la Place Ville Marie. Claire avait suivi avec intérêt, comme la plupart des citoyens de Montréal, la construction de l'imposant bâtiment de quarante-deux étages qui s'était échelonnée sur quatre ans. Denis l'avait souvent accompagnée près du chantier pour observer les étapes de son édification. Fasciné, son frère lui avait confié qu'il aurait aimé devenir architecte afin de concevoir de tels édifices. Denis n'exprimait jamais ce genre de regrets en présence d'Henriette. Mais lorsqu'il était seul avec Claire, il laissait parfois libre cours à sa tristesse d'avoir dû renoncer à ses rêves pour aider leur mère à joindre les deux bouts.

C'était devant la Place Ville Marie encore en construction que Denis avait fait germer dans l'esprit de Claire l'idée de devenir secrétaire.

— Après tout, le cours de sténodactylo n'est pas si dispendieux, Claire. Si ça t'intéresse, le collège LaSalle offre une session cet automne. Je te verrais très bien en secrétaire, la sœur !

— J'aide maman avec sa couture. C'est bien assez, il me semble...

— Si tu devenais secrétaire, tu aurais un vrai métier et tu gagnerais un salaire décent. N'oublie jamais que tu ne peux compter que sur toi-même.

Vraisemblablement, les dernières paroles de Denis avaient été prononcées pour lui-même. Claire avait perçu toute la rancœur qu'il nourrissait face à leur père qui était parti sans se préoccuper du sort des siens. Après la fuite d'Alphonse Lemay

– pour on ne savait où –, Denis s'était senti responsable de sa mère et de ses deux sœurs. Il avait terminé sa onzième année, puis il avait décroché un poste de réparateur à l'Imperial Tobacco, rue Saint-Antoine, à quelques rues de la maison. Le salaire qu'il gagnait suffisait à payer un logement décent et à mettre du pain sur la table. Henriette éprouvait un immense sentiment de fierté en constatant la générosité de son fils aîné, sachant très bien qu'il avait dû mettre en veilleuse ses propres aspirations pour subvenir aux besoins de la famille.

Henriette en avait voulu à son mari de cette situation précaire qui avait empêché son fils de poursuivre ses études. Lorsque Denis lui avait soumis l'idée que Claire pourrait suivre un cours en secrétariat, Henriette avait été emballée par le projet. Il ne serait pas dit que sa fille suivrait ses traces et gagnerait un salaire de crève-faim. Elle aurait la chance d'avoir un métier et de pouvoir, un jour, assurer sa propre subsistance. Tout d'abord, Claire avait hésité à s'inscrire, prétextant que la famille n'avait pas les moyens de payer ce cours. Devant l'insistance de son frère et de sa mère, elle s'était soumise à leur volonté. Dès les premiers jours de sa formation, la jeune femme avait su qu'elle avait pris la bonne décision.

C'est ainsi que Claire s'était inscrite au Collège LaSalle et qu'elle avait obtenu un diplôme avec mention à la fin du mois de juin 1962. Prête à conquérir le marché du travail, elle avait frappé à plusieurs portes, sans succès. La plupart des employeurs lui reprochaient son manque d'expérience. Chaque fois, Claire s'était retenue de leur dire qu'elle ne parviendrait jamais à en acquérir si personne ne l'embauchait. Elle en était presque venue à croire que son cours de secrétaire ne lui serait d'aucune utilité et se préparait à aider sa mère avec ses travaux de couture lorsqu'elle avait enfin reçu l'appel tant attendu : on souhaitait la rencontrer pour un poste qui venait de se libérer au sein de la Banque Royale.

Croyant avoir décroché un emploi de caissière, Claire avait rencontré le directeur du personnel avec cette idée en tête. Lorsque l'homme lui avait annoncé qu'elle commencerait son nouvel emploi au début d'octobre comme secrétaire, Claire n'avait pu s'empêcher de le faire répéter. Il lui avait alors confirmé qu'elle avait bel et bien été embauchée pour ce poste. La jeune femme avait eu beaucoup de mal à contenir sa joie devant son interlocuteur. Après l'avoir remercié chaleureusement, elle était rentrée chez elle, flottant sur un nuage. Elle avait fait un détour pour passer devant la Place Ville Marie, tentant de se convaincre que d'ici quelques semaines elle ferait partie du personnel qui franchirait chaque jour les portes du nouvel édifice cruciforme.

Denis avait été le premier à la féliciter lorsqu'elle avait annoncé la bonne nouvelle durant le repas.

— Hé ! Ma sœur sera secrétaire pour la Royal Bank ! On ne rit plus ! Je suis tellement fier de toi, Claire !

Heureuse, Henriette avait proposé à sa fille de lui confectionner un tailleur pour sa première journée de travail.

— Ma fille est maintenant secrétaire et je veux que tout le monde le sache dans le quartier. Il ne sera pas dit qu'elle commencera son nouveau travail dans du vieux linge la première journée !

Même Lisette, habituellement avare de compliments, avait quitté des yeux son magazine pour féliciter sa sœur.

L'été 1962 avait paru beaucoup trop long à Claire qui avait tellement hâte d'occuper son nouvel emploi. Chaque jour, elle s'était rendue près de la Place Ville Marie, rêvant du moment où elle entrerait dans l'imposante bâtisse. En compagnie de Denis, elle avait même assisté à l'inauguration de l'édifice, le 13 septembre. Le promoteur immobilier William Zeckendorf, le maire Jean Drapeau et le premier ministre Jean Lesage avaient pris la parole tour à tour pour souhaiter la bienvenue aux mille cinq cents invités présents sur l'esplanade. Les orateurs avaient discouru avec fierté de cette incroyable réalisation.

***

Claire se sentait à sa place, installée au beau milieu d'une rangée de bureaux tous occupés par des jeunes femmes qui, comme elle, avaient choisi cette profession. Malgré son «presque évanouissement» matinal et le mauvais caractère d'Eunice Durham, la superviseure – qu'elle devrait amadouer –, elle termina sa première journée, tout compte fait, sur une bonne note. Elle savait maintenant comment se prénommait l'inconnu qui était venu à son secours et qui l'avait gratifiée d'un si beau sourire en la voyant entrer dans le bureau de monsieur Coulter. Elle espérait sincèrement qu'elle recroiserait, dans de meilleures circonstances, Romain, son «sauveur à la brioche».

2

Claire se réveilla en sursaut. Lisette venait de lancer son oreiller sur elle.

— Debout, paresseuse ! Il est passé huit heures et tu dors encore !

Claire se cacha la tête sous les couvertures. De cette façon, peut-être que Lisette l'oublierait ? Mais peine perdue puisque sa sœur récidiva avec un second oreiller.

— Allez, lève-toi ! Tu m'as promis qu'on ferait quelques boutiques.

— Je t'ai seulement dit que tu m'accompagnerais pour que je puisse effectuer des achats, maugréa Claire. Il n'a jamais été question que je t'achète quoi que ce soit aujourd'hui, Lisette.

— Allez ! Debout, la secrétaire !

Lisette tira sur les couvertures, découvrant sa sœur jusqu'aux épaules. « Secrétaire ! Il faut le dire vite ! » pensa Claire en fermant les yeux. Elle venait de terminer ses trois premiers jours de travail et n'avait même pas encore touché à une machine à écrire. Eunice Durham lui avait expliqué dans les moindres détails en quoi consistaient ses principales tâches, insistant sur le fait que Claire devrait se référer à elle en tout temps puisqu'elle était sa supérieure immédiate :

— Je suis la superviseure du Service des comptes courants. Toutes les secrétaires qui se trouvent dans ce service – et, par le fait même, dans ce bureau – doivent se rapporter à moi.

Eunice avait balayé la salle d'un geste large de la main pour démontrer que toutes les femmes qui s'affairaient derrière leur machine à écrire étaient sous son autorité. Quelques-unes avaient levé la tête et avaient souri timidement à Claire.

Eunice avait continué :

— Je suis votre lien direct avec les commis comptables du service et les autres cadres. Vous avez pour tâches de trier le courrier, de classer certains documents et de retranscrire différents comptes rendus. C'est aussi vous qui devez vous occuper des communications téléphoniques de monsieur Coulter, ainsi que de gérer son emploi du temps. Vous êtes entièrement à son service. Parce que je suis en poste depuis plus d'une quinzaine d'années et que vous êtes nouvelle ici, c'est moi qui ai hérité de la tâche ingrate de vous former comme secrétaire pour monsieur Coulter.

Eunice avait insisté sur le mot « ingrate ». Claire avait passé le reste de la semaine à classer des papiers et à servir le café. « Ça ne m'aura servi à rien d'avoir terminé la première de ma classe et d'avoir obtenu le meilleur rendement en mots par minute du groupe », pensa-t-elle en se levant pendant que Lisette terminait de faire son lit. Claire fouilla dans son placard à la recherche de quelque chose à se mettre. Elle avait décidé de puiser dans ses économies en attendant sa première paye pour se procurer quelques articles qui manquaient à sa garde-robe. Elle ne pourrait pas porter son tailleur vert chaque jour tout de même ! Elle avait besoin de quelques chemisiers et d'une paire de chaussures confortables. Ses pieds étaient meurtris par des cloques. Les courses d'aujourd'hui lui permettraient de compléter sa garde-robe. Sa mère, qui s'était procuré des coupons de tissu à bon marché, lui confectionnerait quelques jupes.

Claire espérait que sa prochaine semaine de travail serait différente. Elle n'avait pas encore eu la chance de faire connaissance avec ses collègues qui travaillaient dans la même salle qu'elle. Installée derrière son bureau, Eunice la surveillait étroitement. Claire avait revu la jeune femme rousse qu'elle avait croisée à la réception le premier jour, mais elle n'avait pas poussé l'audace jusqu'à lui parler durant les heures de travail.

Durant la pause du dîner, Claire avait mangé à l'écart, observant ses consœurs qui papotaient, à l'aise dans leurs vêtements élégants. Elle n'avait pas osé se joindre à elles. Elle était plutôt timide lorsqu'il était question de faire les premiers pas. Elle avait mangé son sandwich en solitaire, préférant se plonger, sitôt son repas terminé, dans un livre qu'elle avait apporté. Fort heureusement, la jeune femme rousse avait décidé de briser la glace. D'une voix douce, elle avait tiré Claire de sa lecture.

— Je peux m'asseoir avec toi ?

Claire avait refermé son bouquin et lui avait fait une place sur le banc. C'est ainsi qu'elle avait fait la connaissance d'Alice Bergeron, également une nouvelle venue dans la grande famille de la Banque Royale. Alice, qui avait commencé la semaine précédente, apprenait elle aussi les rudiments du métier sous la supervision d'Eunice. Les deux jeunes femmes avaient bavardé durant le reste de l'heure du midi. Elles étaient retournées au travail le cœur léger, heureuses d'avoir enfin quelqu'un à qui parler lors des pauses.

Claire se dépêcha de s'habiller. Lisette était déjà dans la cuisine, probablement en train de manger son petit-déjeuner. Plus vite sa sœur et elle partiraient faire les boutiques, plus vite elles seraient de retour à la maison. Claire avait trouvé la semaine éreintante et elle voulait profiter du samedi soir pour se détendre. Elle prévoyait passer la soirée à lire quelques photoromans en écoutant de la musique dans sa chambre – si Lisette pouvait lui ficher la paix pour une fois! Elle rêvait du jour où elle aurait sa propre chambre. Peut-être qu'avec son salaire et celui de Denis la famille pourrait déménager dans un logement un peu plus spacieux? Mieux valait attendre la première paye avant de fabuler.

Claire rejoignit Lisette. Celle-ci mangeait un bout de pain grillé. Pour sa part, Henriette prenait le temps de savourer son café. Dans quelques minutes, elle reprendrait ses travaux de couture.

— Comme ça, vous allez magasiner ensemble, Lisette et toi?

— Seulement si vous n'avez pas besoin de nous ici, maman.

— Le ménage peut très bien attendre, Claire. Profitez-en, toutes les deux.

— Je vais faire ma part en revenant, marmonna Lisette, la bouche pleine.

Henriette se leva. Elle soupira en observant la pile de vêtements à réparer qui l'attendait près de sa machine. Claire s'approcha de sa mère.

— Si vous voulez, gardez-moi quelques morceaux de vêtements à coudre. Je prendrai votre relève au retour. Comme ça, vous pourrez vous reposer un peu.

— Tu viens de terminer ta semaine d'ouvrage, Claire. Je ne veux pas t'imposer ça.

— Peut-être qu'avec mon salaire et celui de Denis vous pourriez cesser de besogner afin de profiter de la vie, maman ?

— J'aime ce que je fais, ma fille. Et puis je suis bien contente de ma petite entreprise. J'ai de plus en plus de clientes pour mes travaux de couture. Je vais pouvoir arrêter de faire des ménages ; c'est un début ! C'est normal, parfois, de trouver le travail oppressant. Toutefois, la majorité du temps, je suis bien contente de ne pas être obligée de m'éreinter dans une usine.

Claire ne pouvait qu'approuver les propos de sa mère. La vie n'était pas facile en usine et elle était heureuse de ne pas avoir été obligée de travailler dans ce milieu. Bien qu'elle soit déçue de sa première semaine de boulot, la jeune femme se dit que ça aurait pu être bien pire si elle s'était échinée au salaire minimum dans des conditions beaucoup moins agréables. Elle avait été chanceuse d'être embauchée dans l'édifice le plus moderne en ville, même si elle avait Eunice Durham comme superviseure.

* * *

Claire s'était laissé convaincre : elle avait acheté un pantalon à Lisette. En contrepartie, sa sœur lui avait promis de ne pas la déranger ce soir-là. En rentrant de la séance de magasinage, Claire trouva Denis et son ami Laurent Thibault qui discutaient dans la cuisine pendant qu'Henriette terminait sa couture. Denis et Laurent se connaissaient depuis l'enfance ; ce dernier était le voisin immédiat de la famille. Il passait presque plus de temps chez les Lemay que chez ses parents. Lorsque Laurent vit Claire et Lisette franchir la porte du logis, son visage s'illumina d'un sourire.

— Claire ! Ça fait longtemps que je ne t'ai pas vue.

— On se demandait justement pourquoi tu ne venais plus souper à la maison comme tous les dimanches.

Laurent jeta un œil à Henriette derrière sa machine à coudre.

— J'avais beaucoup de travail à l'épicerie… l'inventaire et tout ça. Et puis, tu le sais, je n'aime pas m'imposer.

— Tu ne t'imposes pas, cher enfant, intervint Henriette. Je te l'ai toujours dit, Laurent : tu es le bienvenu pendant nos soupers de famille, ajouta-t-elle en coupant les fils du vêtement qu'elle venait d'assembler. On t'attend ce dimanche, si tu en as envie.

Le voisin accepta l'invitation, puis il ramena son regard sur la jeune femme.

— À ce qu'il paraît, tu as décroché un poste intéressant à la Royal Bank ?

— Un emploi de secrétaire, oui. Et toi, les affaires vont bien ?

Après avoir effectué les livraisons à l'épicerie du coin durant toute sa jeunesse, Laurent venait tout juste de s'associer avec le propriétaire, Hervé Baribeau.

— Oui, madame, les choses vont pour le mieux ! Je négocie avec monsieur Baribeau pour que le nom du commerce soit changé pour « Épicerie Baribeau & Thibault ». J'aimerais tellement voir mon nom sur la devanture !

— Ça sonne drôle, il me semble ! commenta Lisette.

— Tu trouves ?

Le sourire de Laurent s'effaça ; le jeune homme paraissait songeur. Claire retint un fou rire. Lisette n'avait pas tort, car le nom proposé n'était pas fameux. Après s'être approchée de sa mère, Claire tenta de la persuader de lui céder sa place.

— J'achève, ma fille. Il ne me reste que deux bords de pantalon à faire. Si tu veux m'aider, commence donc à préparer le souper. Tu manges avec nous, Laurent ?

— Je ne voudrais pas vous embarrasser, Henriette...

— Veux-tu bien arrêter de te faire prier ! Je te considère comme mon fils, tu le sais bien ! Lisette, il faudrait épousseter le salon, si ça ne te dérange pas. Denis, pourrais-tu peler les pommes de terre pour aider ta sœur ? Ah oui ! J'oubliais ! Claire, il y a une certaine Alice qui t'a téléphoné ; elle souhaiterait que tu la rappelles.

Claire était toujours fascinée de voir sa mère diriger la maison tout en poursuivant ses activités. Henriette n'avait pas levé les yeux de sa machine une seule fois pendant qu'elle formulait ses recommandations. Ni Denis ni Lisette n'avaient protesté ; ils avaient aussitôt entrepris les tâches qui leur avaient été assignées. Alice pouvait bien attendre un peu. Claire la rappellerait lorsque le souper serait en train de mijoter. La jeune femme fouilla dans le réfrigérateur à la recherche du poulet que sa mère avait désossé la veille. Elle préparerait une sauce avec le bouillon, à laquelle elle incorporerait quelques légumes. Sur des patates pilées, le résultat serait délicieux, et surtout sa mère aurait congé de cuisine ce soir.

Apparemment, Laurent était revenu de sa déconfiture, car il demanda à Claire s'il pouvait participer à la préparation du repas.

— Si tu veux, épluche des carottes. Ça ira bien avec les pommes de terre.

Claire lui tendit un couteau. Laurent s'en empara avant de retourner s'asseoir avec Denis. La jeune femme avait toujours aimé ces moments passés en famille. Ces petits gestes du quotidien lui rappelaient que sa mère s'en était bien tirée, malgré les circonstances. Son frère, sa sœur et elle avaient toujours mangé à leur faim et n'avaient manqué de rien, si ce n'est d'une figure paternelle sur qui compter. Grâce à son nouveau travail, Claire pourrait gâter un peu Henriette, qui le méritait tant ! La déception de la jeune femme relativement aux derniers jours céda la place à l'espoir que les choses iraient mieux lundi. Eunice Durham n'était pas à prendre avec des pincettes, mais Claire réussirait à l'amadouer.

* * *

Claire avait passé son dimanche à faire des retouches sur les quelques vêtements qu'elle avait achetés la veille. Elle avait aussi aidé sa mère à terminer la confection de sa jupe. Elle était prête à affronter la semaine qui s'en venait !

Le congé de la fin de semaine lui avait donné suffisamment d'énergie pour affronter « la terrible Eunice ». Dès que Claire descendit de l'ascenseur, la superviseure lui fit signe de la suivre à son bureau.

— Voici tous les comptes rendus que je veux que vous mettiez au propre avant de les ranger dans le classeur là-bas, dit Eunice en lui tendant une pile de documents. J'imagine que vous savez utiliser une machine à écrire ?

— J'ai terminé la première de ma classe, madame Durham...

— C'est miss Durham ! Je veux que vous sachiez, miss Lemay, que je vous ai à l'œil. Monsieur Coulter sera informé de la moindre erreur de votre part. Est-ce clair ?

Nerveuse, Claire ne saisit que le dernier mot de la superviseure. Voyant que celle-ci attendait une réponse, elle répondit :

— Oui, vous pouvez m'appeler Claire !

Eunice Durham lui jeta un regard méprisant avant de retourner à son poste – situé à l'avant de la pièce, probablement pour mieux épier ses subalternes. La salle comprenait plusieurs bureaux, où travaillaient la plupart des secrétaires des collègues de monsieur Coulter. Claire jeta un coup d'œil en direction d'Alice. La jeune femme lui sourit tout en continuant de taper à la machine. Claire s'installa derrière sa table, plaça une feuille de papier vierge sur le chariot de sa IBM Selectric – la fine pointe de la technologie en matière de machine à écrire. La plupart des étudiantes en secrétariat rêvaient de travailler avec un tel appareil. Claire s'estimait privilégiée.

Monsieur Coulter fit son entrée. Comme Eunice le lui avait montré la semaine précédente, Claire se leva aussitôt. Elle saisit le chapeau et le manteau de son patron et les accrocha à la patère tout en lui énumérant rapidement son horaire de la journée. Monsieur Coulter semblait écouter distraitement, mais Claire savait qu'il retiendrait tout. Une fois son supérieur installé derrière son bureau, elle s'assura qu'il disposait de tout ce dont il avait besoin avant de fermer discrètement la porte et de retourner à ses activités.

Un peu plus tard, elle leva les yeux de son travail. Elle fut gratifiée d'un sourire de la part d'une autre de ses collègues qui s'allumait une cigarette avant de reprendre sa tâche. Claire n'avait jamais été attirée par cette habitude. Elle se concentra de nouveau sur les pages à taper tout en sachant pertinemment qu'Eunice épiait ses moindres faits et gestes.

L'avant-midi passa très vite. C'est seulement lorsqu'elle ressentit les gargouillis de son estomac que Claire constata que l'heure du dîner était arrivée. Elle attendit de recevoir l'approbation d'Eunice pour aller manger. Bien après que ses compagnes eurent quitté le bureau, Claire saisit sa boîte à lunch et alla rejoindre Alice à l'endroit habituel. En retrait, il accommodait celles qui n'avaient pas les moyens de se payer le Saint-Laurent, la cafétéria de la place.

***

— Tu m'as fait rire ce matin avec ton « Oui, vous pouvez m'appeler Claire ! » Eunice t'a surveillée étroitement durant toute la matinée.

— Pardon ?

Alice et Claire se retournèrent en même temps vers une des secrétaires qui venait de quitter son petit groupe. Une lueur amusée dans le regard, elle observait Claire.

— Avoue que tu as fait exprès de te moquer d'Eunice.

— Non, pas du tout. En vérité, je n'écoutais pas ce qu'elle me disait. J'ai juste entendu le mot « clair ».

— Ravie de te rencontrer, Claire ! Je m'appelle Muguette Daoust.

— Moi, c'est Claire Lemay.

Muguette serra la main tendue de sa consœur en la gratifiant de son plus beau sourire.

— C'est clair, Claire ! s'esclaffa-t-elle. Je travaille dans cette formidable boîte depuis un petit bout de temps. J'en connais donc un rayon sur ce métier et sur « comment satisfaire les exigences d'un patron ».

Claire avala sa salive. Pendant son cours de secrétariat, elle avait entendu plusieurs étudiantes raconter que certains patrons exigeaient beaucoup plus qu'un simple travail de bureau de la part de leurs secrétaires. En voyant sa mine inquiète, Muguette éclata de rire.

— Rassure-toi tout de suite ! Monsieur Coulter est un homme à sa place. Je voulais seulement te faire penser de toujours apporter deux crayons bien aiguisés lorsque tu te rends à son bureau pour prendre des notes. Aussi, garde une bouteille d'aspirine dans tes affaires pour les durs lendemains de veille du patron. Ah oui ! J'oubliais ! Une paire de bas supplémentaire est toujours pratique.

Claire questionna Muguette, qui répondit :

— Tu ne voudrais pas te présenter devant monsieur Coulter avec une maille dans un bas, n'est-ce pas ? Mais pour en revenir à nos moutons – ou à Eunice, si tu préfères ! –, tu n'as vraiment pas fait exprès de te moquer d'elle, me dis-tu ?

— Je n'aurais jamais osé !

— *Yes sir !* Je viens de me faire deux dollars, dans ce cas !

Claire et Alice l'interrogèrent du regard.

— Ma copine Cécile avait gagé que tu l'avais fait volontairement, et c'est moi qui ai gagné ! expliqua Muguette.

— Contente de savoir que je t'ai fait gagner de l'argent ! lança Claire en souriant.

— Vous devriez vous joindre à nous pour le dîner. On est un petit groupe à se retrouver au Saint-Laurent. Les repas sont abordables et ça vous changerait de manger des sandwichs.

— Merci, c'est gentil ! déclara Alice en se levant. Je vais peut-être accepter l'offre, car je déteste préparer mes lunchs.

— Je n'ai pas encore eu la chance de te souhaiter la bienvenue dans la boîte, Alice. Marthe m'a parlé de toi.

— Merci !

Claire se leva à son tour et se posta près de sa copine.

— Ça vous tenterait de m'accompagner ? s'enquit Muguette. Mes amies et moi, nous prenons l'air sur l'esplanade. Nous profitons des dernières journées de beau temps, et surtout des quelques minutes qu'il nous reste avant de retourner travailler. Venez, je vais vous présenter aux autres !

Claire et Alice suivirent Muguette. Au premier abord, elle paraissait sévère derrière ses lunettes stylisées. Mais la secrétaire d'une trentaine d'années amicale et très joviale plut instantanément à Claire. Une fois à l'extérieur, Muguette tendit une cigarette de son paquet à ses deux compagnes. Elles refusèrent poliment d'un geste de la main. En arrivant à l'esplanade, Claire reconnut Marthe, la réceptionniste. Celle-ci hocha la tête à leur vue en guise de salutation. Elle discutait avec deux hommes, des commis comptables du service.

Une jeune femme un peu grassouillette vint à leur rencontre.

— Ne me dis pas, Muguette, que je te dois deux dollars ?

— Oui, madame ! Je vais ajouter ça à ton compte !

— Je vais te régler mes dettes dès que j'aurai ma paye, promis !

— Ouais ! émit Muguette d'un ton peu convaincu. Mais laisse-moi te présenter Claire Lemay et Alice Bergeron, ajouta-t-elle en les désignant l'une après l'autre.

Les jeunes femmes tendirent la main.

— Cécile Charbonneau, contente de vous connaître ! Ainsi donc, vous êtes les recrues qui subissez les foudres de notre chère Eunice ! Bienvenue parmi les secrétaires !

Les deux hommes en discussion avec la réceptionniste observaient discrètement les nouvelles venues. Puis le trio vint les rejoindre. Muguette se chargea des présentations :

— Alice, Claire, voici Greg Mullen et François Duguay. Ce sont nos deux commis comptables et les seuls mâles de la place qui daignent prendre parfois la pause avec nous.

Le plus grand – Greg Mullen – leur serra la pince et déclara : « *Nice to meet you.* » L'autre, qui portait des lunettes, rougit avant de tendre lui aussi la main et de murmurer son nom d'une voix à peine audible. Greg regarda sa montre avant de dérouler ses manches de chemise. Il remit ensuite son veston et ajusta sa cravate. Puis, avec un accent, il s'excusa auprès de Claire et Alice :

— Malheureusement, nous devons retourner au boulot, mesdemoiselles. Nous ferons plus ample connaissance à notre prochaine pause !

François fit un sourire timide à Alice avant de suivre son collègue.

— Pauvre François, il est si gêné ! commenta Cécile qui suivit des yeux les hommes jusqu'à ce qu'ils s'engouffrent dans le bâtiment.

Puis, se tournant vers ses nouvelles collègues, elle ajouta :

— Ça fait du bien d'avoir du sang neuf dans le service ! Eunice ne vous fait pas trop pâtir, j'espère ?

— Pour dire vrai, nous ne comprenons pas pourquoi elle se montre si rébarbative à notre égard.

— C'est probablement à cause de Cheryl...

Les bras croisés, Marthe attendait que Cécile raconte l'histoire que, vraisemblablement, elle connaissait déjà, si on en jugeait par son air indifférent. Alice répéta :

— Cheryl ?

— Oui, Cheryl Davis, l'ancienne secrétaire de monsieur Coulter. C'était aussi la meilleure – pour ne pas dire la seule – amie d'Eunice. La superviseure nous a simplement dit que Cheryl s'était trouvé un meilleur emploi ailleurs lorsqu'on a annoncé l'ouverture de la succursale de la Banque Royale à la Place Ville Marie. Mais tout le monde sait que c'est pour une autre raison qu'elle ne travaille plus pour la banque.

Cécile fit une pause pour susciter l'intérêt des deux jeunes femmes. Voyant qu'elles attendaient des explications, elle garda le silence pour prolonger le suspense. N'y tenant plus, Muguette intervint :

— Bon, OK ! Tu as toute notre attention, Cécile. Maintenant, peux-tu dire à Claire et à Alice pourquoi cette chère Cheryl s'est fait renvoyer ?

Cécile fit un sourire malicieux à Muguette avant de reprendre :

— Puisque vous insistez ! Eh bien, la belle Cheryl Davis a été congédiée parce qu'elle a couché avec un des patrons. Et...

Sous le regard réprobateur de Muguette et de Marthe, Cécile poursuivit :

— À ce qu'il paraît, la femme du patron l'a su et a exigé le congédiement de sa rivale. J'ai vu Cheryl dans un magasin il n'y a pas longtemps. Imaginez-vous donc qu'elle a perdu sa taille de guêpe !

À voir la mine surprise de ses collègues, Claire comprit qu'elles ignoraient ce détail. Alice avait ouvert la bouche et arrondi les yeux, regardant les autres à tour de rôle dans l'attente d'une réaction. L'air triomphant, Cécile proclama :

— Cheryl est enceinte de plusieurs mois ! Vous ne le saviez pas ?

Muguette et Marthe secouèrent la tête en même temps, ce qui fit sourire Claire.

— L'histoire ne dit pas par contre si le père reconnaîtra l'enfant.

Marthe demanda à Cécile :

— De qui s'agit-il ? Tu le sais, toi ?

Muguette leva les yeux au ciel. Marthe venait d'ouvrir la porte aux potins de toutes sortes. Cécile sauta sur l'occasion :

— Vous n'avez aucune idée ? Eh bien, figurez-vous qu'il s'agit de monsieur Rosenbach, des Ressources humaines !

Alice et Marthe poussèrent en même temps un « Non ! » scandalisé. Les mains sur les hanches, Muguette grogna :

— Tu es en train de nous faire une belle réputation, Cécile ! Claire et Alice vont croire que nous passons notre temps à potiner.

— Ben voyons ! Vous ne penserez pas ça de nous, n'est-ce pas, les filles ?

Claire et Alice hochèrent négativement la tête.

— Ça ajoute un peu de piquant dans nos longues journées, c'est tout, Muguette ! se justifia Cécile. Et puis c'est Claire qui a demandé pourquoi Eunice les a prises en grippe, Alice et elle...

Claire tira la conclusion suivante :

— Donc Eunice m'en veut parce que j'ai remplacé Cheryl ? C'est absurde !

— Ce n'est pas la seule raison, répondit Muguette. Je pense qu'Eunice convoitait ton emploi. Elle compte tellement d'années d'expérience à la Banque Royale qu'elle espérait obtenir le poste de secrétaire personnelle de monsieur Coulter, un des meilleurs patrons de la banque.

Claire commençait à comprendre l'antipathie de sa supérieure à son endroit. Amusée, Cécile continua :

— Et puis, physiquement, tu es beaucoup mieux qu'Eunice. On raconte que monsieur Coulter aime s'entourer de jolies femmes !

En voyant Claire rougir et prendre un air gêné, Muguette s'adressa à Cécile :

— Ah ! Toi et tes potins ! Claire a été engagée parce qu'elle est compétente, c'est tout. Même si Eunice est là depuis tellement longtemps !

Muguette avait insisté sur le « tellement » pour se moquer de sa compagne.

— Eunice œuvre à la banque depuis une quinzaine d'années, précisa Cécile, mais ces années-là sont si importantes pour elle ! Elle a travaillé plus longtemps que nous toutes à l'autre succursale. Cette expérience lui donne un faux sentiment de supériorité !

— Tant que tu resteras dans les bonnes grâces d'Eunice, il ne t'arrivera rien ! dit Muguette pour rassurer Claire. Peut-être qu'avec le temps tu apprendras à mieux la connaître.

— J'espère que tu te montreras plus futée que nous ! souhaita Cécile en levant les bras au ciel. On ne la comprend pas encore, bien qu'on la connaisse depuis un petit bout de temps. Eunice fait partie des « grands mystères de la vie ! »

Alice consulta sa montre.

— Nous ferions mieux de retourner au boulot si nous ne voulons pas que le « grand mystère » nous apostrophe ! déclara-t-elle avant de prendre ses affaires et de se diriger vers le hall d'entrée.

Les autres la suivirent. Claire était heureuse de s'être intégrée aussi rapidement au groupe. Elle plaignait la pauvre Eunice qui était seule dans son camp et qui, surtout, entretenait une rancœur injustifiée envers elle.

3

Muguette jeta un dernier coup d'œil en direction de l'évier rempli de vaisselle sale. «J'aurai le temps de la laver en rentrant ce soir. De toute façon, je n'ai rien de mieux à faire...» pensa-t-elle tristement. Son chat Casimir – comme pour confirmer qu'elle n'avait que lui comme compagnon – se frôla contre sa jambe, laissant quelques poils au bas de son pantalon. Muguette sourit et balaya de la main les fins poils gris accrochés à son vêtement. Elle caressa l'animal avant de prendre son sac et de sortir de son appartement.

Elle vivait seule depuis plusieurs années; la solitude commençait sérieusement à lui peser. Elle avait été élevée par sa grand-mère Jeanne. Lorsque la jeune femme avait obtenu son diplôme en secrétariat, sa grand-mère – alors en perte d'autonomie – était allée habiter chez sa fille Berthe. Muguette avait conservé l'appartement et elle avait adopté Casimir pour avoir l'impression d'être moins seule dans ce quatre et demie. Soudain, elle réalisa qu'il y avait longtemps qu'elle n'avait pas rendu visite à Jeanne. Elle se promit d'aller chez sa tante Berthe le samedi suivant pour voir sa grand-mère. Celle-ci lui demanderait sans doute – comme chaque fois – si elle avait enfin trouvé chaussure à son pied. Muguette répondrait qu'elle cherchait encore la perle rare et Jeanne lui dirait qu'elle finirait bien par trouver. Mais la jeune femme en doutait de plus en plus. «J'ai trente-quatre ans; qui voudrait d'une vieille fille?»

Contrairement à plusieurs personnes, Muguette trouvait un certain réconfort dans le travail. Elle avait noué une solide amitié avec Cécile Charbonneau et partageait de bons moments avec ses autres collègues. Travailler comme secrétaire lui rapportait beaucoup plus qu'une paye pour se nourrir ; Muguette appréciait grandement le temps passé à la banque, car là-bas elle n'était pas seule. Et les dîners où François et Greg se joignaient au groupe de secrétaires l'enchantaient, car ce dernier ne la laissait pas indifférente. Dès son arrivée à la Banque Royale, Muguette avait été charmée par les bonnes manières de l'anglophone, sa politesse et son regard ravageur. Les nouvelles venues lui plaisaient bien également. Elles feraient rapidement oublier cette pimbêche de Cheryl Davis, au grand malheur d'Eunice. Dès leur arrivée, Claire et Alice lui étaient apparues comme deux personnes sympathiques et dignes de confiance. Muguette savait qu'elle nouerait rapidement une amitié avec elles.

Muguette s'arrêta à la tabagie située au coin de la rue, comme elle le faisait chaque lundi, pour prendre ses magazines et saluer Clermont Goulet, le propriétaire. Elle adorait feuilleter des revues de mode et rêvait au jour où elle pourrait se payer les tenues qu'on y voyait. Clermont, un homme affable, possédait la tabagie depuis tellement longtemps que Muguette ne se souvenait pas de l'époque où sa présence bienveillante n'égayait pas le commerce. Elle aimait s'y présenter de temps à autre pour discuter avec lui, et ce, sans nécessairement acheter quelque chose, simplement pour dire bonjour et bavarder un peu. Toujours de bonne humeur, l'homme était enclin à raconter quelques blagues. Une fois par semaine, il préparait la pile de magazines de Muguette, qui passait la cueillir avant d'aller travailler. Ses collègues adoraient la journée de potins qui suivait.

— Je vous ai ajouté un petit sac de lunes de miel avec votre commande, mademoiselle Muguette.

— Oh ! C'est trop gentil, monsieur Goulet.

— Je vous ai dit mille fois de m'appeler Clermont. Et puis vous êtes une de mes bonnes clientes. Vous gâterez vos amies avec ces petites douceurs.

— Merci à vous, Clermont !

— Ça me fait plaisir.

— Comment vont Marjolaine et Yves ?

— Ils se portent bien. Marjolaine me donne un peu de fil à retordre, mais ça lui passera. Ce n'est pas évident tous les jours d'être la seule femme de la maison. Sa mère lui manque, je pense...

Muguette lui offrit un sourire compatissant. Clermont Goulet, qui s'était retrouvé veuf une dizaine d'années auparavant, tentait d'élever du mieux qu'il pouvait ses enfants.

— Peut-être que je pourrais passer un peu de temps avec Marjolaine, si vous le permettez. Du magasinage entre filles lui ferait probablement du bien.

— Je vais lui en parler. Ce serait très aimable de votre part si vous aviez le temps.

« Oh mais j'ai tout mon temps, monsieur Goulet ! Je passe mes grandes soirées seule avec mon chat ! » songea Muguette en saisissant ses revues. Elle paya son dû et promit de repasser vers la fin de la semaine pour savoir si Marjolaine était disposée à l'accompagner ce samedi. En quittant la tabagie, la jeune femme se rappela qu'elle voulait rendre visite à sa grand-mère cette journée-là. Elle allait revenir sur ses pas pour annuler sa proposition, mais renonça. Clermont avait paru heureux de la suggestion et Muguette pouvait très bien rendre visite à Jeanne le dimanche. Une sortie avec une jeune fille de seize ans lui ferait du bien ; elle se morfondait un peu trop ces temps-ci !

***

Alice contempla son reflet dans le miroir. Elle ramena ses boucles rousses derrière ses oreilles, tentant de se convaincre qu'elle n'était pas si mal, après tout. Ses traits délicats, sa peau d'un blanc laiteux et ses yeux tirant sur le vert étaient tout de même attirants. Ce qui l'avait toujours ennuyée, c'était sa petite taille. Alice aurait voulu devenir hôtesse de l'air. Mais étant donné qu'elle n'avait pas la grandeur requise, il lui avait fallu renoncer à son rêve. Elle aurait tant aimé pratiquer ce métier grandiose ! Être payée pour voyager, quel bonheur ! Au lieu de ça, elle avait dû se résoudre à suivre un cours de secrétariat.

Son père médecin avait rencontré sa mère alors qu'elle était infirmière à l'hôpital Notre-Dame. Gervaise regrettait d'avoir été obligée de quitter son emploi après le mariage. « Dans ce temps-là, comme elle se plaisait à le rappeler à sa fille, les femmes mariées ne travaillaient pas à l'extérieur. Elles devaient veiller au confort de leur famille. Tu as de la chance, Alice. Maintenant, les femmes sont beaucoup mieux traitées sur le marché du travail. Et tu peux même espérer continuer de travailler après t'être mariée ! »

Malgré l'insistance de ses parents, Alice n'avait pas voulu suivre les traces de sa mère. L'idée de passer sa vie dans un hôpital ne l'enchantait guère. Elle avait évoqué sa peur du sang pour expliquer son refus de devenir infirmière. En fait, c'était plutôt par esprit de contradiction qu'elle s'était tournée vers le secrétariat. Elle ne souhaitait pas ressembler à sa mère, cette femme aigrie d'avoir eu à choisir entre sa famille et sa carrière. Au moins, lorsqu'elle se trouvait à la banque, Alice n'entendait pas Gervaise lui raconter comment ça se passait «dans son temps»! Toutefois, le fait de vivre encore chez ses parents comportait un grand avantage. En effet, ils n'exigeaient pas qu'elle verse une pension, alors Alice pouvait dépenser toutes ses payes comme bon lui semblait.

Le travail de secrétaire n'était pas trop fatigant. Il suffisait d'être efficace pour éviter d'avoir Eunice Durham sur le dos, et Alice se débrouillait bien avec une machine à écrire. Elle s'était liée d'amitié avec Claire et elle apprenait à mieux connaître le reste du groupe. Malgré les longues heures passées derrière un bureau, Alice aimait son métier. Les patrons étaient exigeants mais tout de même agréables, et surtout la jeune femme aurait pu connaître un pire sort – par exemple travailler comme caissière. Tous les matins, lorsqu'elle arrivait dans le hall d'entrée de la Place Ville Marie, elle voyait ces pauvres filles derrière le comptoir, occupées à répondre aux demandes des clients. Elle, au moins, faisait partie du personnel qui œuvrait dans les bureaux! Claire lui avait répété à plusieurs reprises qu'il n'y avait rien de dégradant à être caissière, mais Alice considérait que les secrétaires étaient une classe à part. C'étaient elles qui entraient directement en contact avec les hauts dirigeants de la banque et qui voyaient au bon fonctionnement de l'entreprise.

Alice appréciait grandement le temps qu'elle passait avec ses copines. Elle tapait de longues heures sur sa machine à écrire dans le seul but de profiter des pauses avec Claire et les autres. Les filles aimaient papoter de mille et une choses. Cécile était toujours disposée à raconter les potins qui circulaient au troisième étage de la tour cruciforme. La plupart du temps, les rumeurs n'étaient pas fondées, mais elles ajoutaient tout de même un peu de piquant dans ce travail monotone. Le dernier écho sur la grossesse de Cheryl Davis, et surtout sur l'identité du père de l'enfant, avait suscité l'étonnement chez Alice. Isaac Rosenbach était un ami de son père et Alice n'aurait jamais cru qu'un homme aussi rangé que lui puisse tromper son épouse. Elle avait peine à croire Cécile relativement à cette histoire. Peu importe si les rumeurs étaient fondées, elle ne pouvait s'empêcher d'avoir une pensée pour Cheryl Davis, qui se retrouvait sans emploi et qui aurait bientôt un enfant à sa charge. Même si Alice ne la connaissait pas personnellement, la pauvre femme ne méritait certainement pas d'être dans une telle situation.

Alice passa rapidement devant sa mère qui, encore en robe de chambre, sirotait son café et lisait le journal. Gervaise leva les yeux et interrogea sa fille.

— Penses-tu pouvoir te joindre à nous ce soir pour le souper ? Ton père a invité des collègues, qui apprécient toujours ta présence. Parmi eux, il y a un nouveau médecin de l'hôpital. Qui sait, peut-être te plaira-t-il ?

Alice soupira. Depuis un certain temps, sa mère semblait prendre plaisir à jouer les entremetteuses, pour son grand malheur. Alice se trouverait bien un copain, le temps venu. On était loin des mariages arrangés du début du siècle, tout de même ! Gervaise attendait une réponse.

— Je vais essayer d'y être, dit-elle.

— Très bien ! Tu peux inviter une compagne de travail, si le cœur t'en dit !

— Je verrai cela plus tard. Bonne journée !

Gervaise tendit sa joue droite, attendant le baiser que sa fille s'empressa de lui donner avant de s'éclipser. Sa mère la voyait encore comme une enfant. Alice commençait à en avoir assez !

***

Confortablement installée derrière son bureau, Claire tapait à la machine, essayant de se concentrer sur le document à transcrire. Cette semaine, à plusieurs reprises, elle avait eu une pensée pour son « sauveur à la brioche », espérant qu'il reviendrait voir monsieur Coulter. Elle n'avait pu réprimer son envie irrésistible de parcourir l'emploi du temps de son patron. Malheureusement, aucun rendez-vous avec un Romain n'y figurait. Les deux mains sur le clavier de sa machine à écrire, Claire rêvassait en pensant que la prochaine fois – s'il y en avait une –, elle essayerait de faire plus ample connaissance avec lui. « Tu ne connais même pas son nom de famille ! Franchement, Claire Lemay, tu fais dur ! » s'était-elle souvent reprochée depuis cette rencontre.

Soudain, des « hum, hum ! » impatients attirèrent son attention. Relevant la tête, elle vit une jeune femme fort élégante devant son bureau. Celle-ci avait des airs d'Audrey Hepburn dans *Diamants sur canapé* avec sa coiffure relevée, sa petite robe seyante et ses manières distinguées.

— Monsieur Coulter est à son bureau ? s'informa l'inconnue.

— Puis-je savoir qui le demande ? s'enquit Claire tout en parcourant l'agenda de son patron. Vous aviez rendez-vous ?

L'air courroucé, la jeune femme se moqua de Claire :

— Depuis quand une fille doit-elle prendre rendez-vous avec son père ?

Le visage de la secrétaire s'empourpra. Se confondant en excuses, elle alla frapper à la porte du bureau de monsieur Coulter. Elle annonça à ce dernier que sa fille désirait le voir. La visiteuse la suivit, l'air irrité. Elle embrassa son père sur les joues avant de s'asseoir, puis déclara assez fort pour que Claire l'entende :

— C'est pire qu'une forteresse ici, cher papa. Faut-il maintenant que je prenne rendez-vous pour vous voir ?

Monsieur Coulter sourit à sa fille et demanda à Claire d'apporter du café. Mademoiselle Coulter riposta :

— Vous savez que je déteste le café ! Je voudrais plutôt un verre d'eau pétillante.

Claire referma délicatement la porte. Pas de s'il vous plaît, et il n'y aurait certainement pas non plus de merci de la part de cette jeune femme ! Claire regarda l'horloge fixée sur le mur au fond de la pièce avant de se diriger vers la cuisinette. Il était presque dix heures, l'heure de la pause habituelle. Elle préparerait le café d'Eunice en même temps. La superviseure profitait du fait que Claire servait le café pour s'en faire préparer un. Elle attendait comme une reine que la secrétaire lui apporte sa tasse et prenne soin de déposer un carré de papier sur le bureau avant d'y placer la boisson chaude. Eunice l'avait sermonnée la première fois qu'elle avait omis de glisser la serviette sous la tasse. Claire n'oublierait pas de sitôt les « principes de base dans le service du café », ainsi qu'Eunice avait résumé ce protocole. Dans la cuisinette, elle croisa Alice, gobelet à la main.

— C'est la pause pour les patrons, ça a l'air ! s'exclama-t-elle en faisant un clin d'œil à Claire.

— Il est nécessaire de faire augmenter le taux de caféine dans le sang des dirigeants si nous voulons que la Banque Royale reste la plus grande banque au Canada ! énonça Claire en gratifiant elle aussi sa compagne d'un clin d'œil.

Alice, qui venait de sortir de la pièce, revint sur ses pas.

— As-tu quelque chose de prévu pour le souper, Claire ? Mes parents donnent un de leurs prestigieux repas et ils m'ont accordé la permission d'inviter une collègue…

La dernière phrase d'Alice avait laissé filtrer un brin d'ironie. Claire ne savait trop quoi dire et son amie attendait visiblement une réponse immédiate.

— Euh… oui… j'accepte.

— Super ! Je viendrai te rejoindre à ton bureau en fin de journée.

Claire parcourut rapidement des yeux sa tenue vestimentaire. Alice la rassura.

— Tu es très bien comme ça. Ce n'est pas un de ces soupers formels de la fin de semaine. Une touche de rouge à lèvres et tu seras splendide !

Alice reporta son attention sur sa tasse de café qui refroidissait.

— Bon, je dois y aller afin de maintenir le taux de caféine de mon patron… Tu dîneras avec nous ?

— Non, j'ai mon lunch.

— Viens nous retrouver après. Muguette a apporté ses magazines. On papotera un peu, avant que tu retournes derrière ta Selectric !

Claire hocha la tête avant de s'emparer de la cafetière. Elle versa le liquide brûlant dans deux tasses. Après s'être dépêchée d'aller porter un café à Eunice, elle revint promptement à la cuisinette. Elle remplit un verre d'eau gazeuse pour mademoiselle Coulter, dans lequel elle prit soin d'ajouter une tranche de citron. Elle plaça le tout sur un petit plateau et se dirigea ensuite vers le bureau de monsieur Coulter. Au passage, elle salua en silence Marthe qui parlait au téléphone. Elle frappa à la porte, puis entendit le « oui » aristocratique de son patron.

Une fois dans la pièce, Claire déposa le plateau sur un guéridon. Elle ajouta une larme de brandy dans le café – comme son patron l'aimait – et le lui apporta alors qu'il était en grande discussion avec sa fille. Lorsque Claire servit le verre d'eau gazeuse à la jeune femme, celle-ci pinça les lèvres à la vue du citron. De ses longs doigts manucurés, elle retira la tranche de fruit du verre en jetant un regard exaspéré à l'employée de son père.

Claire reprit le plateau et s'apprêtait à partir lorsque monsieur Coulter crut bon de procéder aux présentations.

— Vous ne connaissez pas encore Grace, miss Lemay.

Mademoiselle Coulter se contenta de la saluer de la tête avant de croiser ses mains et de les poser sur ses genoux. Claire lui sourit timidement puis referma la porte derrière elle. De toute évidence, Grace Coulter n'avait pas envie de faire plus ample connaissance avec une simple secrétaire.

* * *

— Ainsi donc, tu as rencontré la fameuse Grace !

Après avoir avalé son dîner, Claire était allée rejoindre ses amies qui terminaient leur repas au Saint-Laurent. Elle venait de leur raconter sa rencontre dans le bureau de son patron.

— Notre collègue Greg est littéralement tombé sous le charme de miss Coulter, commenta Cécile en s'allumant une cigarette. Il serait jaloux de savoir que tu lui as parlé.

— N'importe quel homme serait séduit à la vue de Grace Coulter, répliqua Muguette, tentant de cacher son exaspération. Mais Greg est sensé ; il sait très bien que cette fille n'est pas pour lui, ajouta-t-elle en remontant ses lunettes sur son nez.

— Elle n'était pas tellement avenante et semblait furieuse. Je vais essayer de me souvenir de ne pas lui mettre une tranche de citron dans son verre d'eau pétillante.

— Grace Coulter n'est jamais avenante, Claire, précisa Cécile. Ne te tracasse pas avec ça. Sa mauvaise humeur provenait sans doute du fait que son cher papa n'a pas voulu lui donner de l'argent pour une de ses somptueuses dépenses. Habituellement, papa Coulter satisfait tous ses désirs. Il lui a même acheté une voiture l'an dernier, une belle Lincoln Continental blanche – et décapotable, en plus. Elle est gâtée pourrie, cette Grace ! Tu devrais la voir lorsqu'elle revient de faire ses courses, les bras chargés de paquets : elle ressemble à une vraie carte de mode. Elle s'arrête toujours ici avant de rentrer à la maison pour montrer ses achats à son père.

— Elle a de la chance qu'il comble tous ses besoins.

— Tu n'as pas à te plaindre, Alice, car tes parents t'offrent pas mal ce que tu veux, fit remarquer Muguette.

— Peut-être bien, mais ils n'ont pas les mêmes moyens que monsieur Coulter. J'ai un budget limité…

Sa collègue s'esclaffa.

— Budget limité ! Tu n'as même pas de pension à payer, Alice !

— On parlait de Grace Coulter, pas de moi, Muguette…

Voyant que la situation semblait sur le point de dégénérer, Claire intervint.

— Si ça ne te dérange pas trop, Alice, j'aimerais aller chez moi pour me changer avant de me rendre chez tes parents. Je voudrais passer une tenue plus confortable.

Claire lui proposa de venir avec elle. Ainsi, elle pourrait lui présenter sa mère. Heureuse que son amie ait changé de sujet, Alice accepta sans rechigner.

— Tu peux venir souper à la maison toi aussi, Muguette, si tu veux, offrit-elle.

— Merci pour l'invitation, Alice, mais je vais passer mon tour. J'ai de la lessive à faire et puis je veux regarder *Le Pain du jour*.

— Ah ! toi et tes émissions de télé !

— C'est un des seuls luxes que je m'offre, alors aussi bien en profiter.

Muguette préférait la quiétude de son salon à l'ambiance guindée régnant chez sa collègue. Et puis elle n'avait jamais beaucoup aimé les soirées mondaines.

— J'ai proposé au propriétaire de ma tabagie d'emmener sa fille magasiner ce samedi. Ça vous dit de vous joindre à nous si jamais Marjolaine accepte ?

— Je ne peux pas, Muguette, répondit Alice. Je suis désolée, mais nous attendons de la visite.

Muguette se tourna vers Claire.

— Quel âge a-t-elle ? s'enquit cette dernière.

— Marjolaine vient d'avoir seize ans.

— Peut-être que ma sœur pourrait venir aussi ? Elles ont le même âge et Lisette ne refuse jamais d'aller magasiner.

— Bonne idée ! J'avoue que je ne savais pas trop dans quoi je m'étais embarquée. Je n'ai plus l'habitude de me retrouver avec des jeunes de cet âge !

— Oh ! Ça n'a rien de bien compliqué, du moment qu'on les laisse décider ! Ou plutôt qu'on fait semblant !

Claire paraissait s'y connaître et Muguette avait une totale confiance en sa compagne. Ses paroles la rassurèrent pleinement.

— Dans ce cas, réserve ton samedi ! s'écria-t-elle. Nous irons faire les boutiques, malgré notre budget limité…

Muguette jeta un regard taquin en direction d'Alice, qui lui fit une grimace avant de se lever.

— Bon, au boulot, la comique et les autres ! Vous le savez, les patrons détestent les retards !

***

Le reste de la journée parut interminable à Claire. Eunice était exigeante et la jeune femme commençait à se résigner : elle ne lui plairait jamais. Le matin même, elle avait retranscrit plusieurs pages comme Eunice le lui avait demandé. Fière de sa rapidité d'exécution, elle était allée déposer la pile de feuilles sur le bureau de sa superviseure juste avant le dîner. À son retour, elle avait eu la surprise de voir la femme qui l'attendait, les bras croisés et le regard courroucé.

— Je vous avais demandé de transcrire le tout à double interligne, Claire. Vous n'avez pas respecté ma consigne.

Eunice déposa violemment la pile de feuilles sur le bureau.

— J'exige que vous repreniez ce travail bâclé depuis le début. Et je veux que vous me le remettiez avant la fin de la journée !

Claire se garda de répliquer, malgré son envie de préciser qu'en aucun cas sa superviseure n'avait mentionné quoi que ce soit à propos de la mise en pages. Pire, Claire lui avait même demandé ce qu'elle préférait sur ce plan lorsque le travail lui avait été confié en matinée. Eunice lui avait simplement répondu qu'elle devait décider elle-même d'une mise en pages acceptable. Claire avait donc œuvré sans relâche durant tout l'avant-midi. Et elle avait déposé avec fierté le fruit de son travail au poste d'Eunice tout juste avant d'aller prendre une bouchée.

Claire reprit donc sa tâche depuis le début et passa le reste de la journée à tout retranscrire. Quand Alice vint la voir pour savoir si elle était prête à partir, elle venait tout juste de taper le dernier mot. Claire avait failli jeter la première version de son travail, mais elle s'était ravisée. « Aussi bien garder cette copie au cas où Eunice changerait encore d'idée. On ne sait jamais, avec une girouette pareille ! » avait-elle pensé en rangeant la pile de feuilles dans un tiroir. Avant de suivre Alice vers la sortie, elle alla remettre le document à Eunice. Les lèvres pincées, cette dernière parcourut rapidement des yeux le travail de Claire. Hochant la tête, elle déclara simplement :

— Vous voyez, quand vous vous appliquez, c'est beaucoup mieux !

Claire prit une profonde respiration pour se calmer. Elle sourit à Eunice avant de tourner les talons.

La jeune femme essaya de garder la maîtrise d'elle-même dans l'ascenseur puisqu'il était bondé et qu'elle ne voulait pas décharger sa colère devant toutes ses collègues. Un peu plus tard, alors qu'avec Claire elle se dirigeait vers l'arrêt d'autobus le plus près, Alice commenta :

— Je ne sais pas ce qu'Eunice a pu faire pour te mettre dans cet état, Claire. Tu as l'air furieuse !

— Donne-moi cinq minutes pour me défâcher. J'ai tellement l'impression d'avoir perdu mon temps aujourd'hui ! Au moins, Eunice a finalement approuvé mon travail.

— Elle n'est pas très conciliante…

— Non, pas du tout ! Je dois toujours rester sur mes gardes. Pourtant, je suis presque certaine que je fais du bon boulot.

— Ne doute pas un seul instant de tes compétences, Claire. Eunice n'est bonne qu'à mettre des bâtons dans les roues des secrétaires.

En descendant de l'autobus au coin de sa rue, Claire entraîna Alice en direction de chez elle. En franchissant la porte du logement, elle trouva Henriette derrière sa machine à coudre. Elle lui présenta Alice, qui se mit à discuter avec la mère de son amie. Claire ouvrit la porte de sa chambre à la volée. Affalée sur son lit, Lisette sursauta.

— Tu aurais pu frapper avant d'entrer !

— Dois-je te rappeler que c'est aussi ma chambre ? Et puis je ne savais pas que tu étais déjà rentrée. Aucune musique ne filtrait derrière la porte…

Lisette replongea dans son livre quelques secondes, puis elle reporta son attention sur sa sœur qui se changeait.

— Pourquoi t'habilles-tu aussi chic un soir de semaine ?

— Je soupe chez une copine.

— Ah oui ? Qui ça ?

— Ma collègue Alice. Si tu veux la voir, elle est dans la cuisine.

Lisette s'empressa d'aller rencontrer la compagne de sa sœur. Après s'être changée, Claire refit rapidement son maquillage, puis elle se hâta de rejoindre Alice. Cette dernière était en grande discussion avec Henriette tandis que Lisette, silencieuse, la détaillait sans gêne des pieds à la tête. Croisant le regard de sa cadette, Claire fronça les sourcils pour lui signifier que son attitude était très impolie.

Se tournant vers sa collègue, Alice s'exclama :

— Ta mère a des doigts de fée, Claire ! Elle m'a montré les travaux de broderie qu'elle fait en l'absence de contrats de couture. C'est tout simplement magnifique. Je connais pas mal de filles au bureau qui payeraient une fortune pour avoir de si belles broderies sur leurs vêtements !

— Vous êtes trop fine, Alice ! s'exclama Henriette.

— C'est bien que ce soit quelqu'un d'autre qui vous le dise, maman, déclara Claire. Quand ça vient de moi, vous ne me croyez jamais ! Je vous répète sans cesse à quel point ce que vous brodez est splendide !

— Laissez-moi faire, madame Lemay, et je vous jure que je vous trouverai rapidement une clientèle pour vos créations !

Alice jeta un œil sur sa montre. Ensuite, elle signifia à Claire qu'il était temps de partir.

— Ma mère déteste quand je suis en retard. Je suis très heureuse d'avoir fait votre connaissance, madame Lemay. Et toi aussi, Lisette !

En entendant son prénom, Lisette rougit. Claire embrassa Henriette sur la joue en lui promettant qu'elle ne rentrerait pas tard. Ce geste d'affection entre la mère et la fille ramena à l'esprit d'Alice sa propre relation avec Gervaise. Elle enviait Claire d'avoir une mère qui ne demandait pas de comptes et qui la respectait, peu importe ses décisions. Alice avait toujours senti que son choix de carrière avait déçu sa mère. Contrairement à Gervaise, Henriette Lemay était fière de

Claire, et cela transparaissait jusque dans sa façon de lui parler. Alice chassa de son esprit ce moment de mélancolie. Elle ne parviendrait jamais à changer sa mère.

* * *

Gervaise Bergeron, un cocktail à la main, accueillit chaleureusement la collègue de sa fille et lui souhaita la bienvenue dans son humble demeure. Claire ne broncha pas en entendant les mots «humble demeure», mais Alice tiqua. Puis, après avoir remercié rapidement sa mère, elle entraîna son amie à l'étage – non pas pour lui faire visiter le reste de la maison, mais pour échapper à celle qui semblait légèrement pompette. Ces derniers temps, Gervaise buvait beaucoup trop, selon Alice, qui se promettait bien de le lui faire savoir à la première occasion.

La décoration moderne de la résidence impressionna Claire, ce dont elle fit part à Alice.

— Votre maison est magnifique. Elle est digne des photos qu'on voit dans les revues.

— Bah! Ma mère a toujours adoré en mettre plein la vue. Mon père fait un bon salaire, alors elle en profite! Elle consacre la majeure partie de ses temps libres à la décoration et au bridge.

Alice montra sa chambre à Claire, puis elle alla se changer dans la salle de bains attenante. Claire admira la pièce élégamment décorée. Le rouge vif de la literie contrastait avec le papier peint constitué de cercles blancs et noirs de différentes grosseurs. Sur le couvre-lit, il y avait une dizaine de coussins ronds de plusieurs tailles, également noirs et blancs, qui invitaient à se prélasser pendant des heures en bavardant au téléphone. Claire enviait son amie d'avoir un coin bien à elle. Alice n'avait pas à partager ses biens avec une sœur aussi accaparante que Lisette. Claire aimait son frère et sa sœur, mais la solitude lui manquait parfois dans le logement trop étroit.

Comme si elle avait lu dans les pensées de sa collègue, Alice lui dit en sortant de la salle de bains :

— Ta mère est tellement fière de vous. Durant tout le temps que j'ai passé avec elle, elle n'a pas cessé de parler de toi, de ton frère et de Lisette… avant que celle-ci vienne assouvir sa curiosité à mon sujet !

— Lisette est tellement effrontée, parfois !

— Je ne l'ai pas trouvée si pire que ça. Elle est curieuse, c'est tout, et puis c'est de son âge. Pour ma part, j'ai toujours l'impression que mes parents sont ligués contre moi. Toi, au moins, tu peux partager des tas de trucs avec ta fratrie !

— Ouais ! Je partage ma chambre avec ma sœur, c'est déjà beaucoup. Crois-moi, ce n'est pas évident de supporter quelqu'un qui fouille constamment dans nos affaires.

— C'est sûr, mais tu n'es pas toute seule. C'est le plus important, crois-moi !

Claire aurait volontiers changé de place avec Alice pendant quelques jours. Mais la jeune femme était forcée d'admettre que sa famille comptait énormément pour elle, malgré les petits travers de sa cadette. Elle se sentait épaulée et surtout appréciée par Henriette, Denis et Lisette.

Après avoir saisi le flacon qui reposait sur sa commode noire laquée, Alice se parfuma. Puis elle invita son amie à la suivre en bas.

— Mon père est sûrement en train de prendre l'apéritif dans le séjour avec quelques-uns de ses collègues. Ça te dit d'y aller en attendant le souper?

— Pourquoi pas?

Les jeunes femmes traversèrent le rez-de-chaussée et entrèrent dans la salle de séjour. La pièce était aussi agréablement décorée que le reste de la maison. Les murs étaient couverts d'un papier peint semblable à celui de la chambre d'Alice, sauf que les cercles étaient jaunes et orangés. Des coussins de teintes semblables étaient dispersés ici et là sur les canapés en cuir blanc. Une table à café ovale, composée de bois et de métal, reposait sur un tapis à poil long de couleur orangée. Dans un coin, un système de son diffusait discrètement des notes de musique jazz. Monsieur Bergeron était en grande discussion avec ses invités. Dès qu'il vit sa fille et l'amie de celle-ci postées en dessous de l'arche faisant office d'entrée au séjour, il vint à leur rencontre. Alice présenta brièvement Claire, qui serra la main tendue de Raoul Bergeron.

— Je peux vous servir quelque chose, mesdemoiselles? s'informa l'hôte.

— Mon père fait les meilleurs martinis du monde, Claire. Tu en veux un?

— Euh… oui!

Le médecin se rendit au cabinet à boissons. D'une main experte et en sifflotant, il versa tous les ingrédients requis dans le mélangeur. Puis il remplit deux verres à large bord et déposa dans chacun une olive. Claire n'avait jamais encore eu le plaisir de déguster un martini. Elle trempa délicatement les lèvres dans l'alcool, sous le regard interrogateur du père de sa copine qui attendait ses commentaires. Claire approuva de la tête et émit un « hum ! » satisfait.

— Alice avait raison. Votre martini est délicieux, monsieur Bergeron.

Raoul Bergeron lui sourit avant de retourner à ses invités. Claire se laissa entraîner dans un coin de la pièce par Alice. Madame Bergeron venait de faire son entrée en compagnie d'une femme beaucoup plus jeune qu'elle. Alice souffla à Claire :

— C'est Imelda, la seconde épouse du docteur Bastien Couture. C'est le chirurgien en chef de l'hôpital Notre-Dame depuis les années 1940. À ce qu'il paraît, il a toujours eu un faible pour les infirmières de l'hôpital – surtout pour les plus jeunes.

Alice pointa du menton l'homme d'une cinquantaine d'années qui discutait avec son père. Se sentant observé, le chirurgien en chef se tourna vers elle. Il lui sourit en la saluant de la tête. Claire le trouvait charmant. Il avait sûrement fait battre bien des cœurs lorsqu'il était plus jeune.

— Tu te rends compte, Imelda a pratiquement notre âge ! s'exclama Alice tout bas. Elle passerait certainement de meilleurs moments avec nous plutôt qu'avec ma mère.

Imelda Couture ne paraissait nullement ennuyée par les propos de Gervaise. Elle était peut-être une excellente comédienne. Claire reporta son attention sur son verre de martini. Même si elle avait dégusté lentement sa boisson, elle commençait à ressentir les effets de l'alcool dans tout son corps. Détendue, elle ferma les yeux quelques instants.

— Veux-tu un autre martini en attendant que le souper soit servi, Claire ?

— Non, merci, Alice, ça va aller.

— Mon père met parfois une plus grande quantité d'alcool que nécessaire dans son mélange. As-tu les jambes molles ?

— À vrai dire, un peu !

Claire gloussa. Elle déposa son verre sur la table basse près du fauteuil. Quelques minutes plus tard, Gervaise annonça qu'on pouvait passer à table. Réalisant que son amie avait peine à se lever, Alice lui offrit son aide. Bras dessus, bras dessous, les deux jeunes femmes entrèrent en riant dans la salle à manger.

***

— Alice exerce le travail de secrétaire en attendant de trouver mieux.

— Je ne fais pas ça en attendant, maman.

— Voyons donc, Alice ! Je ne peux croire que tu n'aspires pas à un avenir meilleur.

Furieuse, Alice avait tenté de contenir sa rage. Le souper s'était pourtant bien déroulé. Malgré les quelques verres qu'elle avait pris et son état d'ivresse un peu avancé, Gervaise avait été une hôtesse agréable. Elle avait même blagué avec le docteur Couture lorsqu'il avait déclaré qu'elle s'était surpassée avec le repas.

— Vous êtes trop gentil, cher Bastien ! J'ai trouvé le meilleur traiteur en ville. Et croyez-moi, vous préférez manger ce qu'il nous a cuisiné plutôt que ce que j'aurais fait brûler !

Les choses se gâtèrent lorsque les convives retournèrent dans la salle de séjour pour prendre un digestif. Gervaise parvenait difficilement à dissimuler son trop-plein d'alcool. Un jeune médecin comptait parmi les invités, et elle voulut l'impressionner au sujet de sa fille unique. Elle vanta les qualités d'Alice. Le jeune homme sembla gêné lorsque Gervaise fit référence au célibat de sa fille et à sa quête d'un bon parti, laissant sous-entendre qu'un médecin ferait très bien l'affaire. Alice, qui discutait tout près avec Claire, eut vent de la conversation. Elle décida d'intervenir.

— Je n'ai pas besoin de ton aide pour me trouver « un bon parti », comme tu dis, maman. Je peux très bien me débrouiller seule. Pour le moment, le mariage n'est pas une priorité pour moi.

— Ce n'est pas avec un petit salaire de secrétaire que tu pourras survivre, Alice. Tu ne peux le nier, ma chérie : tu avais tout le potentiel requis pour devenir médecin, mais tu t'es contentée d'un simple travail de bureau. Tu vaux bien mieux que toutes ces filles qui tapent à la machine et qui préparent du café à leur patron.

Alice vit Claire tressaillir en entendant les préjugés de sa mère concernant le métier de secrétaire. Habituellement, elle réussissait à se contenir et laissait sa mère divaguer ; après tout, ce soir, c'était elle qui se ridiculisait devant ce médecin. Mais en constatant que son amie se sentait attaquée personnellement par les propos de Gervaise, Alice répliqua :

— Je ne suis peut-être pas devenue médecin ni infirmière, mais j'aime le travail que je fais. Je peux aussi me réjouir d'avoir rencontré des personnes formidables au bureau.

Alice avait regardé Claire en prononçant sa dernière phrase.

— Maintenant, si tu veux bien nous excuser, chère maman, j'ai promis à Claire de la raccompagner chez elle. Madame Lemay qui, contrairement à toi, approuve les choix de sa fille nous attend pour terminer la soirée en beauté !

Gervaise resta bouche bée devant l'éloquence de sa fille. Le médecin à ses côtés retint son envie de rire. Alice entraîna Claire à sa suite. Elle sortit de la pièce la tête haute, contenant sa tristesse et sa rage de s'être fait rabrouer de la sorte encore une fois – et devant son amie, en plus. Une fois à l'extérieur de la maison, elle s'excusa auprès de Claire.

— Ma mère est méprisable quand elle a trop bu.

— Ne t'en fais pas, Alice. J'ai bien vu que l'alcool avait fait son effet. Merci d'avoir pris ma défense.

— Ne le prends pas personnel, Claire. C'est moi que ma mère visait. Je doute qu'elle ait songé une seconde que toi aussi tu es secrétaire.

— Je ne lui en veux pas. Ça m'a touchée que tu me qualifies de personne formidable.

— Mais je le pense vraiment !

Alice enfouit ses mains dans les poches de son manteau pour se réchauffer. Le mois d'octobre tirait déjà à sa fin. Les deux copines se tenaient sur le trottoir, devant la résidence familiale. Claire aussi commençait à avoir froid. Elle referma le col de son manteau.

— Ce n'était pas prévu que tu me raccompagnes, Alice. Je peux très bien prendre l'autobus au coin de la rue.

— Non, non, j'insiste ! dit Alice. Et puis payons-nous le taxi aux frais de la reine ! ajouta-t-elle, les yeux pétillants et un sourire narquois sur les lèvres.

Alice retourna à l'intérieur pour appeler un taxi. Sitôt qu'elle franchit la porte, son cynisme s'effaça pour laisser place à la tristesse. Elle savait pertinemment que l'abus d'alcool n'excusait en rien le mépris affiché par sa mère.

* * *

Muguette était encore attablée devant son déjeuner lorsque Marjolaine, la fille de Clermont Goulet, frappa à la porte.

— J'avais peur que tu changes d'idée, dit la visiteuse.

— Voyons donc ! Je n'ai qu'une parole, Marjolaine. Et puis ça me fait réellement plaisir que tu m'accompagnes.

— Et moi donc ! Je me suis sauvée de l'inventaire à la tabagie. C'est mille fois plus agréable d'aller magasiner que de compter des paquets de cigarettes et des cigares ! Mon père m'a dit qu'il se débrouillerait sans moi et que je peux profiter de la journée. Il m'a même remis une enveloppe.

Marjolaine brandit le rectangle de papier contenant quelques billets qui lui permettrait de s'acheter des vêtements. Muguette l'invita à s'asseoir et lui proposa un café en attendant l'arrivée de Claire et de sa sœur. Marjolaine refusa poliment la boisson avant de prendre place sur la chaise en face de Muguette.

— Lisette a le même âge que toi, précisa cette dernière. Mon amie Claire m'a dit que vous devriez bien vous entendre, toutes les deux. Elle aussi adore courir les magasins.

— Chouette !

Muguette sourit en prenant une gorgée de café. C'était la première fois qu'elle entendait cette expression. La fille de Clermont avait l'air dégourdie pour son âge. Elle passerait certainement une agréable journée en sa compagnie.

— Mon père me parle de toi depuis un petit bout de temps… Comme ça, tu es célibataire ?

Muguette manqua de s'étouffer avec son café.

— Euh… oui !

— Ça fait longtemps que mon père est veuf. Ce serait bon pour lui s'il rencontrait quelqu'un. J'aimerais bien avoir une belle-mère. Tu serais parfaite pour lui, je pense.

Sentant ses joues s'empourprer, Muguette tenta de dissimuler son visage derrière la boîte de céréales. Clermont s'était-il imaginé des choses ? Elle avait invité Marjolaine dans le seul but d'être charitable et pour ne pas être seule ce samedi. En constatant l'émoi de Muguette, l'adolescente tenta de s'expliquer.

— Oh ! Je croyais que c'était pour te rapprocher de lui que tu m'avais invitée.

— Euh… non… aucunement ! bafouilla Muguette.

On sonna à la porte. Cette diversion soulagea Muguette. Elle se leva si rapidement qu'elle faillit renverser sa chaise.

— La visite arrive ! dit-elle pour se donner une contenance.

Elle ouvrit la porte à la volée sur Claire et sa sœur, qu'elle invita à entrer. Après avoir fait connaissance avec Lisette, elle l'envoya à la cuisine pour qu'elle rencontre Marjolaine. Tout en prenant la même direction, Claire sur ses talons, Muguette tentait d'assimiler les propos de la fille de Clermont.

— Mon Dieu, Muguette ! s'écria Claire. Qu'est-ce qui t'a mise dans cet état ?

— Oh rien ! En fait… euh… Je te raconterai ça plus tard, si tu veux bien.

Reprenant ses esprits, elle alla ranger la cuisine pendant que Claire, Lisette et Marjolaine discutaient. Clermont Goulet était un homme avenant et sympathique, mais jamais Muguette n'avait imaginé devenir une belle-mère un jour. Elle était attirée par Greg Mullen au bureau, mais elle n'aurait osé faire les premiers pas. Toutefois, le trouble qui l'avait envahie à la suite des propos de Marjolaine lui avait fait réaliser que la jeune fille pouvait avoir raison. Inconsciemment, elle souhaitait peut-être se rapprocher de Clermont ? Déposant son bol de céréales dans l'évier, elle s'efforça d'afficher une mine imperturbable devant les trois jeunes femmes qui l'attendaient. Elle refréna les battements de son cœur qui semblaient lui signifier qu'une vie différente s'offrait peut-être à elle.

* * *

Lisette et Marjolaine s'étaient immédiatement bien entendues. Les deux jeunes filles venaient d'entrer dans une boutique, laissant à Claire et Muguette le loisir de prendre une pause. Elles s'attablèrent devant un café. Claire songea que le moment était propice pour apprendre ce qui avait troublé son amie un peu plus tôt dans la matinée.

— Tu avais un drôle d'air lorsque j'ai frappé à ta porte ce matin…

— Les propos de Marjolaine m'avaient quelque peu perturbée…

— De quoi s'agissait-il ?

Muguette fixa sa tasse. Se sentant en confiance avec Claire, elle se résolut à lui faire quelques confidences.

— Elle m'a dit qu'elle croyait que je l'avais invitée aujourd'hui dans le but de me rapprocher de son père.

— Et c'est le cas ?

— Euh… non… Peut-être bien… Je ne sais plus !

— En tout cas, cette affirmation semble t'avoir bouleversée.

— Je ne l'avais pas invitée pour cette raison. Les paroles de Marjolaine m'ont fait réfléchir à cette possibilité.

Claire alla droit au but.

— Et ça te plairait ?

— Je suis trop vieille pour ce genre d'histoires. Je me suis fait une raison avec les années.

— Trop vieille ? Allons donc !

Claire reprit les paroles de Muguette lorsque celle-ci avait parlé de l'achat de sa télévision.

— Je pense en fait que c'est un luxe que tu peux te permettre ! Aussi bien en profiter !

Muguette avala de travers et s'étouffa avec sa gorgée de café. Elle toussa un bon moment sous le regard amusé de sa collègue. Après avoir repris son souffle, elle s'exclama :

— Clermont est plus vieux que moi et il a deux enfants presque adultes !

— Il n'y a rien de scandaleux à ça !

— Qu'est-ce qui est scandaleux ? demanda Lisette, revenant en compagnie de Marjolaine.

— S'acheter de nouveaux vêtements !

Fière de son sens de la répartie, Claire fit un clin d'œil à Muguette. Puis elle se posta aux côtés des deux adolescentes qui se tenaient debout près de la table.

— Allez, Muguette ! On va acheter cette robe que tu as vue tout à l'heure ! Qui sait ? Peut-être auras-tu la chance de la porter bientôt ?

4

La Place Ville Marie prenait tranquillement des airs de fête. Un immense sapin illuminé avait été placé à l'extérieur, au centre de l'esplanade, et une fine couche de neige recouvrait depuis quelques jours la métropole. L'euphorie de Noël régnait sur tous les étages occupés par les employés de la banque. Le grand hall d'entrée était lui aussi décoré d'ornements géants et de lumières. Eunice avait permis – non sans rechigner – que les bureaux soient ornés de guirlandes. Tant que les patrons ne disaient rien et que ces « niaiseries » – à son avis – ne nuisaient pas à la productivité, elle ne pouvait s'y opposer.

Claire avait toujours adoré ce temps de l'année. Les magasins offraient leurs plus belles vitrines et elle aimait se rendre rue Sainte-Catherine pour admirer celle du magasin Ogilvy. Grâce à son salaire, elle pourrait se permettre cette année de gâter les membres de sa famille. Elle avait déjà fait quelques emplettes.

Comme à son habitude, Henriette avait commencé à préparer des plats entre deux contrats de couture pour prendre de l'avance. En revenant du travail, Claire s'amusait à tenter de deviner ce que sa mère avait cuisiné durant son absence. Henriette lui avait même remis une boîte contenant du sucre à la crème pour apporter à la banque.

Après avoir vu Claire offrir des friandises à ses collègues, Eunice lui demanda pourquoi elle avait apporté des provisions au bureau.

— C'est ma mère qui voulait qu'on se sucre le bec ! Elle a pensé que ça plairait aux filles de goûter à son sucre à la crème.

— Vous savez qu'il n'est pas permis de manger dans les bureaux. Vous pourriez tacher des documents.

Le nez plissé, Eunice se pencha au-dessus de la boîte de métal pour regarder les carrés couleur caramel. Claire lui proposa de se servir.

— Non, merci ! Je déteste ce genre de trucs.

Claire referma le couvercle, n'insistant pas. Elle s'apprêtait à retourner à son poste lorsque Eunice l'intercepta :

— Comme vous le savez… Non, c'est vrai, vous êtes nouvelle ici…

Même si Claire travaillait depuis près de deux mois à la Banque Royale, Eunice prenait plaisir à lui rappeler qu'elle était une des dernières secrétaires engagées par l'entreprise.

— Je disais donc que, chaque année, monsieur Coulter organise une réception à sa résidence pour célébrer Noël. Il veut que sa secrétaire s'occupe personnellement de l'accueil des invités. C'est donc à vous que reviendra cette tâche.

— Vous voulez que je prépare les cartons d'invitation ?

— Non ! Ils sont prêts depuis un moment déjà. Que croyez-vous ? Une réception comme celle-là s'organise des semaines à l'avance ! Après le départ de Cheryl, je m'en suis occupée. Vous pouvez me remercier d'y avoir pensé ; sinon vous seriez dans de beaux draps !

Claire demeura silencieuse, ne sachant pas si elle devait remercier Eunice. Mais qu'est-ce qu'elle attendait d'elle, au juste ? Prenant cela comme une preuve irréfutable que Claire Lemay n'arriverait jamais à la cheville de sa chère amie Cheryl Davis, Eunice secoua la tête impatiemment.

— Il faut vraiment tout vous expliquer ! Alors voilà : vous devrez consulter la liste des invités, fouiller dans les dossiers pour savoir à qui vous aurez affaire. Monsieur Coulter veut que ses convives reçoivent un excellent accueil. Il est inutile, j'espère, de vous spécifier que vous devrez être convenablement vêtue pour cette réception. Vous accueillerez les invités à la résidence, alors c'est sur vous que reposera la première impression !

Après avoir détaillé Claire des pieds à la tête, Eunice afficha une moue réprobatrice. La jeune femme, dont la tenue vestimentaire était irréprochable, ne se laissa pas intimider par le regard scrutateur de la superviseure.

— Très bien. C'est noté, mademoiselle Durham.

— La réception a lieu ce samedi à la résidence de monsieur Coulter. Voici les informations dont vous aurez besoin.

Eunice tendit à Claire un document. La secrétaire le parcourut rapidement. Tout y était : les indications pour se rendre chez monsieur Coulter, le nom des invités, comment s'adresser à eux à leur arrivée… Au bas de la page, les mots suivants étaient soulignés : *Soyez à l'heure !* En voyant Claire sourciller, Eunice, fière de son effet, précisa :

— Évidemment, il serait préférable que vous preniez un taxi. Cela vous éviterait un long et pénible voyage en autobus, qui pourrait faire en sorte que vous arriviez en retard comme lors de votre premier jour de travail…

Pour qui la prenait-elle ? Claire était toujours ponctuelle. La seule exception avait été ce matin-là, où elle s'était presque évanouie. N'importe qui serait arrivé en retard dans de telles circonstances ! Claire se mordit l'intérieur des joues pour s'empêcher de répliquer. Elle retourna à son bureau en silence. Eunice reprit ses occupations, un sourire imprimé sur le visage, heureuse d'avoir démontré, une fois de plus, qui était la patronne dans la place.

***

Claire tenait d'une main son sac et de l'autre la feuille sur laquelle étaient écrites les recommandations d'Eunice ainsi que les coordonnées de la résidence de monsieur Coulter. La jeune femme avait pris l'autobus pour se rendre dans l'avenue des Pins, située dans le Golden Square Mile ; elle n'avait pas les moyens de se payer un taxi comme sa superviseure le lui avait fortement suggéré. Claire se trouvait maintenant devant la maison de style Beaux-Arts, impressionnée à la seule idée que des gens puissent habiter un endroit pareil. Un vrai château en plein cœur de Montréal ! Elle contemplait la propriété depuis quelques minutes déjà. Devait-elle frapper à la porte principale ou tout simplement entrer par la porte de service ? Elle avait relu la feuille à la recherche d'un point concernant son « arrivée au manoir Coulter ». Toutes les indications étaient si détaillées que Claire doutait qu'Eunice ait omis la moindre information. De toute évidence, sa superviseure avait volontairement oublié de noter cet important renseignement pour avoir quelque chose à lui reprocher.

Le vent frisquet de ce début de décembre eut raison de ses hésitations. Claire se dirigea d'un pas certain vers l'entrée principale de la demeure. Elle sonna et une domestique vint lui ouvrir. Claire se présenta. L'employée la conduisit dans le bureau où se trouvait monsieur Coulter. L'homme leva la tête à son arrivée.

— Miss Lemay ! Miss Durham vous a-t-elle expliqué ce que j'attends de vous ce soir ?

— Euh… oui.

— Très bien ! Une fois tous les invités arrivés, vous pourrez profiter de la soirée vous aussi. Vous prendrez quelques cocktails à ma santé !

Claire sourit à son patron avant de s'éclipser vers l'entrée, où les invités ne tarderaient pas à affluer. En la menant au bureau de monsieur Coulter, la domestique lui avait fait faire une brève visite du rez-de-chaussée, mais Claire ne savait plus comment regagner le hall. La décoration raffinée donnait l'impression de se trouver au début du siècle. Les meubles et les tentures dataient d'une autre époque, sans toutefois être démodés. Claire cherchait en vain la pièce où elle devait se rendre, perdue dans les dédales de la somptueuse résidence. « Eunice aurait pu inclure une carte de l'endroit, tant qu'à faire ! pesta-t-elle intérieurement en parcourant les couloirs. C'est Lisette qui serait impressionnée de se retrouver dans un endroit pareil ! »

Claire sillonnait les corridors tout en regardant les tableaux qui ornaient les murs. Monsieur Coulter avait beaucoup de goût en ce qui concernait l'art. Elle allait revenir sur ses pas lorsque quelqu'un venant de la direction opposée la percuta de plein fouet, la projetant vers l'arrière.

— Ouch !

Claire se frotta le coude qui avait heurté le mur.

— Oh ! Je suis désolé !

Elle leva les yeux vers le fautif. Fort étonnée, elle reconnut son « sauveur à la brioche ».

— Quelle belle surprise ! s'exclama le jeune homme. J'espère que vous vous sentez mieux que lors de notre dernière rencontre.

— Oui, à part mon coude endolori !

Romain l'observa en souriant pendant qu'elle se frottait l'articulation, lissait les plis de sa robe et se recoiffait du bout des doigts.

— Vous êtes perdue ?

— Je dois retourner dans le hall d'entrée pour accueillir les invités de monsieur Coulter.

— Suivez-moi. On dirait bien que j'arrive toujours au bon moment lorsqu'il est question de vous conduire quelque part ! Avoir su que c'est vous qui m'auriez reçu ici, je serais arrivé plus tard !

Claire se contenta de sourire.

— Ainsi donc, vous accueillerez les invités de George ? Je reconnais que vous êtes une fort jolie hôtesse !

Claire sentit ses joues s'empourprer. Romain avait quelque chose de magnétique. Son charisme la bouleversait. Encore une fois, elle fut incapable de prononcer le moindre mot. Elle suivit son guide jusqu'à l'entrée. En passant devant une large fenêtre, elle remarqua que des phares de voiture remontaient l'allée de la résidence. Un peu plus et elle aurait failli à son rôle d'hôtesse… Elle souffla un simple merci à Romain avant de s'installer pour l'arrivée des gens. L'homme lui sourit, puis il lui fit un clin d'œil avant de s'éclipser. Sa présence dans la maison donna le courage nécessaire à Claire pour accueillir les premiers invités de la réception de son patron.

* * *

La soirée était à peine entamée que Claire regrettait déjà d'avoir chaussé les souliers à talons hauts s'agençant à la robe écarlate qu'elle portait ce soir-là. Alice avait insisté pour lui prêter des vêtements et des chaussures. Claire aurait opté pour quelque chose de plus sobre, mais l'argument ultime de son amie était venu à bout de ses réticences : « C'est toi l'hôtesse, Claire. Tu dois faire bonne impression ! »

Claire avait suivi à la lettre toutes les recommandations d'Eunice : elle avait souhaité la bienvenue aux invités, rangé leurs manteaux, leur avait indiqué dans quelle pièce se tenait la réception, et surtout leur avait dit de passer une excellente soirée tout en leur spécifiant qu'un service de bar était à leur disposition. Ensuite, elle s'était rendue dans la grande salle où la réception avait lieu, ainsi que son patron le lui avait offert.

Monsieur Coulter n'avait pas lésiné sur les dépenses pour en mettre plein la vue à ses invités. Un orchestre jouait des airs de bossa-nova dans un coin de la pièce et l'alcool coulait à flots – le barman engagé pour l'occasion ne chômait pas. Claire chercha des yeux Romain tout en cheminant lentement vers le bar. Elle commanda un gin tonic et trouva ensuite un siège vacant. Elle s'assit quelques minutes pour reposer ses pieds endoloris. Elle aurait volontiers retiré ses chaussures, si ce n'était de la crainte de ne pouvoir les remettre ensuite à cause de l'enflure. Tout le monde semblait s'amuser ferme. Claire aurait très bien pu rentrer, car les invités n'avaient visiblement plus besoin d'elle. Mais Eunice avait insisté pour qu'elle s'attarde sur les lieux après l'arrivée de tous. « On ne sait jamais. Peut-être auront-ils besoin de quelque chose, et vous devez absolument être là pour veiller à leur confort. Monsieur Coulter n'exige rien de moins de sa secrétaire ! » Claire se devait de rester un peu, ne serait-ce que pour prouver à sa superviseure qu'elle accomplissait son travail à la perfection.

Claire repéra Grace Coulter. La fille de son patron discutait avec une jeune femme de son âge. Cette dernière était aussi grande que Grace et provenait visiblement du même milieu. Ses cheveux blonds étaient coiffés à la dernière mode et ses vêtements dispendieux avantageaient sa silhouette. Elle riait des propos de sa compagne. À sa première rencontre avec Grace, Claire l'avait trouvée snob et semblant peu encline à s'amuser. Mais ce soir, Grace paraissait détendue et, manifestement, elle prenait plaisir à la réception organisée par son père. Claire enviait cette aisance, car elle ne se sentait pas tout à fait dans son élément parmi les invités haut placés de son patron. Elle s'efforça de balayer son inconfort en se souvenant des paroles de sa mère : « Il ne faut jamais croire que tu es née pour un petit pain ! » Grace et son amie étaient élégamment vêtues, mais Claire savait depuis longtemps que l'habit ne fait pas le moine. Elle reporta son attention sur sa robe qui n'était pas trop mal, tout compte fait. « Alice a bien fait d'insister pour que je la porte. Par contre, j'aurais dû tenir mon bout et mettre mes propres escarpins ! » songea-t-elle en grimaçant lorsqu'elle se leva péniblement de son fauteuil.

— J'espère que vous n'avez pas encore un étourdissement ?

Romain venait de surgir près d'elle. Claire fit non de la tête.

— J'ai bien déjeuné ce matin, répondit-elle sans détour. Ce sont mes chaussures qui me font souffrir aujourd'hui.

— Je vois que vous aimez le gin tonic. Nous avons un point en commun.

Romain leva son verre presque vide.

— J'allais me ravitailler. Vous en voulez un autre ?

— Volontiers !

Il revint rapidement avec deux gin tonics. Ensuite, Claire et Romain trinquèrent.

— Tchin-tchin ! lança-t-il. Après toutes ces rencontres fortuites, il serait peut-être temps de procéder aux présentations ! Romain Lacoste, pour vous servir, mademoiselle !

— Claire Lemay.

Ils avalèrent chacun une gorgée.

— Alors, vous vous plaisez à la Banque Royale, Claire ?

— Oui. J'adore mon travail. Je suis de plus en plus à l'aise là-bas. Monsieur Coulter est un excellent patron.

— Je pense qu'il vous apprécie beaucoup, puisqu'il vous a confié le privilège de recevoir ses invités.

Claire ne précisa pas que l'accueil des convives de monsieur Coulter faisait partie de sa définition de tâches – ce qu'Eunice avait pris plaisir à lui rappeler. Curieuse, elle demanda à Romain ce qu'il faisait dans la vie.

— Je suis ingénieur civil. Je travaille actuellement sur la construction du métro.

«Wow! Denis serait tellement heureux de discuter avec Romain, lui qui est captivé par toutes ces nouvelles constructions!»

— C'est un projet d'envergure! Vous devez être fasciné par votre travail.

— Oui. Effectivement, c'est une entreprise de longue haleine, mais qui sera fantastique une fois complétée. Toutes les grandes villes du monde ont leur métro. Montréal s'inscrit tranquillement dans ce courant. Avec l'Exposition universelle de 1967 qui vient d'être accordée à notre belle ville, Montréal obtiendra sans contredit le titre de métropole de l'Amérique du Nord. Je suis privilégié de faire partie des ingénieurs qui travaillent sur ce projet.

— J'ai lu qu'avec le métro une véritable ville souterraine verra le jour.

— C'est vrai! Et la Place Ville Marie en sera le cœur!

Claire aurait pu écouter Romain discourir pendant des heures. Il était passionné par son travail et il en parlait avec un enthousiasme contagieux.

— Mais assez discuté de mon boulot. Que faites-vous en dehors de vos heures supplémentaires à la solde de monsieur Coulter ?

Claire avait une vie rangée. Elle se demandait ce qui pourrait susciter l'intérêt d'un homme comme Romain. Elle parla brièvement de son emploi, de ses études en secrétariat qu'elle avait adorées et de sa fierté d'avoir terminé la première de sa classe. Romain l'écoutait, semblant réellement intéressé par ses propos. Habituellement peu encline à se confier, elle lui parla comme à un ami. Elle lui raconta sa vie familiale. Lorsqu'elle dit que son frère avait surveillé de près la construction de la Place Ville Marie, Romain déclara :

— S'il en a envie, je pourrais lui faire visiter un des chantiers du métro.

— C'est gentil à vous ! Il serait certainement heureux de ce privilège.

— Je pense que nous pouvons nous tutoyer. Je me sens comme un vieillard lorsqu'on me vouvoie !

Claire éclata de rire. Elle avait l'habitude de vouvoyer les gens, peu importe leur âge.

— D'accord, dans ce cas. Si ça vous… euh… te fais sentir plus jeune !

Romain s'esclaffa. Claire aimait ce rire franc. Le gin tonic semblait faire son effet, car elle se sentait plus détendue. Elle discutait sans gêne avec Romain. Se rendant compte qu'elle parlait depuis un bon moment, Claire s'excusa :

— Je ne t'ai pas laissé placer un mot ! J'ai tendance à me montrer trop bavarde lorsque j'ai un peu bu.

— Je suis pareil ! Nous avons un autre point en commun, en plus du gin tonic ! Mais ton récit m'a fait réaliser que ma vie de famille est bien monotone par rapport à la tienne puisque je suis fils unique. Mon père a longtemps souhaité que je suive ses traces et que je devienne notaire. Mais passer mes journées dans un bureau à régler des successions ne m'intéressait pas vraiment ! Et puis mon amour du dessin l'a emporté sur tout le reste !

Romain lui raconta comment, enfant, il passait la plus grande partie de son temps à dessiner. Claire l'écoutait avec ravissement. Elle en était presque venue à oublier qu'elle travaillait à cette réception, se laissant bercer par l'idée qu'elle était aussi une invitée de monsieur Coulter. Toutefois, la fille de son patron la ramena sur terre lorsqu'elle saisit avec impétuosité le bras de son interlocuteur :

— Romain ! s'écria Grace. Je te cherchais ! J'ai demandé aux musiciens de jouer ma pièce préférée. Je voudrais que tu m'accompagnes pour cette danse.

— Ce que femme veut…

Romain fit un clin d'œil à Claire avant de hausser les épaules et de se tourner vers Grace. Cette dernière détailla Claire des pieds à la tête avant de déclarer :

— Avant de partir, assurez-vous que les invités ne manquent de rien.

Elle jeta un regard hautain à Claire avant d'attirer Romain vers la piste de danse. Claire porta son verre à ses lèvres. Elle avala en grimaçant une gorgée de son cocktail. Même si, pendant quelques minutes, elle avait presque eu l'illusion de faire partie de ce monde, elle n'était, après tout, que la simple secrétaire de monsieur Coulter. Grace avait pris plaisir à lui rappeler qu'elle n'était qu'une employée mandatée pour coordonner cette soirée. Romain n'avait pas cette arrogance. Il avait semblé vraiment intéressé lorsqu'elle lui avait confié qu'elle perdait toute notion du temps derrière une machine à écrire. Peut-être aurait-elle dû l'inviter à danser pour pouvoir passer encore plus de temps avec lui ? Cet homme la fascinait, et surtout elle avait découvert à quel point il lui plaisait en l'entendant parler avec passion de son métier. Elle observa le couple qui se mouvait sur le plancher de danse. Grace portait bien son prénom. Claire enviait ses gestes élégants.

Monsieur Coulter s'entretenait avec l'amie de sa fille. La jeune femme s'amusait de ce qu'il lui chuchotait à l'oreille. Lorsque l'orchestre termina de jouer la pièce préférée de Grace, monsieur Coulter saisit le micro.

— Mesdames et messieurs, je tiens à vous remercier de votre présence à cette soirée. Je suis très heureux de vous compter parmi mes amis. Et quoi de plus formidable que d'apprendre une bonne nouvelle et de la partager ?

George Coulter fit signe à sa fille de venir le rejoindre. Grace prit la main de Romain afin de l'entraîner avec elle.

Claire éprouva un mauvais pressentiment. Qui était Romain, au juste ? Comme s'il avait lu dans ses pensées, son patron enchaîna :

— Aujourd'hui, je suis l'homme le plus heureux qui soit. Je profite de cette formidable soirée pour vous annoncer que ma très chère fille convolera en justes noces bientôt ! Les deux tourtereaux ont choisi cette magnifique réception pour annoncer leurs fiançailles.

Une tempête d'applaudissements déferla sur la salle. Cherchant des yeux l'heureux élu, Claire réalisa subitement qu'il s'agissait de Romain. Elle ressentit un pincement au cœur. Jamais elle n'aurait pensé que Grace et Romain étaient amoureux. Elle venait à peine de faire la connaissance du jeune homme. De toute évidence, il n'avait pas cru bon de lui dire que George Coulter deviendrait son beau-père sous peu. Claire avala d'un trait son verre, puis elle se faufila vers la sortie. Les invités n'auraient plus besoin de ses services ce soir.

***

— Et tu es partie comme ça ?

Pendant que Claire se confiait à sa mère à propos de la réception de la veille, Lisette entra dans la cuisine. Claire détestait une telle situation, car elle ignorait ce que les oreilles indiscrètes de sa sœur avaient réussi à percevoir de sa conversation intime avant que cette dernière surgisse. Fusillant du regard Lisette, Claire força Henriette à demander à sa plus jeune fille de les laisser toutes les deux.

— Vous pensez toujours que je suis trop bébé pour des discussions intéressantes ! On ne me fait jamais confiance !

Lisette retourna dans sa chambre en martelant le plancher de ses talons. Elle claqua la porte derrière elle. Henriette poussa un soupir.

— Elle a raison. Nous la traitons encore trop souvent comme une enfant.

— Tant qu'elle espionnera mes conversations, je considérerai qu'elle n'est pas assez mature pour que je lui raconte mes histoires, déclara Claire.

— Fais un effort, Claire ! Lisette n'est pas méchante ; elle a seulement besoin d'un peu d'attention de sa grande sœur.

Henriette voulait toucher la corde sensible, mais pour une fois la jeune femme ne se laissa pas faire. Elle avait besoin de se confier à sa mère et refusait que sa cadette sache quoi que ce soit. Elle était encore bouleversée par ce qu'elle avait appris la veille au sujet de Romain. Il allait épouser Grace Coulter. Cette pimbêche ! Claire en voulait un peu à l'ingénieur : le fait qu'il était fiancé avec la maîtresse de maison aurait très bien pu se glisser dans la conversation. Henriette lui avait fait comprendre qu'il n'avait aucune raison de parler d'un sujet aussi intime avec elle puisqu'il la connaissait à peine. Claire n'était pas certaine qu'elle se serait confiée à ce propos à un presque inconnu. En fait, ce qui la mettait davantage en colère était sa propre réaction. Elle s'était sentie trahie par lui, bien que rien ne justifiât une telle attitude. Elle se sentait bien en sa compagnie et elle aurait aimé faire plus ample connaissance avec lui. Sa mère lui avait souvent dit – malgré l'échec de sa propre vie amoureuse – que lorsque l'amour frappe à la porte, on le reconnaît sur-le-champ. Claire était certaine qu'elle aurait pu bâtir quelque chose de solide avec Romain.

« Tu es trop romantique, ma vieille. Et surtout, tu es trop naïve de croire au grand amour après seulement deux rencontres ! » s'était-elle admonestée en rentrant la veille.

Claire était heureuse de s'être confiée à sa mère. Henriette avait toujours su comment lui ramener les pieds sur terre et la faire réfléchir sur ses inquiétudes et ses tracas, souvent non fondés.

— Ça va te faire du bien de sortir avec tes amies ce soir.

— Je ne rentrerai pas tard, c'est promis. Denis m'a invitée à les rejoindre, Laurent et lui, au Jazz Hot, au-dessus de la Casa Loma. Je dois retrouver Muguette et Alice là-bas. Il paraît que c'est un endroit fort sympathique.

— Vous êtes jeunes, alors profitez-en ! Maintenant, ouste ! Sinon tu seras en retard.

Claire embrassa sa mère, puis elle fila prendre l'autobus. Henriette avait raison : elle était jeune et avait tout son temps pour rencontrer l'homme idéal.

***

— *My God!* Avez-vous vu le contrebassiste ? Je ne lui ferais pas mal ! répéta Alice pour la troisième fois, avec un brin d'impatience dans la voix.

La musique rendait impossible toute discussion. Alice se pencha vers ses amies pour qu'elles puissent l'entendre.

— Je pense que, lorsque sa pause viendra, je prendrai mon courage à deux mains et j'irai lui parler.

— Quoi ? s'écrièrent en chœur Claire et Muguette en portant la main à leur oreille.

— Ah ! Laissez faire !

Elle se tourna en direction des musiciens, offusquée que ses copines, malgré la musique assourdissante, ne puissent percevoir ses propos. Claire et Muguette levèrent les épaules en signe d'impuissance. L'endroit était mal choisi pour tenir de grandes conversations, mais en matière de distractions les spectateurs étaient bien servis. Denis et Laurent buvaient leurs bières en battant la mesure. Pour leur part, les filles s'étaient contentées de prendre chacune un cocktail.

Claire avait rejoint son frère et Laurent qui l'attendaient à l'extérieur de la Casa Loma. Lorsque Laurent l'avait complimentée sur sa tenue et sa nouvelle coiffure, Claire n'avait pu s'empêcher de se moquer de lui.

— Ce n'est pas dans tes habitudes de remarquer ce genre de détails, Laurent !

Le jeune homme avait haussé les épaules avant de lancer :

— Un gars peut bien faire un compliment à une fille, non ?

Se rendant compte qu'elle l'avait blessé, Claire s'était excusée.

— C'est la première fois que tu me complimentes sur ma tenue vestimentaire. Tu avais surtout l'habitude de me niaiser quand nous étions plus jeunes.

— Justement, nous ne sommes plus des enfants !

Laurent avait regardé Claire d'un drôle d'air. La jeune femme avait été soulagée en voyant Muguette et Alice tourner le coin de la rue. Elle s'était dirigée énergiquement vers elles, laissant Laurent et ses compliments en compagnie de Denis. Elle leur avait présenté son frère et son ami, puis le petit groupe s'était engouffré dans l'immeuble où se trouvait le Jazz Hot. Laurent avait offert de régler les consommations de tous, en insistant auprès de Muguette qui tenait à payer elle-même son verre.

— C'est ma tournée ! Alors profitez-en !

Alice ne perdait rien de ce qui se déroulait sur la scène. Elle observait avec convoitise le joueur de contrebasse. Celui-ci, qui s'était rendu compte de l'attirance qu'il exerçait chez la jeune femme, en profitait allégrement pour lui jeter des œillades furtives. Claire dut s'y prendre à plusieurs reprises pour capter l'attention de sa collègue.

— Muguette et moi allons nous refaire une beauté aux toilettes. Tu viens avec nous ?

Les retouches au maquillage étaient un bon prétexte pour s'isoler entre filles et discuter dans un endroit moins bruyant. À regret, Alice suivit ses deux camarades. Une fois à la salle de bains, elle s'épancha :

— Vous l'avez vu ? C'est un véritable Adonis ! On dirait qu'il sort tout droit d'un film américain. Je vous le répète : je ne lui ferais pas mal ! J'ai même réussi à attirer son attention. Vous avez vu comment il me regardait ?

Claire, qui venait de s'appliquer du rouge, pressait ses lèvres l'une contre l'autre afin de bien répartir la couleur. Muguette se recoiffa du bout des doigts, puis elle emprunta le rouge de Claire. Quelques secondes plus tard, elle approuva le résultat d'un signe de tête en se regardant dans le miroir.

— Ce soir, Alice n'est pas la seule à être le centre d'intérêt de quelqu'un. Tu as vu comment Laurent te regarde, Claire ?

Claire ne le savait que trop bien, car elle avait senti les yeux insistants du jeune homme peser sur elle tout le long de la soirée. C'était comme si la situation avait changé d'un coup. Le compagnon de son frère, qu'elle considérait comme un ami d'enfance, venait de prendre conscience qu'elle était maintenant autre chose que la petite sœur de Denis. Claire n'était pas certaine d'apprécier ce revirement. Certes, elle appréciait Laurent, mais elle ne pourrait jamais le voir autrement qu'en ami.

— Je ne sais pas trop comment réagir. Je connais Laurent depuis toujours.

— Il est quand même assez mignon, commenta Alice en écarquillant les yeux dans la glace pour juger de l'effet de son mascara.

Voyant que Claire semblait mal à l'aise, Muguette lui rendit son tube de rouge en s'efforçant de la rassurer :

— Peut-être que je me trompe, après tout !

Claire referma son sac à main, reconnaissante à son amie pour cette tentative. Elle éclaircirait la situation avec Laurent s'il venait à manifester trop d'empressement. Alice replaça une mèche derrière son oreille et remonta discrètement son bustier sous sa blouse.

— Alors, on y retourne ? Je ne voudrais pas manquer pour tout l'or du monde le reste du spectacle. La musique est géniale, mais je persiste à dire que c'est le contrebassiste qui fait toute la différence !

***

Alice insista pour rester sur place et rentrer seule. Elle attendrait que les musiciens rangent leurs instruments afin de faire connaissance avec son soupirant du jour.

— Tu es certaine que c'est prudent ? s'informa Claire.

— Ben oui, voyons ! Le pire qui peut m'arriver, c'est d'aller prendre un café avec lui. Je vous promets que je filerai dans un taxi après.

— Si tu le dis ! répondit Muguette. J'attendrai que tu me racontes comment s'est terminée ta soirée, ajouta-t-elle avant d'aller récupérer son manteau au vestiaire.

Laurent et Denis s'étaient proposés pour raccompagner Muguette avant de regagner le quartier Saint-Henri. Claire marchait devant en compagnie de sa collègue, qui se tourmentait d'avoir laissé Alice seule au Jazz Hot.

— Je ne suis pas inquiète pour elle, la réconforta Claire. Elle saura bien se débrouiller pour rentrer.

— En fait, ce n'est pas ce qui me tracasse. Alice a tendance à tomber un peu trop rapidement en amour. Ce guitariste n'aura qu'à claquer des doigts pour faire d'elle ce qu'il voudra.

— C'est un contrebassiste…

— Guitariste, bassiste, contrebassiste… c'est du pareil au même pour moi. Je ne connais rien à la musique ! Mais peu importe. Le gars joue sur des cordes et je ne veux pas qu'il joue sur la corde sensible de notre amie !

Fière de son jeu de mots, Muguette ricana en récupérant au fond de son sac la clé de son appartement.

— Peut-être que ça n'ira pas très loin avec ce musicien, commenta Claire.

— En tout cas, c'est tout de même une bonne chose. Alice est aussi bien de tomber amoureuse de quelqu'un qui travaille en dehors de la boîte. Vaut mieux ce contrebassiste qu'un des patrons de la banque. Les conséquences seront moins graves, à mon avis.

Claire savait que sa compagne faisait référence au cas de Cheryl Davis. Muguette avait sans doute raison en ce qui concernait Alice. Claire distingua le logement de son amie au coin de la rue. Durant toute la soirée, elle s'était retenue de parler de Romain à ses copines. De toute façon, la musique trop forte ne favorisait nullement les confidences, et puis la présence de Laurent l'avait gênée. Voulant connaître l'opinion de Muguette au sujet de Romain, elle demanda tout bonnement :

— Tu savais que Grace Coulter vient de se fiancer ?

— Enfin ! Ce n'est pas trop tôt ! Est-ce que c'est avec cet ingénieur qui vient voir monsieur Coulter de temps en temps ? Je sais qu'ils se connaissent, Grace et lui.

— Oui, elle est fiancée à Romain Lacoste.

— Ah ! Tu le connais ?

— Un peu. Je l'ai rencontré lors de ma première journée de travail. En quelque sorte, il m'avait dépannée…

Tout d'abord, Claire fit semblant de ne pas voir le regard interrogateur de Muguette. C'était une longue histoire, et elle n'avait pas envie de se perdre dans cette conversation. Mais puisqu'elles se trouvaient à présent devant la porte d'entrée, Claire expliqua brièvement :

— Je l'ai revu lors de la soirée de monsieur Coulter.

— Ah oui ! Ta fameuse soirée de préposée à l'accueil…

Claire lui fit une grimace. Muguette tourna sa clé dans la serrure.

— Je n'aurais jamais pensé que Grace Coulter finirait par trouver quelqu'un capable de l'endurer, formula-t-elle. Ce Romain est probablement un saint homme !

— Je ne sais pas s'il est un saint homme, mais il est très sympathique. Tu savais qu'il travaille à la construction du métro ?

— Non, je l'ignorais.

Se tournant vers Denis et Laurent, Muguette demanda :

— Vous voulez monter boire un café avant de rentrer ?

Les deux hommes acquiescèrent. Muguette ouvrit la porte d'un geste théâtral et leur fit signe de gravir en premier l'escalier qui menait au deuxième étage. Elle resta derrière avec Claire.

— Ainsi donc, l'ingénieur de Grace prend part à la construction du métro ? As-tu appris autre chose sur lui ?

— Il est fils unique et son père est notaire…

— Dis donc ! Vous avez eu le temps de faire plus ample connaissance, à ce que je vois.

— Grace nous a interrompus.

— Elle n'appréciait sûrement pas que tu discutes avec son fiancé !

Les deux jeunes femmes pénétrèrent dans l'appartement à leur tour. Muguette invita Laurent et Denis à s'asseoir au salon pendant qu'elle préparait le café. Elle indiqua à Claire de la suivre.

— On dirait que cet ingénieur t'a fait de l'effet.

Muguette avait vu juste. Depuis la réception, Claire pensait souvent à Romain. Elle ne comprenait pas que quelqu'un d'aussi sympathique que lui puisse s'être entiché d'une personne comme Grace.

— Nos discussions étaient enrichissantes. J'aurais aimé avoir le temps de le connaître un peu mieux.

— Je comprends. Par contre, maintenant que tu sais qu'il est le futur gendre de monsieur Coulter, tu dois te tenir loin de lui.

— Je le sais bien. Il n'est plus libre…

Muguette sentit le regret dans la dernière phrase de son amie. Toutefois, elle était convaincue que Claire se ferait une raison et qu'elle se remettrait rapidement de cette déception. Au cours de sa vie, elle avait éprouvé à plusieurs reprises ce genre de chagrin. Elle n'était pas demeurée célibataire pour rien !

***

Trop heureuse d'avoir quelques jours de congé pour célébrer les fêtes, Claire aidait sa mère à préparer le repas de Noël. Henriette avait insisté pour que sa fille invite Muguette et Alice à se joindre à la famille. Laurent aussi serait présent. La parenté habitait trop loin, alors Henriette préférait rester à la maison et rassembler les amis de ses enfants et quelques voisines pour partager ces bons moments. Denis avait choisi cette soirée pour présenter à sa mère et à ses sœurs celle qui faisait battre son cœur.

Pour l'occasion, afin d'agrémenter l'ambiance de la petite fête, Claire avait autorisé Lisette à installer son tourne-disque dans le salon et lui avait permis de s'occuper de la musique. Muguette et Alice devaient apporter leurs propres disques pour la soirée. Claire voyait aux derniers préparatifs avec sa mère; elle roulait la pâte pour confectionner des tourtières. Henriette avait déjà eu un différend avec une voisine qui venait du Lac-Saint-Jean; celle-ci prétendait que ses pâtés à la viande n'étaient pas des tourtières. La vraie tourtière n'existait qu'au Lac-Saint-Jean! Mais cette voisine ne serait pas de la fête. De toute façon, Henriette pouvait bien appeler comme elle le voulait les plats qu'elle cuisinait!

Devant l'évier, la mère de famille s'étira le cou pour voir où en était rendue Claire. Après s'être essuyé les mains sur son tablier, elle versa sa boisson favorite dans deux verres, puis elle invita sa fille à venir s'asseoir à la table.

— Et si on prenait une pause? On travaille depuis très tôt ce matin. On peut s'accorder un petit verre de Kik Cola, je pense!

Claire déposa les tourtières sur le comptoir et rejoignit sa mère. Henriette poussa un soupir et ferma les yeux quelques instants avant de prendre une gorgée du liquide brun et pétillant.

— J'ai très hâte de faire la connaissance de cette Renée Trudel ! Ton frère n'arrête pas de me parler d'elle.

— Il l'a rencontrée à l'Imperial. Mon grand frère a l'air très amoureux !

— Je suis heureuse pour lui. Mais j'espère tellement que cette relation ne le blessera pas…

Henriette avait parlé en gardant les yeux fixés sur le verre vide devant elle. Claire avait senti toute l'amertume contenue dans ces propos. Puisqu'elles étaient seules toutes les deux – Lisette était sortie quelques minutes – et que le moment était propice aux confidences, Claire se risqua à lui poser la question qu'elle retenait depuis longtemps :

— Parfois, souhaitez-vous le retour de papa ?

Sa mère leva la tête.

— J'aurais aimé que votre père vous procure une vie décente, à ton frère, ta sœur et toi. Denis aurait pu faire des études en architecture comme il le désirait, tu aurais pu choisir une belle carrière et j'aurais pu gâter Lisette un peu plus. Mais maintenant, je ne le regrette plus. Nous avons su nous bâtir une vie sans lui, et c'est aussi bien comme ça.

— Je suis heureuse du choix que j'ai fait, même si Eunice Durham me fait damner quelquefois.

— Ta patronne n'est pas commode ?

— C'est la superviseure, en vérité. Elle est désagréable; elle cherche toujours la petite bête noire. L'autre jour, j'ai dû retaper un document au complet parce qu'il n'avait pas été retranscrit dans le bon format. Eh bien, de retour au bureau le lundi suivant, Eunice m'a demandé de le refaire encore une fois; finalement, elle le voulait comme je l'avais d'abord tapé. Heureusement, j'avais gardé la première version dans mon tiroir. On dirait qu'elle prend plaisir à tout me faire recommencer. Elle laisse souvent sous-entendre que je suis incompétente.

— Tant que ton patron ne le pense pas.

Claire était convaincue que monsieur Coulter était satisfait de son travail. Elle s'entendait bien avec toutes ses autres collègues et avait lié une franche amitié avec Muguette et Alice. Eunice était la seule qui la critiquait à la moindre occasion. Mais tant que la secrétaire ferait son travail dans les règles de l'art, la superviseure ne pourrait rien contre elle. Pour Claire, la seule ombre au tableau était que Romain était fiancé avec la fille de son patron.

***

Laurent s'était éclipsé après le repas sans dire à personne où il allait. Muguette, Alice et Claire avaient donné congé de vaisselle à Henriette. Cette dernière en avait profité pour faire plus ample connaissance avec «la blonde de Denis» – comme se plaisait à l'appeler Lisette. L'adolescente surveillait les moindres faits et gestes de la nouvelle venue. Malgré sa timidité, Renée s'était montrée à l'aise de rencontrer la mère et les deux sœurs de Denis. C'était une jeune femme aimable et posée. Elle avait offert son aide pour laver la vaisselle, mais Claire avait décliné la proposition, prétextant qu'elles seraient assez de trois pour s'en occuper.

Claire n'avait pas reparlé à Alice de la soirée au Jazz Hot. Il lui tardait de connaître les détails de la rencontre de son amie avec le contrebassiste.

— Il s'appelle Alan Strong et il a des yeux magnifiques! Nous sommes allés prendre un café après la soirée. Il a des airs de Marlon Brando, parle français avec un accent hyper séduisant et il embrasse divinement bien.

— Ouais! Vous avez fait rapidement connaissance, à ce que je constate, remarqua Muguette en essuyant une assiette.

— Nous ne sommes pas allés plus loin. Il m'a payé le taxi et m'a laissé son numéro de téléphone. Je ne lui ai pas reparlé depuis; il est très occupé. Durant le jour, il travaille comme serveur dans un restaurant du centre-ville. Nous nous reverrons probablement la semaine prochaine. Il joue au Jazz Hot pour le réveillon du jour de l'An. Vous viendrez avec moi, n'est-ce pas?

— On verra, maugréa Muguette. Je n'aime pas trop ce genre de soirée. Les cabarets sont bondés cette journée-là.

Après avoir signifié à Alice qu'elle l'accompagnerait, Claire ajouta:

— Peut-être que Denis et Renée aimeraient se joindre à nous?

— On s'en reparlera, répondit Alice. Ma chère maman organise toujours une réception le 31 décembre. Ça me donnerait une bonne raison pour ne pas y assister.

Muguette essuya les pièces de la coutellerie – un cadeau de noces qu'Henriette sortait lors des occasions spéciales. Claire s'empressa de ranger les objets dans le tiroir du vaisselier.

— Je me demande où est allé Laurent, déclara-t-elle ensuite en retirant le bouchon de l'évier.

— Peut-être qu'il n'a pas aimé tes tourtières! la taquina Alice.

— C'est fort possible! Ma mère est tellement meilleure cuisinière que moi.

— Tu te débrouilles bien, indiqua Muguette. Ça fait longtemps que je ne m'étais pas autant régalée. Je suis certaine d'avoir pris au moins cinq livres, rien qu'avec le repas de ce soir! ajouta-t-elle en lissant les plis de sa jupe.

— Attends de goûter à la bûche que ma mère a faite et qu'elle servira après la messe de minuit!

— Ouf! J'aime mieux ne pas y penser!

Claire entraîna ses compagnes vers le salon. Prenant son rôle de maîtresse de cérémonie au sérieux, Lisette installait un nouveau 45 tours sur le tourne-disque. Denis occupait le fauteuil dans le coin de la pièce. Renée, assise sur l'accoudoir, discutait avec Henriette. De temps à autre, Denis lui frôlait le dos furtivement de la main, ce qui provoquait chaque fois le fou rire de la jeune femme. «Ça sent les fiançailles pour bientôt!» pensa Claire en s'installant sur le canapé près de la fenêtre, suivie d'Alice et de Muguette.

Claire venait tout juste de s'asseoir lorsqu'on frappa à la porte. Personne ne semblait se décider à aller ouvrir. Elle se leva à contrecœur. Alors qu'elle se dirigeait vers l'entrée, la porte s'ouvrit dans un grand fracas. Un père Noël vêtu d'un costume rouge décoloré franchit le seuil. Des «ho, ho, ho!» sonores couvrirent la musique diffusée dans le salon. Une barbe blanche défraîchie couvrait le visage du personnage, dont les sourcils avaient été blanchis à l'aide de maquillage. Claire reconnut immédiatement Laurent.

— Ho, ho, ho ! Est-ce qu'il y a du monde qui a été sage dans cette maison ?

Le père Noël devança Claire au salon. Sur l'épaule, il portait une taie d'oreiller remplie de cadeaux destinés aux invités. Toute la maisonnée éclata de rire en le voyant. D'un geste, il désigna le fauteuil occupé par Denis et Renée.

— Allez, les amoureux ! Laissez le fauteuil au vieux bonhomme rouge, si vous voulez des cadeaux !

Le couple céda sa place en riant. Après s'être installé, Laurent sortit un paquet de la taie d'oreiller.

— Le premier cadeau est pour la maîtresse de maison qui a cuisiné un si bon souper. Enfin… c'est ce que votre ami Laurent m'a dit…

Henriette prit la boîte que Laurent lui tendait. Elle la secoua doucement pour tenter d'en deviner le contenu. Après avoir développé minutieusement son paquet et replié le papier pour le conserver, elle dévoila un magnifique foulard.

— Wow ! s'exclama-t-elle. Le père Noël s'est surpassé cette année !

— Les affaires roulent pour le père Noël ! blagua ce dernier.

Laurent remit à Lisette un paquet carré et mince.

— Alors, ma petite Lisette, as-tu été sage cette année ?

— Laurent, j'ai seize ans et je ne crois plus au père Noël depuis longtemps, énonça la jeune fille sur un ton légèrement impatient.

— Avant que je te remette ton cadeau, tu dois me répondre ! As-tu été sage ?

Lisette afficha une moue boudeuse et croisa les bras. Laurent vint pour lui donner son présent, mais il se ravisa.

— Il faut au moins que tu viennes embrasser le père Noël sur la joue, Lisette.

L'adolescente poussa un soupir avant de s'exécuter. Ensuite, elle s'empressa de déballer son paquet.

— Oh ! Un disque des Four Seasons, mon groupe préféré ! Merci, Laurent !

Elle se jeta au cou du père Noël.

— J'espère que Claire va me prêter son tourne-disque pour que je puisse l'écouter à ma guise !

Lisette se tourna en direction de sa sœur, attendant une réponse. L'aînée acquiesça. Lisette l'étreignit avant de remplacer le disque qui jouait par son nouveau microsillon. Laurent n'avait oublié personne ; même Renée avait reçu un présent. Claire avait été embarrassée par le cadeau de Laurent : il lui avait offert une magnifique paire de boucles d'oreilles en stipulant qu'elle serait la secrétaire la plus élégante de la Place Ville Marie. Claire l'avait remercié poliment, puis elle avait rejoint ses amies.

Le père Noël se leva.

— Maintenant que j'ai terminé la distribution des cadeaux, je vous souhaite à tous un très joyeux Noël ! Ho, ho, ho ! Est-ce que Claire m'escorterait jusqu'à la sortie ?

La jeune femme le suivit en riant, avec sa boîte de boucles d'oreilles à la main. Une fois près de la porte d'entrée, Laurent retira sa barbe. Claire lui tendit la boîte.

— C'est beaucoup trop comme cadeau, Laurent. Ça me gêne !

— Et moi, ça me fait plaisir, Claire ! Ce n'est pas tous les jours Noël, alors profites-en ! J'avais envie de gâter un peu ma deuxième famille. Vous avez toujours été là pour moi.

— C'est gentil ! Même Muguette et Alice ont eu droit à des cadeaux ! Renée était vraiment surprise de recevoir quelque chose, elle aussi. C'est très délicat de ta part.

— Denis est amoureux d'elle. Nous irons sûrement aux noces avant longtemps !

— Ça me fait tout drôle de penser que mon frère se mariera un jour. Tu étais fabuleux dans ton rôle de père Noël, Laurent.

— Je vais aller me changer. Ces vêtements ne sont pas très confortables. Et puis il fait chaud avec un oreiller comme bourrure !

Claire sourit. Laurent retira l'oreiller en question et le déposa dans sa taie.

— Merci encore pour les boucles d'oreilles. Mais je persiste à dire que c'est beaucoup trop.

— C'est la moindre des choses. J'ai connu une bonne année et, comme je l'ai déjà dit, ça me fait réellement plaisir. Même que… j'aurais aimé te donner autre chose que des boucles d'oreilles, Claire.

Le regard de Laurent se fit insistant. Mal à l'aise, Claire recula, serrant la boîte contre son cœur.

— En fait, j'espérais que tu comprendrais mon message. Mais il est peut-être trop subtil, j'en conviens.

— Euh… je ne sais pas trop…

Claire n'aimait pas la tournure que prenait la discussion. Elle sentait l'étau se resserrer lentement. Laurent lui dit d'un seul souffle :

— J'ai une bonne *job* et toi aussi. Il y a quelque temps, je me suis rendu compte que mes sentiments à ton égard avaient changé. On s'est toujours bien entendus, tous les deux. As-tu déjà envisagé que nous pourrions nous marier ?

— Laurent…

— Je pourrais te rendre heureuse, Claire.

— Je sais à quel point tu es une bonne personne, Laurent.

— Peut-être trouves-tu que ma demande est précipitée ?

L'air songeur, Laurent se gratta la tête.

— Il y a longtemps que j'espère, ajouta-t-il. Je vais te laisser le temps d'y penser.

— Même en me laissant beaucoup de temps, Laurent…

— Tu ne m'aimes pas, c'est ça ?

— En fait, pas comme tu le voudrais. Pour moi, tu es un ami précieux.

— Ouais ! Un ami précieux…

Claire n'avait jamais envisagé une telle situation. Elle préférait se montrer honnête avec lui, mais elle ne voulait pas le blesser. Toujours vêtu de son costume de père Noël, il faisait peine à voir avec son air dépité. Pourquoi avait-il fallu qu'il tombe amoureux d'elle ?

— Je ne sais pas quoi te dire, Laurent.

Claire ignorait comment le consoler. La main sur la porte, le jeune homme lui jeta un dernier regard rempli de tristesse.

— Il n'y a rien à ajouter, Claire.

Il sortit. Claire resta là pendant quelques secondes, espérant qu'il reviendrait. Puis elle retourna au salon où jouait à tue-tête le disque des Four Seasons. Ravalant ses larmes, elle se joignit à ses amies et à sa sœur qui se déhanchaient au rythme de *Big Girls Don't Cry.*

5

Les débuts d'année avaient toujours été difficiles pour Claire ; inévitablement, la mélancolie s'emparait d'elle. Janvier 1963 n'échappa pas à cette norme. La morosité l'accablait depuis l'annonce des fiançailles de Grace Coulter avec Romain. Ses relations tendues avec Eunice et sa discussion avec Laurent le soir du réveillon avaient mis ses nerfs à rude épreuve. Claire avait essayé de chasser de ses pensées le fiancé de Grace, mais elle n'y parvenait pas. Elle avait été séduite par Romain Lacoste et regrettait de ne pas avoir eu la chance de le connaître avant la fille de son patron. De toute façon, qu'aurait-elle pu lui offrir ? Le milieu modeste d'où elle provenait n'avait rien d'attirant pour l'ambitieux ingénieur.

Claire regrettait aussi que les années d'amitié avec Laurent aient été mises au rancart simplement parce qu'elle ne partageait pas les sentiments du jeune homme. Elle n'avait pas revu l'ami de son frère depuis le réveillon. Elle savait qu'elle l'avait blessé en refusant sa demande en mariage. Lui qui venait souper tous les dimanches soir depuis des années brillait par son absence depuis le jour de l'An. Henriette et Lisette s'en étaient inquiétées, car elles considéraient Laurent comme un membre de la famille. Seul Denis, beaucoup trop pris par ses amours avec Renée, semblait ne pas avoir remarqué que son ami manquait à l'appel lors des soupers du dimanche. Henriette avait questionné son fils à ce sujet. Denis lui avait simplement répondu que Laurent travaillait beaucoup, depuis quelque temps, à l'épicerie. Henriette soupçonnait que la présence de Renée dans la vie de son fils y était peut-être pour quelque chose – Laurent se faisait discret pour laisser seuls les deux amoureux. Claire savait qu'elle était la seule responsable de l'éloignement du jeune homme, mais elle s'abstint d'en parler à sa mère.

L'absence de Laurent suscita la légendaire curiosité de Lisette. Elle questionna sa sœur un soir qu'elles étaient toutes les deux dans leur chambre. Claire feuilletait un magazine que Muguette lui avait prêté, essayant de faire abstraction du regard inquisiteur de sa cadette.

— Tu n'es pas intervenue lorsque maman a questionné Denis sur l'absence de Laurent.

— Pourquoi l'aurais-je fait ? Je n'ai aucune idée des causes de sa défection.

— Maman pense que Laurent ne vient plus faire son tour à cause de Renée. Mais moi, je crois que c'est pour une autre raison…

Claire leva les yeux de son magazine, essayant de garder son calme. Voyant qu'elle avait retenu l'attention de sa sœur, Lisette renchérit :

— Es-tu au courant de quelque chose, Claire ?

— Non ! Laurent est le meilleur ami de Denis, alors c'est lui qui devrait savoir ce qui se passe !

Claire retourna à la lecture de son article. Lisette se lasserait rapidement de parler toute seule et elle la laisserait tranquille. Cependant, l'adolescente n'en avait pas fini avec ses commentaires :

— Tu es la dernière personne à avoir discuté avec lui après la distribution des cadeaux. C'est même toi qui l'as raccompagné à la porte ! Il n'est pas revenu après. Avoue, Claire, que c'est un peu louche…

Lisette voulait assurément la faire tourner en bourrique ! De toute évidence, elle soupçonnait qu'elle avait quelque chose à voir avec la désertion de Laurent et voulait à tout prix lui soutirer des informations. Claire lui répondit d'un ton sans équivoque :

— Il n'y a rien de louche là-dedans ! Laurent était fatigué après sa prestation de père Noël et il a préféré rentrer pour se reposer !

— Ben oui ! Il se serait passé des desserts de maman parce qu'il était fatigué ! Il n'aurait jamais raté une occasion de manger la bûche ! Raconte ça à une autre que moi, Claire Lemay !

Lisette l'observait d'un air insolent. Claire referma son magazine brusquement.

— Qu'est-ce que tu attends de moi, Lisette ? Je ne sais pas pourquoi Laurent n'est pas revenu depuis le réveillon.

— Je pense qu'il est parti parce que tu n'as pas répondu favorablement à sa proposition.

Ainsi, Lisette avait encore une fois écouté aux portes ! C'en était trop ! Claire se leva. Elle saisit son magazine et jeta un regard rempli de haine à sa sœur.

— C'est ton plus grand plaisir d'espionner tout le monde, n'est-ce pas, Lisette Lemay ? Tu veux que je te considère comme une adulte, mais tu agis comme une gamine de cinq ans qui n'a rien de mieux à faire que d'épier les conversations des autres! Je ne suis pas prête pour le mariage et Laurent n'a d'autre choix que d'accepter ma décision!

L'air triomphant, Lisette lança:

— Je savais bien que tu avais quelque chose à voir avec l'absence de Laurent! J'en aurais mis ma main au feu! Je n'avais pas la moindre idée de ce qu'il avait pu te dire; j'y suis allée par simple déduction. J'ai beaucoup mieux à faire, tu sauras, que de surveiller tes moindres faits et gestes, chère sœur! Ainsi donc, il t'a demandée en mariage?

Claire laissa tomber sa revue. La ruse de sa sœur la laissait sans voix. Se maudissant intérieurement de s'être fait prendre au piège, la jeune femme aurait volontiers giflé Lisette pour son insolence. Mais elle se retint. La violence ne réglait jamais rien. De toute manière, Claire était convaincue qu'un jour ou l'autre Lisette payerait pour son impertinence.

***

Alice referma la porte d'entrée délicatement. Elle enleva son manteau et ses bottes et les rangea dans le placard sans faire de bruit, tout en essayant de garder son équilibre. Elle avait un peu trop bu et ne voulait pas réveiller ses parents. Traversant le couloir sur la pointe des pieds, elle sursauta en apercevant sa mère, assise au salon. Gervaise vint à sa rencontre.

— Tu parles d'une heure pour revenir, Alice! Où étais-tu?

La scène avait quelque chose de loufoque: sa mère, les rouleaux sur la tête et en robe de chambre, tapait du pied. «Il ne lui manque qu'un rouleau à pâte!» songea Alice en retenant un fou rire.

— Je suis sortie, maman. As-tu quelque chose contre ça ?

— Tant que tu demeureras sous mon toit, tu rentreras à une heure décente.

— C'est aussi le toit de mon père, et je ne pense pas qu'il se soit déjà plaint de mes retours tardifs.

Gervaise tira sur la ceinture de sa robe de chambre – davantage pour garder contenance que pour rajuster son vêtement.

— Tu travailles demain, Alice. Ce n'est pas raisonnable de regagner la maison si tard.

— Je suis très efficace à la banque. Personne ne m'a jamais reproché mon comportement, maman. De toute façon, j'exerce ce boulot en attendant de trouver mieux. C'est bien ce que tu répètes à tout le monde, n'est-ce pas ?

Gervaise haussa les épaules et retourna au salon. S'approchant du guéridon où se trouvait un verre à moitié plein, elle s'en empara et en avala d'un trait tout le contenu. Alice ne manqua pas de lui faire remarquer qu'il était bien tard pour boire de la sorte. Gervaise crut bon de se justifier auprès de sa fille.

— Je prenais un petit remontant en t'attendant, Alice.

L'image que lui renvoyait présentement sa mère était bien loin de celle qu'Alice avait connue quelques années auparavant. Gervaise était sur une pente descendante et cette triste vision attendrit la jeune femme, qui se prépara une fois de plus à l'affronter. Elle saisit délicatement le verre vide que sa mère tenait encore et le déposa sur le guéridon.

— Tu as souvent besoin de ces petits remontants ces temps-ci, maman.

— Il n'y a pas de mal à prendre un verre à l'occasion, Alice.

— Ce qui devient regrettable, c'est lorsqu'une personne consomme un peu trop à toute heure du jour…

Gervaise croisa les bras.

— Ton père travaille beaucoup à l'hôpital. Je me sens souvent seule.

— Ce n'est pas une raison, maman.

Gervaise se rebiffa.

— Qu'est-ce que tu connais à la vie, ma pauvre chérie ? Tu penses te rendre loin dans ta carrière de secrétaire ? Dès que tu rencontreras l'homme de ta vie, tu laisseras tout en plan : ta vie professionnelle, tes ambitions…

Il y avait une grande amertume dans les propos de Gervaise. Elle avait dû abandonner sa carrière d'infirmière après son mariage. Mais les temps changeaient, et le marché du travail s'ouvrait un peu plus aux femmes. Pour le moment, Alice préférait ne pas trop penser à l'avenir. Son poste à la banque lui suffisait. Qui savait ce que l'avenir lui réservait ? Une chose était certaine : elle refusait de devenir comme sa mère, une femme aigrie par la vie. Trop lasse pour répliquer, elle se contenta d'éteindre la seule lampe encore allumée dans le salon.

— Nous ferions mieux d'aller dormir, maman.

Gervaise courba les épaules.

— Je pense que tu as raison, Alice. Il vaut mieux aller dormir.

Elle passa devant sa fille. La jeune femme se retint de la prendre dans ses bras. Mais la carapace forgée lentement depuis son adolescence ne se laisserait pas percer aussi facilement.

* * *

Claire se dépêchait de remplir les formulaires qu'Eunice venait de lui apporter. Il n'était pas question qu'elle prolonge ses heures de travail ce soir-là. Alice voulait aller voir son contrebassiste et Claire avait promis de l'accompagner. Cette sortie lui changerait les idées. Lisette lui tapait particulièrement sur les nerfs depuis quelques jours. Outre le fait qu'elle savait maintenant que Claire avait refusé la demande en mariage de Laurent, Lisette s'ingéniait à l'enrager. Comme à son habitude, elle empruntait ses vêtements et ses accessoires, mais sans jamais lui demander la permission. Claire essayait de se convaincre que cette situation passerait, mais Lisette semblait décidée à l'importuner pour le reste de ses jours.

L'absence de Laurent les dimanches soir commençait aussi à lui peser. Elle avait toujours considéré le grand copain de son frère comme un ami, et la complicité qu'elle avait nouée avec lui au fil des années lui manquait terriblement. Claire savait pertinemment qu'elle ne pourrait laisser cette situation se détériorer trop longtemps et qu'elle devrait faire les premiers pas afin qu'ils se réconcilient. Et que dire de Romain ? Elle avait essayé à plusieurs reprises de l'effacer de son esprit, mais sans succès. Elle se surprenait parfois à espérer le croiser dans la rue ou même dans le hall d'entrée de la Place Ville Marie. De toute façon, que lui dirait-elle ? Cette histoire qu'elle avait imaginée n'irait jamais plus loin puisqu'il était fiancé.

Absorbée par son travail, Claire ne se rendit pas compte qu'elle était observée. Lorsqu'elle leva la tête, elle sentit ses joues s'empourprer en apercevant Romain, qui la regardait en souriant. Heureusement, il n'avait pas la faculté de lire dans les pensées ; sinon il aurait probablement été étonné d'apprendre qu'elle songeait à lui en cet instant !

— La Banque Royale peut s'estimer heureuse d'avoir, parmi son personnel, une secrétaire aussi dévouée. Ça doit bien faire cinq minutes que je te fixe…

— Je dois terminer de remplir ces formulaires avant cinq heures.

Claire n'avait nullement envie de laisser Romain discuter à son aise ; elle avait du travail, qu'elle comptait bien finir. Cachant mal son embarras, elle essaya de se montrer indifférente à sa présence – l'ingénieur ne devait absolument pas savoir à quel point il la bouleversait. Claire vérifia qu'Eunice ne l'épiait pas. Si la superviseure la surprenait à discuter avec le « fiancé de mademoiselle Coulter », elle risquait de perdre son boulot. Toujours planté devant son bureau, Romain lui demanda :

— Tu vas bien ?

Le ton amical et inquiet du jeune homme lui chavira le cœur. Romain s'était toujours montré cordial avec elle. Claire dut se faire violence pour ne pas lui confier qu'elle traversait une période creuse, entre autres à cause de sa sœur et de Laurent. Les quelques fois où elle avait discuté avec lui, elle avait ressenti une véritable empathie de sa part. Mais elle ne pouvait plus s'épancher auprès du futur gendre de son patron. Claire hocha la tête tout en continuant de faire semblant de compléter ses papiers. La présence de Romain l'accaparait plus qu'elle ne l'aurait voulu. Toutefois, son mutisme ne découragea pas le visiteur, qui poursuivit :

— Nous n'avons pas eu la chance de nous revoir depuis cette fameuse réception.

Ce fut plus fort qu'elle, Claire laissa échapper :

— Ah oui ! La réception au cours de laquelle on a appris vos fiançailles, à Grace et toi !

Elle regretta immédiatement son ton chargé de reproches. Romain ne lui devait rien ; après tout, ils se connaissaient à peine, tous les deux ! Elle avait voulu lui répondre nonchalamment, mais elle en avait été incapable. Elle reporta son attention sur sa tâche tout en essayant de calmer l'emballement de son cœur. Se passant la main dans les cheveux, Romain prit un air désolé :

— Cette annonce n'était pas prévue pour ce soir-là. George m'a pris un peu de court…

En entendant le prénom de son patron, Claire tiqua. Devinant le malaise de la secrétaire, Romain changea de sujet.

— Mon offre pour ton frère tient toujours. S'il veut venir visiter un des chantiers du métro, il est le bienvenu.

— Je lui ferai le message, répondit Claire d'un ton désinvolte en gardant les yeux fixés sur le formulaire devant elle.

Romain se rapprocha d'elle. Elle put sentir l'odeur envoûtante de son eau de Cologne. Il se pencha au-dessus de son bureau, prit une feuille sur le bloc-note et un crayon. Ensuite, il griffonna sur le bout de papier. Quand Claire osa lever les yeux de son travail, ils rencontrèrent le regard bleu-gris de Romain.

— Je ne t'embêterai pas plus longtemps, déclara le visiteur. Je te laisse mon numéro de téléphone, au cas où ton frère ou toi voudriez me joindre…

Claire aurait voulu lui dire qu'il ne l'importunait pas, qu'elle souhaitait même qu'il reste. Elle se contenta de hocher la tête et de prendre la feuille qu'il lui tendait. Romain fit-il exprès de lui effleurer les doigts ? Claire l'ignorait, mais au contact de ses phalanges sur les siennes elle ressentit une décharge électrique qui traversa son épine dorsale. Le jeune homme lui fit un sourire à faire fondre ses dernières réticences, puis il s'éclipsa en direction du bureau de son futur beau-père.

***

Sitôt rentrée de la banque, Muguette s'était mise en robe de chambre. Elle s'était fait réchauffer une soupe que sa tante lui avait préparée quand elle avait rendu visite à sa grand-mère le dimanche précédent. Après s'en être versé un bol, elle s'installa à sa table de cuisine et mangea tout en feuilletant un magazine. Alice ne comprenait pas qu'elle préfère demeurer chez elle, dans le confort de son foyer. Dehors, une poudrerie glaciale balayait les rues. Pour rien au monde Muguette n'aurait voulu sortir ce soir. Casimir vint se frotter contre ses chevilles, comme pour lui confirmer qu'elle avait fait le bon choix.

Ce soir, ses deux amies iraient sans elle au Jazz Hot ! Alice ne s'était pas gênée pour lui faire la morale en essayant de la convaincre de les suivre dans la boîte de nuit. Mais Muguette avait toujours pris à la légère les reproches de la jeune femme.

— Si tu ne sors jamais, Muguette, comment veux-tu rencontrer la perle rare ? Tu vas finir ta vie vieille fille !

— Je suis heureuse dans mon célibat !

— Ce n'est pas ça qui te gardera au chaud pendant les longues nuits d'hiver !

— J'ai de bonnes courtepointes piquées par ma grand-mère et mon chat pour me réchauffer. C'est bien suffisant ! Tu sais, moi, le jazz et les contrebassistes…

Muguette s'était abstenue d'ajouter que, ces derniers temps, son cœur balançait entre le beau Greg et le propriétaire d'une certaine tabagie. Depuis sa journée de magasinage avec Marjolaine, les paroles anodines de la fille de Clermont Goulet lui avaient donné espoir. « Ça fait longtemps que mon père est veuf. Ce serait bon pour lui s'il rencontrait quelqu'un. J'aimerais bien avoir une belle-mère. Tu serais parfaite pour lui, je pense. »

Clermont s'était montré particulièrement aimable avec elle les dernières fois qu'elle s'était rendue dans son commerce. Il était allé jusqu'à l'inviter à célébrer le jour de l'An chez lui en compagnie de ses enfants et de quelques membres de sa famille. Mais Muguette avait refusé d'emblée. Sa timidité l'avait emporté sur sa curiosité de mieux connaître la famille Goulet. Elle s'était toujours sentie mal à l'aise de se retrouver parmi des gens qu'elle connaissait peu – à l'exception de la famille de Claire. Marjolaine était venue la relancer pour la faire changer d'idée, mais Muguette s'était montrée inflexible. Elle était venue près de flancher en passant devant le logement des Goulet en se rendant chez sa grand-mère au jour de l'An, mais elle avait tenu bon.

Perdue dans ses pensées, Muguette termina son bol de soupe et referma le magazine. Alice n'avait peut-être pas tort, après tout. Comment rencontrerait-elle l'âme sœur si elle restait cloîtrée chez elle ? Il n'était pas trop tard pour aller rejoindre ses deux amies !

***

Claire n'avait pas reparlé à sa sœur depuis leur dernière altercation. Lisette s'éclipsait rapidement lorsque son aînée franchissait la porte de la chambre qu'elles partageaient toutes les deux. Lisette avait atteint son but : faire choquer sa sœur. Mais fort heureusement, elle n'avait pas récidivé depuis. Au grand soulagement de Claire, Lisette brillait souvent par son absence. Elle se rendait chez une amie pour étudier, selon Henriette. Claire était heureuse de pouvoir enfin disposer de sa chambre à sa guise. Se préparant pour sa sortie avec Alice au Jazz Hot, elle chercha pendant un bon moment un foulard qu'elle souhaitait nouer sur sa tête. Évidemment, la pièce de tissu n'était pas rangée au bon endroit. Visiblement, Lisette l'avait encore emprunté sans permission. Pourquoi ne pas rendre la monnaie de sa pièce à cette curieuse ?

Claire avait toujours été discrète, et ce n'était pas du tout dans sa nature de fouiller dans les affaires d'autrui. Mais elle voulait mettre la main sur son foulard. En ouvrant le tiroir du haut de la commode de sa sœur, Claire y trouva le journal intime de Lisette dissimulé sous une pile de vêtements. Pendant quelques secondes, elle tint le petit carnet dans sa main, fixant les gribouillages que Lisette avait faits sur la couverture. À l'endos du journal, Claire vit un cœur dessiné avec, au centre, les initiales de sa sœur et un « M.C. » joliment enluminé. « Lisette est en amour ! » songea-t-elle en souriant. Mais Claire s'interdit de lire le journal, même si elle savait fort bien que l'adolescente se serait permis une telle indiscrétion. Elle le remit à sa place. Finalement, la jeune femme trouva son foulard dans le second tiroir de la commode. Elle termina de se préparer en vitesse.

Claire se dépêcha d'enfiler ses bottes et de se vêtir chaudement pour aller rejoindre Alice. Celle-ci l'attendait déjà probablement au Jazz Hot où son contrebassiste se produisait. Saluant rapidement sa mère qui travaillait encore sur sa machine à coudre, elle poussa la porte. Aussitôt, elle fut happée de plein fouet par la poudrerie qui sévissait à l'extérieur. Claire avait toujours détesté cordialement le mois de janvier avec ses froids polaires. Marchant la tête enfoncée dans son manteau jusqu'au plus proche arrêt d'autobus, elle essaya de se convaincre que cette soirée la réconforterait.

Muguette avait préféré rester dans le confort de son foyer. La jovialité de son amie lui manquerait, mais Alice parviendrait certainement à lui changer les idées. Claire en avait grandement besoin ! Elle voulait oublier la visite-surprise de Romain et l'humeur massacrante d'Eunice. Claire n'avait toujours pas renoncé à amadouer sa superviseure, mais elle commençait à croire que c'était une cause désespérée. Oui, sa sortie de filles lui ferait le plus grand bien !

***

Dans l'autobus, Claire pensa pendant quelques instants à Laurent qu'elle avait éconduit. Sa trop grande honnêteté avait blessé le jeune homme, et elle s'en voulait toujours. Elle aurait tellement voulu que Laurent et elle puissent reparler ensemble de la situation. Mais l'épicier ne donnait plus signe de vie et Denis, beaucoup trop occupé avec sa belle Renée, n'avait même pas remarqué que son ami d'enfance s'était éclipsé.

Claire avait de nombreux soucis : ses relations houleuses avec sa sœur, le malentendu avec Laurent qui se poursuivait, mais surtout les fiançailles de Romain – qui la bouleversaient plus que tout. Ces dernières semaines, elle avait l'impression d'avoir perdu l'amitié de Laurent et même celle de Lisette. Pour Romain, c'était autre chose ; Claire était chamboulée de se sentir aussi triste pour une amitié qui n'avait jamais existé. Pendant quelques secondes, elle songea à sa rencontre avec lui survenue un peu plus tôt dans l'après-midi. Elle regrettait l'indifférence qu'elle lui avait témoignée. Malgré ses récentes fiançailles, Romain pouvait bien être son ami.

Claire fouilla dans la poche de son manteau. Elle sentit entre ses doigts le bout de papier que Romain lui avait remis lors de sa visite. Elle n'avait pas eu le courage de le jeter, même si elle savait que jamais elle n'oserait l'appeler !

L'autobus s'arrêta devant la bâtisse où Alice, emmitouflée, l'attendait. Se dépêchant de rejoindre son amie, Claire resserra le col de son manteau pour conserver un peu de chaleur. Alice agita les bras pour lui faire signe.

— J'ai eu peur que tu décides de rester à la maison comme Muguette !

— Je t'avais dit que je viendrais, et je n'ai qu'une parole ! répondit Claire à travers les bourrasques.

Les deux jeunes femmes s'engouffrèrent dans la boîte de jazz. Elles laissèrent leurs manteaux au vestiaire. Dénichant une table près de la scène, Alice alla s'y installer avec empressement. Elle était impatiente qu'Alan apparaisse. Claire commanda un gin tonic – elle avait besoin d'alcool en cette froide soirée – et un martini pour son amie, qui surveillait attentivement l'arrivée imminente des musiciens.

La salle était beaucoup moins achalandée qu'à l'accoutumée, probablement à cause des mauvaises conditions météorologiques. Jetant des regards sur la salle et ses spectateurs, Claire remarqua Cécile Charbonneau qui venait de faire son entrée au bras d'un homme d'une trentaine d'années. Elle fit signe à sa compagne de travail de venir les rejoindre. À son arrivée, Cécile embrassa Claire et Alice sur les joues et leur présenta son fiancé : Raymond Beaudry, un camionneur. Raymond leur sourit timidement avant de se rendre au bar pour passer sa commande.

— Tu es une vraie petite cachottière, Cécile ! la taquina Alice en lui donnant une tape sur la main.

— Ça fait un petit bout que nous sommes fiancés. Nous allons nous marier en juin !

— Tu es plus discrète sur tes amours que sur les potins de la banque ! renchérit Alice.

Cécile éclata de rire avant de s'asseoir à la table de Claire et Alice. Elle s'informa au sujet du spectacle qui serait présenté sous peu.

— J'ai réussi à convaincre Claire de m'accompagner pour entendre le meilleur contrebassiste de la métropole ! répondit Alice.

— Il n'est pas seulement le meilleur ; d'après elle, il est aussi le plus séduisant ! lança Claire en faisant un clin d'œil à sa copine, qui lui renvoya une grimace en retour.

Pendant que les trois collègues plaisantaient, les musiciens firent leur entrée sur scène. Raymond revint avec une bière et un cocktail. Il tendit ce dernier à sa fiancée. Cécile poussa Alice du coude en pouffant :

— C'est lui, ton contrebassiste ?

Un homme âgé à la peau noire venait de s'installer derrière l'énorme instrument. Alice prit un air dépité.

— Alan m'avait dit qu'il jouerait ce soir. Il a sûrement eu un empêchement de dernière minute.

— On assiste au spectacle quand même ? s'enquit Claire.

— Vous n'avez pas le choix, commenta Cécile. Muguette ne vous pardonnerait pas si vous lui faisiez faux bond.

Devant le regard interrogateur des deux femmes, Cécile pointa Muguette qui venait d'entrer dans l'établissement. Manifestement, elle cherchait ses amies.

— Dans ce cas-là, on va rester, c'est sûr ! déclara Alice avant de se lever précipitamment et de faire de grands signes à sa camarade.

Distinguant le petit groupe dans la pénombre, Muguette avança dans cette direction.

— Heureuse de vous voir, les filles !

— C'est une belle surprise que tu sois venue, Muguette ! s'écria Alice. On ne croyait pas te voir ici ce soir.

— J'ai failli rebrousser chemin quand j'ai vu la température exécrable. J'espère que le spectacle de ton musicien en vaudra la peine.

— Le musicien d'Alice a probablement préféré rester à la maison par un si mauvais temps, indiqua Cécile. On ne peut pas lui en vouloir ! ajouta-t-elle avant de porter son cocktail à ses lèvres.

Devant la mine abattue d'Alice, Claire leva son verre.

— Tant pis pour lui ! Il ne sait pas ce qu'il manque en se privant de ta compagnie, Alice.

— Tu as bien raison, Claire, répondit-elle. Tâchons de passer une belle soirée ! signifia-t-elle en levant son martini.

Claire avala d'un trait son gin tonic. Du coup, elle oublia Laurent, Lisette, Eunice… et même Romain.

* * *

Lorsque Claire rentra de sa soirée au Jazz Hot, elle trouva la maisonnée endormie. Sa mère et son frère étaient déjà couchés. Lisette devait l'être aussi puisque aucune lumière ne filtrait sous la porte de la chambre. Pénétrant sur la pointe des pieds dans la pièce pour ne pas réveiller sa sœur, Claire entreprit de retirer ses vêtements pour passer sa chemise de nuit. Sans faire de bruit, elle se glissa sous les couvertures, faisant bien attention de ne pas déranger Lisette, qui lui ferait passer un mauvais quart d'heure si elle la tirait du sommeil.

La lueur du réverbère qui filtrait à travers le rideau de dentelle éclairait légèrement le lit de Lisette. Le couvre-lit semblait intact. Quand Claire alluma sa lampe de chevet, elle découvrit que le lit voisin était effectivement inoccupé. Sa sœur n'était pas encore rentrée, malgré l'heure tardive ! Claire se leva, cherchant une explication à cette absence. Non seulement Lisette avait de l'école le lendemain matin, mais elle ne serait certainement pas à prendre avec des pincettes à cause de son manque de sommeil.

Laissant sa lampe allumée, Claire se recoucha. Tôt ou tard, Lisette rentrerait et elle voulait s'assurer de ne pas la manquer. Fâchée de la nonchalance de sa cadette, Claire ignorait de quelle façon réagir. Une chose était certaine : elle refusait de réveiller sa mère. Henriette avait droit à un repos bien mérité après une longue journée passée devant sa machine à coudre. En plus, elle n'avait pas besoin de s'inquiéter pour sa fille.

Claire venait tout juste de s'assoupir lorsque Lisette poussa doucement la porte de la chambre. Elle s'approcha du lit de sa sœur et éteignit la lampe sur la table de chevet. Claire ouvrit les yeux, ce qui la fit sursauter.

— Bon sang, Claire ! Tu viens de me faire la peur de ma vie !

— Tu rentres tard !

— Et puis ? Qu'est-ce que ça peut te faire ?

— Je m'inquiétais pour toi, Lisette.

— Ah oui ?

La jeune fille déboutonna son chemisier et l'enleva, forçant son aînée à détourner les yeux. Lisette, qui empestait la cigarette et l'alcool, sortit de son tiroir un chandail que Claire reconnut. « Elle s'approprie même les vêtements de Denis ! » pensa-t-elle en voyant sa sœur enfiler le gilet trop grand. Lisette se glissa ensuite dans son lit.

— Tu peux éteindre, Claire. Je voudrais dormir.

— C'est tout ce que tu as à dire ?

Assise dans son lit, elle attendait les explications de Lisette.

— Quoi ? s'écria l'adolescente. Qu'est-ce que tu veux de plus ?

Elle défia sa sœur du regard.

— À l'heure où tu rentres, ce serait la moindre des choses que tu me dises où tu étais.

— Je n'ai pas de comptes à te rendre.

Claire lui fit signe de baisser le ton.

— C'est certain que tu n'as de comptes à rendre à personne à seize ans ! se moqua-t-elle. Il vaudrait peut-être mieux pour toi que tu m'expliques tout si tu ne veux pas que maman apprenne ton arrivée tardive…

— Bon ! Tu vas me faire chanter, asteure ?

Claire baissa la voix pour encourager sa sœur à faire de même.

— C'est à cause de ce « M.C. » ?

Lisette repoussa ses couvertures et s'emporta :

— Tu as fouillé dans mes affaires ?

— Chut ! Pas si fort ! Tu ne voudrais pas réveiller maman, n'est-ce pas ?

Lisette marmonna entre ses dents pour contenir sa colère.

— Je n'en reviens pas que tu aies fouillé dans mes affaires, Claire Lemay !

— J'ai repris mon foulard dans ton tiroir. C'est alors que je suis tombée sur ton journal.

Lisette lui jeta un regard rempli de haine, puis elle alla chercher son cahier dans sa commode. Claire ne voulait pas que la discussion dégénère. Se levant à son tour, elle s'approcha de sa cadette.

— Rassure-toi, je ne l'ai pas lu.

— J'espère bien !

— Je ne veux pas savoir qui est ce « M.C. », Lisette. Mais je tiens à te rappeler que tu es loin d'être majeure et que tu es encore aux études.

— Ce « M.C. », comme tu dis, me considère autrement que comme une enfant, comme vous le faites tous dans cette famille. Mes résultats scolaires ne seront pas affectés, si c'est ce qui t'inquiète, Claire…

Comment faire comprendre à Lisette qu'elle n'en avait que faire, de ses résultats scolaires ?

— Tout ce que je souhaite, Lisette, c'est que tu fasses attention à toi et que tu rentres à une heure décente. Je ne serai pas toujours là pour te couvrir. Un jour ou l'autre, maman remarquera que tu reviens tard. Et là, tu auras à t'expliquer…

Lisette rangea son journal à sa place en se promettant de trouver une meilleure cachette dès le lendemain. Elle retourna dans son lit, et Claire fit de même, puis éteignit la lumière.

Lisette souffla :

— Tu ne diras rien à maman, Claire ?

— Si tu penses que je n'ai que ça à faire, aller bavasser à maman !

— Merci ! C'est chic de ta part, dit la jeune fille d'une petite voix.

— Tu ferais mieux de dormir si tu ne veux pas avoir des valises sous les yeux, demain matin. Maman se poserait des questions.

— Bonne nuit, Claire !

Claire souhaita une bonne nuit à sa sœur. Une sorte de trêve non officielle s'était établie entre elles.

6

— Alors ? Vous venez, toutes les deux ?

Les mains sur les hanches, Muguette attendait impatiemment une réaction de ses amies.

— Bof ! Je n'ai pas trop le cœur à fêter la Saint-Valentin…

Claire venait de terminer de préparer le café et s'apprêtait à aller en porter une tasse à monsieur Coulter. Adossée au comptoir, Alice ne savait trop quoi répondre à Muguette. Elle avait revu Alan, le contrebassiste, et avait espéré qu'il l'invite au restaurant pour célébrer la fête des amoureux, mais il travaillait cette soirée-là. Greg venait de se faufiler discrètement dans la cuisinette. S'excusant auprès d'Alice qui lui bloquait le chemin, il saisit une tasse et se versa du café.

Muguette lança :

— On a toujours fait ça, n'est-ce pas, Greg ?

Levant la tête, l'interpellé demanda :

— De quoi parles-tu, Muguette ?

— De notre souper de célibataires pour la Saint-Valentin ! C'est un des moments de l'année que je préfère ! D'habitude, tout le monde participe à l'activité, non ?

— Euh… oui, habituellement ! François est un peu plus difficile à convaincre, mais il nous rejoint toujours à la dernière minute.

— Claire et Alice sont célibataires et j'essaye de les convaincre de nous accompagner. Il n'y a que Cécile qui est officiellement fiancée.

— Elle m'a dit qu'elle viendrait quand même, répondit Greg. D'après elle, vu qu'elle n'est pas encore passée devant l'autel, elle fait partie de notre groupe.

Alice, qui songeait à accepter l'invitation, approuva d'un signe de tête. Après tout, ce repas au restaurant n'était qu'un prétexte pour une sortie entre amis et elle avait toujours adoré ce type de soirées.

— Ça pourrait être plaisant, Claire, si on y allait ensemble, déclara-t-elle.

— À ce que je vois, tu es passée du côté de Muguette ! Pour ma part, je ne sais pas trop.

— Tu vois, tu seras la seule à te morfondre chez toi. Même moi j'y vais ! Je ne manquerais pas ce repas pour tout l'or du monde !

Muguette fit un clin d'œil peu subtil à Greg et éclata de rire. Pour toute réponse, le commis comptable avala une gorgée de son café. Puis il se tourna vers Claire.

— Tu verras, Claire, nous passerons une bonne soirée entre amis. C'est agréable de se côtoyer en dehors du bureau. Et puis, comme le dit Muguette, aussi bien sortir que de s'ennuyer à la maison. On ne sait jamais… Peut-être que Cupidon te lancera une de ses flèches ?

Claire accepta finalement. Mais Cupidon n'y était pour rien ; seule la sortie entre amis l'intéressait. Elle n'avait toujours pas eu de nouvelles de Laurent. Et même si elle faisait tout pour oublier Romain, le sourire ensorceleur de l'ingénieur lui revenait encore beaucoup trop souvent en mémoire. Elle ne pouvait manquer cette occasion, car, après tout, même Muguette y serait !

***

Le souper se déroula dans la convivialité. « Le club des célibataires » comme Muguette et Cécile surnommaient le groupe, mangea dans un restaurant du centre-ville. Puis, sous les judicieux conseils d'Alice, on décida d'aller poursuivre la soirée au Jazz Hot où Alan et les musiciens devaient se produire. Assise près de François, Alice attendait impatiemment que son contrebassiste se produise sur scène. Timide, François ne savait trop comment aborder la jeune femme.

Les soirées entre collègues avaient l'avantage de faire en sorte que tous apprenaient à mieux se connaître. Claire savait maintenant que Greg aspirait à gravir les échelons au sein de la Banque Royale et que, dans ce but, il suivait des cours du soir en comptabilité. « Je ne passerai pas ma vie au Service des comptes courants. Un jour, j'aurais mon propre bureau et ma secrétaire, moi aussi ! » lui avait-il confié entre l'entrée et le plat principal. Au début, Claire avait écouté les propos de l'homme avec attention. Ensuite, à force de l'entendre parler constamment de lui, elle s'en était désintéressée peu à peu, se contentant d'acquiescer de temps à autre et d'émettre des « hum, hum ! » pour lui laisser croire que ses propos l'importaient.

Maintenant, son attention était tournée vers la conversation de Muguette et Cécile. Cette dernière décrivait avec précision la robe de mariée qu'elle venait tout juste de commander dans une boutique spécialisée de la rue Saint-Hubert.

— De la dentelle ici, déclara Cécile en pointant son encolure. Je veux un mariage princier avec mon beau Raymond. La couturière confectionnera la jupe avec du taffetas d'un magnifique blanc neige. Je ne veux absolument pas me marier en *off white* !

Subjuguée par ce qui se déroulait sur scène, Alice prêtait peu d'attention à François qui, contrairement à son confrère Greg, parlait très peu. Les propos de Cécile suscitèrent son intérêt.

— En tout cas, Cécile, si tu as besoin de broderie sur ta robe de princesse, je connais quelqu'un qui a des doigts de fée…

— Ah oui ? répondit la fiancée. Justement, selon ma couturière, ce serait du plus bel effet d'ajouter des petites fleurs brodées avec quelques perles. Je vous le dis, les filles, ma robe sera splendide et en mettra plein la vue aux invités.

— La mère de Claire fait justement de la broderie. Lorsque je suis allée chez elle l'autre jour, j'ai vu quelques-uns de ses travaux. C'est tout simplement magnifique ! N'est-ce pas, Claire ?

Claire n'écoutait plus. Elle venait de voir Laurent entrer dans le cabaret en compagnie d'un petit groupe de personnes. Le nouvel arrivé s'installa de l'autre côté de la scène, presque en face de Claire. Une fois assis, il parcourut des yeux la salle ; il finit par croiser son regard. Son sourire s'effaça en apercevant la jeune femme. Claire, qui avait levé la main pour lui faire signe, laissa son geste en suspens devant sa réaction. Toutefois, politesse oblige, Laurent vint la rejoindre à sa table.

— Bonsoir, Claire !

— Bonsoir, Laurent !

Claire ravala ses larmes. Cela la rendait triste que toutes ces années de complicité avec lui soient maintenant reléguées à de simples formalités. Les deux compagnons de longue date se dévisagèrent pendant quelques secondes, qui parurent durer des heures aux yeux de Claire.

— Tu ne nous présentes pas ton ami, Claire ?

La jeune femme fut reconnaissante à Greg de briser le silence, ce qui dissipa le malaise qui s'était installé. Laurent tendit la main en direction de Greg.

— Laurent Thibault, un ami de la famille de Claire.

— Greg Mullen.

— Ah bon !

Claire perçut toute la jalousie dans l'exclamation de Laurent. Les deux hommes se jaugèrent pendant quelques instants. Devant le mutisme de Greg, elle précisa :

— Nous sommes seulement des collègues, Laurent. Greg est commis comptable pour la Banque Royale.

— Ah !

Claire l'avait connu plus loquace. Alice vint à sa rescousse en embrassant Laurent sur les joues, comme si elle le connaissait depuis toujours.

— Si ce n'est pas le plus fameux des pères Noël ! Comment vas-tu, Laurent ?

— Je survis…

Claire baissa les yeux. Le regard compatissant, Alice indiqua :

— C'est le cas de tout le monde en cette journée glaciale ! Vous devriez vous joindre à nous, tes amis et toi. Plus on est de fous, plus on rit, à ce qu'il paraît !

— Merci pour l'invitation, mais je ne voudrais pas m'imposer. Et puis vous êtes déjà en excellente compagnie !

Il s'adressa ensuite à Claire :

— Tu diras à Denis de me téléphoner, s'il te plaît. Bonne soirée, mesdemoiselles !

Aussitôt, Laurent tourna les talons. Claire vit ses épaules se voûter légèrement. Un immense sentiment de tristesse l'envahit à la vue de cet ami qui l'avait rejetée de sa vie.

***

Depuis son arrivée, François avait – tant bien que mal – tenté d'attirer l'attention d'Alice. Mais pendant toute la soirée, Alice l'avait écouté d'une oreille distraite, ne détachant pas son regard du contrebassiste. Pour noyer sa déception, François avait enfilé les martinis. À la fin de la soirée, Alan vint saluer sa plus fervente admiratrice et la gratifia d'un baiser digne des films d'Hollywood. Rouge comme une tomate, Alice fit les présentations et offrit un verre à Alan. Ce dernier souhaitait lui présenter ses compagnons musiciens. Le pauvre François se retrouva donc seul avec son verre de martini.

Laurent était resté assis à sa table, observant à la dérobée le groupe de Claire. La jeune femme ne sut pas à quel moment il s'était éclipsé puisqu'elle essayait de ne pas regarder dans sa direction trop souvent. Greg s'était excusé auprès de ses amis et avait terminé la soirée en compagnie de la jolie blonde assise trois tables plus loin, au grand désespoir de Muguette.

Durant toute la soirée, elle avait essayé d'attirer l'attention de son collègue. Heureusement, elle n'avait pas cherché consolation dans l'alcool; elle s'était contentée de soupirer de découragement et de discuter avec Cécile, assise à ses côtés. Les deux jeunes femmes, qui ne voulaient pas manquer le dernier autobus, quittèrent la salle les premières. Claire se retrouva donc en compagnie de François.

Le commis n'en menait pas large. Les flèches de Cupidon ne lui avaient pas transpercé le cœur, mais les martinis avaient fait leur œuvre. Le menton appuyé dans la paume de sa main, François fixait le vide. Claire ne pouvait l'abandonner à son sort. Greg semblait bien trop occupé à flirter avec sa conquête du moment pour être d'une quelconque aide. Claire n'avait d'autre choix que de s'occuper du pauvre amoureux transi.

— Je pense qu'il serait temps de rentrer, François.

— Ouais!

— Te sens-tu capable de te lever?

François ne répondit pas. Mais il prit sa veste sur le dossier de la chaise et, maladroitement, il se mit debout.

— Nous rentrerons en taxi, décida Claire. Ce sera plus simple.

Elle saisit délicatement son collègue par le coude et l'entraîna vers le vestiaire. Ils y étaient presque arrivés lorsque François revint sur ses pas, forçant Claire à le suivre. Alice discutait près du bar avec Alan et quelques musiciens. La jeune femme riait de leurs blagues à gorge déployée. Avant que Claire ait le temps de réagir, François s'approcha d'Alice, la tourna vers lui pour qu'elle le regarde. Puis il l'embrassa à pleine bouche. Les yeux arrondis de surprise, Alice resta figée.

— Je t'aime, Alice. Je tenais à ce que tu le saches!

Alan s'était avancé, les poings serrés, prêt à frapper ce malotru qui s'en prenait à celle qu'il considérait maintenant comme sa petite amie. Craignant que la situation dégénère, Claire entraîna François vers le vestiaire, où il s'effondra sur un banc près de la sortie. Après avoir récupéré les manteaux, Claire l'aida à se relever et à se vêtir. Puis, une fois à l'extérieur, elle héla un taxi d'une main tout en le soutenant de l'autre. François eut un haut-le-cœur avant de vomir sur ses couvre-chaussures.

Une voix derrière elle fit sursauter la jeune femme:

— As-tu besoin d'aide, Claire?

Laurent écrasa sa cigarette avant de s'approcher.

— Ton aide sera la bienvenue, Laurent. François a un peu abusé des martinis et je n'ai pu me résoudre à le laisser seul dans le cabaret.

Laurent ouvrit la portière du taxi qui venait de s'arrêter devant eux. Il aida Claire à installer son collègue sur la banquette arrière. Ensuite, Claire monta dans le véhicule, suivie de Laurent. Coincée entre les deux hommes, la jeune femme poussa François du coude pour qu'il donne son adresse au chauffeur qui attendait les directives de ses clients. La bouche pâteuse, le commis comptable s'exécuta, puis il posa sa tête sur l'épaule de Claire. Il poussa un long soupir avant de s'exclamer:

— Je n'ai jamais eu de chance avec les femmes. Je m'étais dit que cette soirée de Saint-Valentin serait différente, mais non. Je me retrouve encore tout seul.

— Bienvenue dans le club ! lui répondit Laurent avec une pointe d'ironie.

François demanda d'une voix brisée :

— Claire, tu savais que j'étais amoureux d'Alice ?

L'alcool avait eu raison de sa réserve habituelle. Il poursuivit ses confidences :

— J'étais certain qu'Alice était la femme de ma vie !

Par la fenêtre, Laurent regardait défiler les réverbères.

— Qu'aurait-elle fait avec un commis comptable, de toute façon ? reprit François. Un contrebassiste, c'est bien mieux !

— Je ne pense pas que ça ait quelque chose à voir, tu sais, tenta de le réconforter Claire.

— Bah ! Je n'ai rien d'intéressant à proposer. Qui voudrait d'un homme comme moi ?

François baissa la tête et ferma les yeux. Quelques minutes après, il ronflait, le menton appuyé contre sa poitrine. Malgré ces dernières paroles plutôt tristes, la situation était quand même cocasse. Laurent posa les yeux sur François.

— En tout cas, s'il ronfle comme ça avec les femmes qu'il rencontre, je les comprends de prendre leurs jambes à leur cou !

Claire retint un fou rire.

— Pauvre François! s'exclama-t-elle. Alice ne voit plus clair; il n'y a que son Alan qui compte. Le pire, c'est qu'il n'est presque jamais disponible pour elle. Je doute qu'il agisse en toute franchise avec mon amie.

— L'honnêteté, ce n'est pas donné à tous…

— Si tu fais référence à notre soir de réveillon, sache que je ne voulais pas te blesser, Laurent.

— Je comprends, Claire. Les sentiments ne sont pas toujours réciproques. On en a une autre preuve ici…

Laurent pointa du menton François qui marmonnait dans son sommeil.

— Je ne peux pas t'en vouloir d'avoir été franche avec moi au lieu de me laisser espérer que tu éprouverais peut-être un jour les mêmes sentiments que moi.

— Ça me soulage de savoir que tu ne me gardes pas rancune. Je n'en étais pas certaine tout à l'heure.

— Excuse-moi. Mais quand j'ai vu ce grand dadais à côté de toi, j'ai pensé que tu me l'avais préféré. Je comprends comment François a pu se sentir en voyant Alice se jeter dans les bras du musicien. La jalousie me tordait les tripes.

— Ça m'attriste que notre amitié s'étiole comme ça. Je tiens à toi, Laurent.

— Comme ami, je sais. Mais vaut mieux ça que rien, je suppose!

Le taxi s'arrêta devant l'immeuble de François. Laurent ouvrit la portière et descendit le premier. Claire secoua son collègue pour qu'il reprenne ses esprits et descende du véhicule. Elle rejoignit Laurent sur le trottoir. Ce dernier aida François à sortir de l'auto.

— Allez, mon gaillard ! s'écria Laurent en saisissant le bras de François. Tu es revenu chez toi.

François fouilla dans la poche de son manteau. Il en extirpa son trousseau de clés. En cherchant la clé de la porte d'entrée, il échappa le trousseau dans la gadoue.

— C'est bon, je m'en occupe ! lança Laurent en se penchant.

— C'est aussi bien comme ça ! s'esclaffa François en s'agrippant à Claire pour ne pas subir le même sort que son trousseau.

Laurent eut tôt fait de trouver la bonne clé. Il déverrouilla la porte avant de prêter main-forte à François pour qu'il franchisse le seuil de son appartement. Claire les suivit. Laurent et elle installèrent François dans son lit avant de retourner à l'extérieur, où les attendait encore le taxi.

— Rendons-nous chez toi, Claire. Je regagnerai la maison en marchant.

La jeune femme donna son adresse au chauffeur. Puis elle s'adossa confortablement, Laurent à ses côtés.

— Je ne sais pas comment j'aurais pu l'aider à rentrer si tu n'avais pas été là. Merci de l'avoir raccompagné avec moi.

— Seule, tu n'y serais pas parvenue. Il était mou comme de la guenille !

Laurent éclata de rire. Claire se détendit. Son compagnon lui prit délicatement la main.

— Tout compte fait, je suis heureux d'avoir retrouvé mon amie. Tu m'as manqué, Claire.

— Moi aussi ! Viens donc souper à la maison dimanche. Ma mère s'ennuie tellement de son deuxième fils !

— Je n'y manquerai pas si cela est possible.

Laurent serra la main de Claire dans la sienne. La présence de la jeune femme dans sa vie était essentielle. À défaut de vivre une relation amoureuse avec elle, il pouvait très bien se satisfaire de son amitié.

***

— As-tu vu François Duguay dans les parages ? Le maudit ! Un peu plus et Alan me plantait là comme une dinde ! Je veux lui mettre la main au collet depuis ce matin, mais je ne l'ai pas trouvé !

Alice venait de s'arrêter, furieuse, devant le bureau de Claire. Celle-ci, tout en tentant de repérer Eunice aux alentours, essaya de calmer sa copine. Pendant tout l'avant-midi, Alice avait cherché François, car elle voulait lui dire sa façon de penser. Claire se doutait bien que le jeune homme se montrerait discret pendant un certain temps. Elle l'avait entrevu tôt en matinée, mais elle n'avait pas eu le temps de lui parler. François s'était faufilé dans son bureau, dont il n'était pas ressorti de toute la matinée – sans doute pour éviter le courroux d'Alice.

— Il faut que tu lui pardonnes, Alice. Il avait bu trop de martinis. Peut-être serait-il préférable que tu ne reviennes pas sur cette situation embarrassante ?

— Situation embarrassante ?! J'ai eu l'air d'une vraie folle devant Alan ! Il m'a fallu lui expliquer que François n'était rien de plus qu'un collègue. Ça m'a pris du temps à le convaincre. J'ai même eu peur qu'il parte. Tu imagines s'il m'avait abandonnée dans le bar ! Je ne comprends pas pourquoi François s'est comporté de la sorte. Dans quel but a-t-il fait ça ? Il est complètement imbécile, ou quoi ?

« C'était un geste désespéré pour que tu lui accordes un peu d'attention », songea Claire.

— C'est l'abus d'alcool qui l'a fait agir ainsi. François est réservé, habituellement. Ce n'est pas vraiment son genre de faire de telles déclarations.

— Tu le savais, toi, qu'il était amoureux de moi ?

— Mais non ! Je suis aussi étonnée que toi.

Claire s'assura une nouvelle fois qu'Eunice était hors de vue. Elle ne souhaitait pas s'attirer les foudres de la superviseure.

— Puisqu'il n'était pas dans son état normal, peut-être devrais-tu passer l'éponge, Alice ?

Cette dernière haussa les épaules.

— Comme tout s'est finalement arrangé avec Alan, je suis d'accord pour oublier la gaffe de François. Mais si tu le vois, dis-lui que je lui conseille de ne pas recommencer. Je pourrais être très méchante avec lui la prochaine fois !

Claire n'en doutait pas un seul instant. Connaissant le tempérament de François, elle était certaine qu'il ne récidiverait pas. Elle changea de sujet pour alléger l'atmosphère.

— Tu as passé une belle fin de soirée avec Alan, finalement ?

— Ah oui! C'était fabuleux! Disons que cette soirée de Saint-Valentin s'est bien terminée! Je suis rentrée très tard chez moi… si tu comprends ce que je veux dire. Alan souhaite que nous nous voyions plus souvent. Je pense que notre relation est officielle maintenant!

— Tant mieux! Peut-être que l'incident avec François a accéléré les choses. Tout compte fait, tu devrais peut-être le remercier!

Claire fit un clin d'œil à Alice avant de se remettre à travailler. Mais Alice avait encore envie de discuter puisqu'elle resta plantée devant le bureau.

— Ton ami Laurent n'était pas jasant, hier soir…

Claire était convaincue qu'Alice resterait là tant qu'elle n'obtiendrait pas une réponse satisfaisante. Elle résuma donc ce qu'il en était.

— J'ai terminé la soirée en raccompagnant François avec Laurent. Nous en avons profité pour régler notre malentendu.

— Tant mieux! Vous faisiez peine à voir, car vous vous êtes regardés en chiens de faïence pendant toute la soirée.

Le téléphone sonna. Claire dut prendre l'appel, ce qui lui évita d'expliquer en détail sa réconciliation avec Laurent.

— Bon, je retourne au boulot, souffla Alice avant de se dépêcher d'aller reprendre sa place.

***

Ce n'est qu'en fin de journée, une fois tout le monde parti, que François sortit de son bureau pour rentrer chez lui. Claire l'attendait près de l'ascenseur.

— Comment ça va aujourd'hui, François ? Nous ne t'avons pas vu pendant l'heure du dîner.

— J'avais du travail à rattraper…

L'excuse était bonne, mais Claire n'y crut pas une seconde. Cette journée-là, François avait évité délibérément ses collègues. Les portes de l'ascenseur s'ouvrirent. Claire s'engouffra dans la cabine, invitant François à faire de même. Visiblement gêné, il ne savait par quel bout commencer. Claire décida de lui faciliter les choses :

— Tu as bien dormi, malgré tout ?

— Euh… oui ! Mais j'ignore comment j'ai fait pour rentrer chez moi la nuit dernière.

— Mon ami Laurent et moi t'avons raccompagné.

— Si j'en juge par le mal de bloc que j'ai eu toute la journée, je ne devais pas être beau à voir…

Claire s'abstint de le réprimander.

— Disons que tu avais un peu bu…

— Pas juste un peu… C'était la première fois que j'abusais ainsi. Je ne me souviens plus clairement de ce qui s'est passé. Je me revois près d'Alice, mais après, tout est flou…

— Tu ne te rappelles vraiment rien ?

— Non. Mais mes couvre-chaussures empestaient ce matin. J'imagine que mes excès d'hier soir y sont pour quelque chose…

Les portes de l'ascenseur s'ouvrirent au rez-de-chaussée. François fit signe à Claire de passer devant lui, puis il se mit à bafouiller.

— Je ne sais plus trop ce que j'ai fait. Alice m'a-t-elle vu dans cet état ?

« Que répondre ? » se demanda Claire. Devait-elle lui raconter qu'il avait révélé ses sentiments à Alice devant tout le monde ? Claire n'avait jamais aimé mentir. De plus, le regard suppliant de François la poussa à lui dire la vérité.

— Tu lui as déclaré ton amour avant de l'embrasser passionnément.

— J'ai fait ça, moi ?

François pâlit et se prit la tête entre les mains. Il était figé au beau milieu du hall d'entrée.

— Je ne peux pas croire que je suis allé jusque-là ! Comment a-t-elle réagi ?

Claire se pinça les lèvres. Mais puisqu'elle avait opté pour la franchise, aussi bien continuer dans cette voie.

— Elle a été très étonnée. Elle ne s'attendait pas à un tel comportement de ta part. Ce matin, par contre, elle était furieuse…

Devant les yeux affolés de François, Claire enchaîna rapidement :

— Mais je lui ai expliqué que tu n'étais pas dans ton état normal.

— Elle a dû me prendre pour un imbécile !

Cette fois, Claire choisit d'adoucir la vérité. François n'avait pas besoin de savoir qu'Alice lui avait effectivement attribué ce qualificatif. Il était déjà suffisamment humilié, le pauvre !

— Elle a compris que tu avais trop bu. Elle m'a simplement demandé de t'aviser de ne jamais recommencer !

Claire sourit afin de dédramatiser la situation. François reprit un peu de couleurs et hocha la tête. Après avoir jeté un regard de gauche à droite pour s'assurer qu'aucunes oreilles indiscrètes ne pouvaient l'entendre, il déclara :

— Rassure-moi, Claire. Dis-moi que tout n'est pas perdu avec Alice. Je suis convaincu qu'elle est la femme de ma vie !

Claire lui fit un sourire encourageant. Mais elle savait que, tant qu'Alan serait dans le portrait, François n'aurait aucune chance auprès de sa belle.

7

L'incident du «Club des célibataires» s'était dissipé comme la neige qui commençait lentement à fondre en cette fin du mois de mars. Alice fréquentait avec plus d'assiduité son contrebassiste. François, découragé, n'avait rien tenté pour la conquérir. Quand il la croisait, il se contentait de la saluer d'un hochement de tête. Il faisait son possible pour éviter de se retrouver seul en sa compagnie. De toute façon, Alice ne lui prêtait aucune attention ; toutes ses pensées étaient destinées à son musicien.

Alors qu'elle aurait dû filer le parfait bonheur avec Alan, Alice n'en menait pas large en cette matinée. Elle semblait préoccupée derrière son bureau. Claire n'avait pas osé aller lui demander la cause de son abattement. Durant la pause-café, Alice s'était éclipsée sans parler à personne et elle avait dîné toute seule. Claire s'inquiétait pour son amie. La voyant assise sur un banc, à l'écart, elle s'approcha d'elle.

— Muguette et moi, nous nous demandions pourquoi tu n'étais pas venue manger avec nous ce midi.

— J'avais envie d'être seule pour réfléchir.

Muguette, qui venait de rejoindre ses compagnes, intervint :

— Réfléchir à quoi, au juste ? Il y a du nouveau avec Alan et je ne suis pas au courant ?

— Non, il n'y a rien de neuf. Je l'ai vu hier, comme d'habitude.

— *My God!* Qu'a donc fait ton amoureux pour te mettre dans un état pareil ?

Alice baissa les yeux. Muguette interrogea Claire du regard. Celle-ci secoua la tête en signe d'ignorance.

— Tu devrais pourtant filer le parfait bonheur avec ton musicien, non ?

Alice poussa un soupir exaspéré.

— Mais quelle mouche t'a piquée ? s'exclama Muguette. On dirait que tu manges les mêmes aliments qu'Eunice pour dîner !

— J'ai mal dormi.

— C'est probablement parce que tu as dormi tout habillée, commenta Claire. J'ai remarqué que tu portes les mêmes vêtements qu'hier.

— J'ai passé la nuit avec Alan.

Muguette poussa Claire du coude avant de déclarer :

— Ah ! Ça signifie que tu n'as pas suffisamment dormi, tout simplement !

— Si c'était seulement ça ! Alan s'en va quelques semaines à Toronto avec son groupe.

Alice affichait une mine triste. Claire posa la main sur son épaule.

— Vos retrouvailles seront précieuses dans ce cas. Ne désespère pas !

— Je sais bien ! C'est seulement que, ce matin, ça ne s'est pas passé comme je le voulais. Je ne veux pas vous embêter avec ça…

— On est tout ouïe, ma chère ! lança Muguette en se redressant sur son banc.

— Je pense que j'ai fait une gaffe.

Alice replaça une mèche de ses cheveux avant d'entreprendre son récit :

— Habituellement, je ne passe pas la nuit chez Alan ; je préfère rentrer chez moi. Mais hier, juste avant que je parte pour le cabaret, ma mère m'a interceptée. Elle a exigé des explications sur mes sorties nocturnes, comme si j'étais encore une enfant ! C'est la goutte qui a fait déborder le vase ! La colère a pris le dessus, alors j'ai décidé de rester chez Alan pour la nuit.

— C'est un bon moyen pour que ta mère comprenne qu'elle n'a aucune emprise sur ta vie, approuva Muguette.

— Effectivement.

Alice demeura songeuse quelques instants avant de confier :

— Je ne sais pas si c'est le fait d'avoir passé une nuit complète avec lui, mais j'ai envie de connaître d'autres matins comme aujourd'hui. L'appartement d'Alan est minuscule et en désordre, mais je serais prête à déménager avec lui n'importe quand.

— Cette idée de te caser est peut-être venue parce que Cécile n'arrête pas de nous casser les oreilles avec son Raymond, suggéra Muguette.

Alice haussa les épaules. Son amie avait peut-être raison. Pendant les pauses, Cécile racontait en long et en large en quoi consistaient les cours de préparation au mariage. Sa robe était achetée, la salle de réception, déjà réservée ; même le voyage de noces à Niagara Falls était réglé dans les moindres détails ! Tout pour faire rêver les célibataires de la banque. Raymond et Cécile étaient même à la recherche intensive d'un logement. La plupart des secrétaires enviaient la liberté dont le couple jouirait bientôt.

— Ma mère est insupportable ces temps-ci, reprit Alice. Elle surveille mes allées et venues comme si j'avais encore seize ans ! Peut-être le temps est-il venu pour moi de quitter la maison ? Je pense qu'avec mon salaire de secrétaire Alan et moi pourrions louer quelque chose de plus spacieux.

— Alan représente une façon de fuir le domicile familial pour toi, dit Claire. Que pense-t-il de ton idée de vivre avec lui ?

— Hors mariage ? s'écria Muguette sur un ton faussement scandalisé.

— On n'est plus en 1940, Muguette ! Pour moi, le fait de lui en parler était une façon de savoir comment il voyait notre relation à plus long terme.

— Je sais bien, indiqua Muguette.

— Et quelle a été sa réponse, Alice ? questionna Claire qui souhaitait que son amie reprenne son récit.

— Que, pour le moment, la seule chose qui le préoccupe est sa musique et rien d'autre. Que son petit appartement lui convient parfaitement puisqu'il ne lui coûte presque rien et que je me lasserais vite de sa vie de bohème.

— Il a peur de l'engagement, c'est évident, réfléchit Muguette à voix haute.

— Qu'est-ce que vous feriez à ma place ?

Alice attendait, une lueur d'espoir dans les yeux. Claire s'avança :

— À ta place, je ne brusquerais rien pour le moment. Alan est indépendant. Ça pourrait lui faire peur si tu précipitais les choses.

— Je pense que je vais suivre ton conseil, Claire. De toute façon, il s'absentera quelques semaines. J'espère que ça lui donnera le temps de s'ennuyer un peu de moi. En tout cas, moi, il va me manquer. Je devrai passer mes grandes soirées en compagnie de ma chère mère.

— Tu te trouveras certainement des distractions en attendant, la rassura Claire.

— En tout cas, si tu t'ennuies, tu peux toujours demander à François de t'inviter. Il ne se ferait certainement pas prier. Tu ne sais pas la chance que tu as d'avoir quelqu'un qui t'espère autant.

Muguette, qui s'était exprimée avec un peu de dépit dans la voix, venait de pointer dans la direction du jeune homme qui marchait en compagnie de Greg. Les mains dans les poches, François n'avait pu s'empêcher de jeter un regard furtif dans la direction de ses collègues féminines.

— Ah ! Vous n'allez pas m'achaler encore avec ça !

Alice se dirigea d'un pas rapide vers la porte tournante. Au passage, elle contourna François, qui la suivit des yeux avant de reprendre sa marche avec Greg. Muguette se leva, prête à retourner au travail elle aussi. Elle lança à Claire :

— En tout cas, j'en connais un qui n'aurait pas peur de s'engager…

* * *

Claire appréciait les dimanches en famille. Le matin, en compagnie de sa mère et de son frère, elle se rendait à la messe. Seule Lisette restait à la maison. La jeune fille n'arrivait plus à comprendre cette dévotion qui semblait habiter les membres de sa famille. Henriette préférait éviter une discussion qui ne mènerait nulle part. Au retour de la messe, ils dînaient en vitesse et prenaient le temps de lire les quotidiens qui s'étaient accumulés pendant les jours fort occupés de la semaine. Puis Henriette élaborait le menu du souper du dimanche soir auquel Renée, la compagne de Denis, ainsi que Laurent prenaient part chaque semaine. D'ailleurs, depuis sa réconciliation avec Claire, Laurent avait visité les Lemay à plusieurs reprises. C'était comme si rien n'avait changé, ce dont Claire lui était reconnaissante. Henriette était heureuse d'avoir « tout son monde » autour de la table lors du souper du dimanche. Seule ombre au tableau : Lisette s'absentait de plus en plus souvent.

Alors qu'elles pelaient toutes les deux les légumes pour le souper, Henriette fit part à Claire de ses inquiétudes en ce qui concernait sa plus jeune fille.

— La directrice de l'école m'a appelée deux fois cette semaine pour me prévenir que Lisette s'était absentée de ses cours. Saurais-tu, toi, où elle va ?

Claire se doutait que Lisette devait passer ses journées avec ce « M.C. ». Elle aurait eu envie de raconter ce qu'elle savait à sa mère, mais elle ne souhaitait pas entrer dans ce jeu de délation. Cependant, Henriette s'inquiétait et Claire refusait de la laisser dans cet état. Ces dernières semaines, elle avait suivi de loin les activités de sa sœur. L'adolescente avait respecté le couvre-feu, mais durant les journées il était impossible pour Claire de la surveiller constamment.

— Lisette a sûrement une bonne raison de s'absenter. Je vais lui parler dès qu'elle rentrera, déclara Claire pour rassurer sa mère.

— Il n'y a aucune raison qui justifie qu'elle manque l'école. Transmets-lui le message, si tu peux. Chaque fois que j'essaye de lui parler, elle se sauve. D'ailleurs, où est-elle en ce moment ? Seul le bon Dieu le sait et le diable s'en doute ! Il me semble que ton frère et toi étiez beaucoup plus obéissants à son âge. On dirait qu'elle prend plaisir à défier mon autorité.

Henriette pela la dernière carotte et la lança dans le chaudron, qu'elle remplit d'eau. Claire avait décelé l'épuisement dans la voix de sa mère. Henriette ne renonçait jamais, mais sa relation avec sa fille cadette se détériorait et elle ne savait que faire. Peut-être que Claire parviendrait à raisonner Lisette ?

Claire jeta à la poubelle le journal contenant les pelures de légumes avant de s'approcher de sa mère. Après avoir pris le chaudron des mains d'Henriette, elle le déposa sur le poêle et le mit à chauffer.

— Allez vous reposer un peu, maman, je m'occupe du reste. Renée ne devrait pas tarder à arriver. Elle m'aidera à finir de préparer le souper.

— Je voulais faire de la bagatelle pour le dessert, car Laurent a toujours aimé ça. Je suis tellement heureuse qu'il se joigne de nouveau à nous pour les soupers du dimanche. Comme je le disais tout à l'heure, il ne manque que Lisette…

— Elle arrivera sûrement en fin de journée, quand le repas sera prêt. Elle n'est pas de ceux qui se tuent à l'ouvrage !

Claire fit un clin d'œil à sa mère pour la faire sourire. Mais cette dernière était trop inquiète. Claire la prit délicatement par les épaules et l'entraîna vers le salon. Henriette ne protesta pas, se laissa guider. Au moment où elle s'assoyait, la sonnette de la porte résonna. Claire lui fit le geste de rester assise et se dépêcha d'aller ouvrir. Renée se tenait sur le seuil, une petite boîte en fer-blanc dans les mains. Elle remit l'objet à sa future belle-sœur.

— Voici des galettes d'avoine. Denis adore ça. J'en ai fait pour tout le monde !

Claire voulut prendre le manteau de Renée, qui refusa.

— Je ne suis plus une invitée ici. Laisse-moi le ranger moi-même. Ta mère est là ?

— Elle se repose au salon. Denis est allé aider Laurent à ranger quelques caisses à l'épicerie.

— Je vais aller la saluer. Ensuite, je t'aiderai à préparer le souper. Pas question que je reste les bras croisés !

Claire retourna dans la cuisine. Si, au début, elle avait été intimidée par la prestance de Renée, à présent, elle appréciait la compagnie de la jeune femme. Son frère n'aurait pu espérer une meilleure compagne. Renée était attentionnée, dévouée et elle aimait éperdument Denis. Claire souhaitait sincèrement que Laurent trouve quelqu'un qui l'aimerait autant que Renée aimait Denis. Pour sa part, la vie de célibataire ne lui apparaissait plus comme catastrophique. Muguette ne semblait pas se plaindre de sa solitude, alors Claire pourrait très bien s'y faire, elle aussi !

* * *

Le repas principal était terminé depuis une bonne demi-heure lorsque Lisette se faufila par la porte d'entrée. La jeune fille longea le couloir pour éviter d'être interceptée par sa mère. Assise au salon avec les autres, Claire vit sa sœur se diriger vers la chambre. Discrètement, elle se leva et la suivit.

— J'espère que tu as trouvé une bonne excuse pour avoir manqué le souper du dimanche de maman !

Lisette sursauta.

— J'étais avec des amis et je n'ai pas vu l'heure passer.

— J'imagine que « M.C. » était là, lui aussi ?

— Tu n'es pas ma mère, Claire, et je n'ai pas de comptes à te rendre.

— Tu en as dans la mesure où je couvre tes absences, Lisette. D'ailleurs, il va falloir que tu expliques à maman où tu te trouvais pendant deux jours cette semaine. Ta directrice d'école te cherchait !

Lisette pâlit. Cette foutue directrice avait donc informé sa mère.

— J'en ai assez, de l'école. C'est toujours la même chose.

— Ta scolarité est presque terminée, Lisette. C'est important que tu obtiennes ton diplôme, si tu veux avoir un métier qui t'aidera à subvenir à tes besoins.

— J'ai moins d'ambition que toi, Claire. Denis m'a déjà dit que, lorsque je terminerai l'école, on m'embauchera sûrement à l'Imperial.

— C'est ça que tu veux faire toute ta vie : travailler dans une usine et gagner un petit salaire ?

— Denis y arrive bien, lui !

— Notre frère répare la machinerie. Et puis il n'a pas eu le choix, comme tu le sais. Mais pour toi, c'est différent. Tu as toujours été bonne en dessin, alors tu pourrais faire les Beaux-Arts.

Lisette réfléchit pendant quelques secondes.

— J'écris bien aussi. Je pourrais peut-être poursuivre mes études en lettres.

— Finalement, tu as plus d'ambition que tu le laisses voir…

Lisette sourit à sa sœur.

— Je trouve que depuis que tu as commencé ton nouveau travail tu es beaucoup plus patiente avec moi. C'est l'*fun* d'avoir une grande sœur, tu sais !

— Tu n'as pas toujours dit ça…

— Non, c'est vrai. C'est sûrement parce que je vieillis.

— C'est peut-être aussi parce que tu es heureuse d'avoir une alliée dans la place !

— Euh… non, tu te trompes ! mentit Lisette.

— Peu importe ! Essaye de ne plus manquer de cours, s'il te plaît. Maman veut tellement que tu obtiennes ton diplôme. Elle est si fière de toi.

— Tu penses ?

— Elle ne cesse de répéter que ses enfants sont sa plus grande fierté. Tous les sacrifices qu'elle s'impose sont récompensés par nos succès scolaires. Un jour, tu seras heureuse d'être allée au bout de tes études.

— C'est loin, tout ça. Et pour le moment, je n'ai aucune idée de ce que je veux faire plus tard. Une chose est certaine : ce n'est pas en restant à l'école que j'apprendrai ce qu'est la « vraie vie » !

Lisette n'avait qu'à demander à sa mère ce qu'était la « vraie vie ». Après tout, Henriette cousait plusieurs heures par jour pour joindre les deux bouts ! Mais Claire n'avait pas envie de faire la morale à sa sœur à ce sujet. Peu importe ce qu'elle lui dirait, elle ne réussirait pas à convaincre Lisette qu'elle avait tort.

— As-tu mangé au moins ?

— Non, et je suis affamée ! Je pensais aller me préparer quelque chose en catimini.

— Va saluer les autres au salon pendant que je te réchauffe une assiette. Tu es chanceuse, car nous n'avons pas encore mangé le dessert.

— Je vais devoir excuser mon retard…

— C'est la moindre des choses, Lisette ! Tu ne vas pas rester terrée dans notre chambre le reste de tes jours ? D'ailleurs, ce serait peut-être mieux si tu nous présentais ton fameux « M.C. ».

— Je ne pense pas que Mario aime beaucoup les réunions de famille !

Lisette se pinça les lèvres en se rendant compte qu'elle en avait trop dit. Tant pis ! Claire connaissait maintenant le prénom de son amoureux !

— Je suis certaine que ça rassurerait maman de savoir avec qui tu passes tes journées. Et je suis curieuse de le rencontrer, ce Mario !

Les yeux dans le vague, Lisette parla de lui.

— Il est si beau ! Je suis certaine qu'il te plairait, Claire. En plus, il me traite comme une femme, lui, pas comme une petite fille – contrairement à ce que tout le monde fait ici.

Les dernières paroles de Lisette éveillèrent les soupçons de Claire. Quel âge avait Mario ? Lisette était bien jeune pour s'investir dans une relation sérieuse. Plusieurs questions se formèrent dans son esprit, mais Claire n'en formula aucune. Elle connaissait sa sœur : si elle la questionnait un peu trop, Lisette se refermerait comme une huître. Mais peut-être qu'après avoir rencontré Mario Claire se sentirait rassurée ?

— Je pense que tu devrais l'inviter. Maman aimerait sûrement faire sa connaissance.

— Je vais y penser. Bon, j'ai faim, moi ! Tu vas me la préparer, cette assiette ?

Claire répéta à Lisette d'aller saluer les autres au salon pendant qu'elle s'affairerait à la cuisine. Elle avait tiré tout le maximum de sa discussion avec sa jeune sœur. Mieux valait de ne pas tenter de pousser les confidences plus loin.

***

Muguette profita de son dimanche pour visiter sa grand-mère. Elle s'immobilisa devant le petit immeuble de briques grises, rue Island, appréhendant le moment où elle frapperait à la porte du logement de sa tante Berthe. Sa dernière visite remontait au début de l'hiver. Chaque fois qu'elle voyait sa grand-mère, Muguette ne pouvait s'empêcher de remarquer à quel point elle vieillissait. La dernière fois, c'est à peine si Jeanne l'avait reconnue, l'appelant plusieurs fois Fernande – le prénom de sa défunte mère. Sa tante Berthe lui avait dit qu'elle mélangeait les différentes étapes de sa vie. Il arrivait souvent à Jeanne d'attendre le retour de son mari, débardeur au port, alors qu'il était décédé depuis plus de quarante ans.

La situation de sa grand-mère attristait profondément Muguette. L'humidité de ses bottes détrempées par la gadoue la ramena à la réalité. Elle fixait toujours la demeure de sa tante, se demandant si elle serait capable, aujourd'hui, de supporter de voir sa grand-mère si différente de la femme qu'elle avait été. Puisqu'elle était maintenant sur place, il était trop tard pour reculer. Elle frappa et ouvrit la porte sans tarder. Sa tante l'avait maintes fois sermonnée lorsqu'elle patientait comme une visiteuse. « Veux-tu bien m'arrêter ça, ces fausses politesses ! Tu fais partie de la famille et je veux que tu fasses comme chez toi. »

Muguette poussa la porte et lança :

— Il y a quelqu'un ?

Une voix étouffée lui parvint du bout du corridor.

— Je suis ici, dans la chambre de derrière.

Muguette retira ses bottes détrempées et son manteau, puis elle alla rejoindre sa tante. Berthe s'occupait à retirer les derniers rouleaux de la tête de Jeanne. Elle coiffa ensuite sa mère du bout des doigts et lui tendit le petit miroir portatif.

— Comme ça, maman, vous êtes tellement jolie !

— C'est mon Émilien qui sera content de me voir.

— C'est certain !

De toute évidence, Berthe n'avait plus la force de contredire sa mère. Elle sourit tristement à sa nièce avant de lui faire signe de la suivre en dehors de la pièce, pendant que Jeanne admirait sa coiffure dans le miroir.

— Elle est de plus en plus perdue. Je ne sais plus quoi faire. Il faut que je la surveille presque tout le temps.

— Je l'ai remarqué la dernière fois que je suis venue vous rendre visite. Elle m'appelait Fernande !

— Je sais, elle me parle souvent de ta mère. Elle vous confond, toutes les deux. Elle était heureuse de me dire l'autre jour à quel point elle était fière que sa grande fille travaille dans un bureau du centre-ville.

Muguette secoua la tête. Sa mère n'avait jamais mis les pieds dans un endroit de ce genre de toute sa vie.

— Tant que je serai capable, je m'occuperai d'elle, reprit Berthe. Mais cela devient de plus en plus difficile.

— Grand-maman a beaucoup de chance que tu prennes soin d'elle. Si je pouvais faire plus…

— Je le sais, Muguette.

— Ça me brise le cœur de la voir partir lentement comme ça.

— Elle a quand même de bonnes journées. Parfois, elle se souvient de certaines choses ; mais le lendemain, tout s'est évaporé de sa mémoire. Ton oncle a installé un verrou supplémentaire à la porte d'entrée pour éviter qu'elle se sauve de la maison en pleine nuit.

— Je ne pensais pas que c'était si grave.

— Sa santé physique va bien, mais tout le reste est détraqué. Le médecin m'a dit que c'est normal à cet âge. Mais je trouve ça de plus en plus dur à gérer. Une chance que ton oncle est là. Toute seule, je n'y arriverais pas. Continue de venir voir ta grand-mère. Ça lui fait tellement plaisir d'avoir de la visite.

Muguette posa sa main sur le bras de sa tante en guise de réconfort. Soudain, Jeanne poussa un cri de surprise. Berthe et Muguette se précipitèrent dans la chambre. Les cheveux dégoulinants et les yeux écarquillés, la vieille dame fixait le miroir.

— Il y avait une frisette qui me dérangeait. J'ai voulu l'arranger avec l'eau du vase à fleurs.

Berthe poussa un soupir avant de faire un clin d'œil à Muguette. Ramassant la serviette qui se trouvait sur le bureau, elle épongea la chevelure ruisselante de sa mère.

— Il ne reste plus qu'à remettre les bigoudis et à attendre que ça sèche.

Muguette prit délicatement la serviette des mains de sa tante et assécha les cheveux de sa grand-mère.

— Ça me fera plaisir de vous remettre vos bigoudis, grand-maman.

— Tant que mon Émilien ne me voit pas avec les rouleaux sur la tête !

La jeune femme lui sourit avec affection.

— Vos cheveux seront prêts lorsque Émilien rentrera, promis !

***

En revenant de chez sa tante, Muguette ressentait une immense tristesse. La vie se montrait si injuste avec sa grand-mère, cette femme dévouée qui l'avait prise en charge lorsqu'elle était enfant. À cette époque, Jeanne avait l'esprit vif et était toujours d'excellente humeur. Mais durant les quelques heures que Muguette avait passées avec elle, elle n'était pas parvenue à trouver dans l'œil de sa grand-mère la lueur taquine qui y brillait autrefois. Celle-ci s'était éteinte. Jeanne avait beaucoup de chance que Berthe veille sur elle. Muguette retint ses larmes en pensant qu'elle-même était toute seule dans la vie. Il n'y avait que son chat Casimir qui l'attendait en ce dimanche soir.

Muguette se trouvait à quelques rues du logement de Claire et sa famille. Henriette lui avait dit à plusieurs reprises de venir quand bon lui semblait. Muguette releva la manche de son manteau pour consulter sa montre. Il était encore tôt ; les Lemay avaient certainement fini de souper à cette heure, alors sa visite ne les dérangerait pas. D'un pas décidé, elle parcourut le reste du trajet. Parvenue rue du Couvent, la jeune femme s'immobilisa devant l'immeuble de Claire. Elle frappa discrètement à la porte.

En voyant son amie sur le seuil, Claire l'invita à entrer. Elle la débarrassa ensuite de son manteau. Muguette s'excusa de sa visite impromptue.

— J'arrive de chez ma tante. À vrai dire, je n'avais pas envie de me retrouver toute seule chez moi.

— Tu as bien fait de venir nous voir. Ma mère a servi le dessert il y a quelques instants à peine. Tu vas en manger avec nous, n'est-ce pas ?

— Je ne voudrais pas vous déranger…

— Ben voyons donc, Muguette ! Allez, suis-moi !

Muguette obtempéra, reconnaissante de l'accueil de sa copine. En entrant dans la cuisine où tout le monde était réuni, Claire annonça :

— Muguette a décidé de se joindre à nous pour le dessert.

Tous accueillirent chaleureusement la visiteuse, qui s'installa à la table. Pendant que Claire lui versait une tasse de thé, Henriette lui servit de la bagatelle.

— Je suis très contente que tu sois là, Muguette ! Tiens, goûte à la bagatelle. C'est Claire qui l'a faite cette fois-ci. Je pense qu'elle est meilleure que la mienne !

— Vous êtes dure à battre, Henriette ; vous cuisinez tellement bien ! la complimenta Laurent. Je pense que Claire a eu un bon professeur, car sa bagatelle est délicieuse ! ajouta-t-il avant de prendre une généreuse bouchée de sa portion, ce qui fit rire Henriette.

— C'est gentil à vous de m'accueillir à la dernière minute, déclara Muguette.

— Il y a toujours de la place pour la visite chez nous, la rassura Henriette. Et puis tu vas te joindre à nous pour une petite partie de cartes, n'est-ce pas ?

Muguette acquiesça avant de goûter à la bagatelle. Le réconfort apporté par cette douceur, qui était un de ses desserts préférés, chassa sa nostalgie. Quelle bonne idée elle avait eue de rendre visite à Claire et sa famille !

8

Le printemps tardait à s'installer. La neige avait commencé à fondre, laissant à la vue des passants toutes les saletés accumulées durant les longs mois d'hiver. Cette période entre la fin de la saison froide et le début du printemps faisait espérer ardemment le retour du beau temps. L'idée de délaisser les lourdes bottes d'hiver et l'encombrant manteau de laine pour quelque chose de plus léger réjouissait Claire.

La routine de son travail de secrétaire était à présent bien ancrée dans ses habitudes quotidiennes. Eunice surveillait de moins en moins les «nouvelles». Tant qu'elles faisaient ce que la superviseure attendait d'elles, Claire et Alice travaillaient en toute quiétude. Si Alice se limitait à ses tâches, Claire, quant à elle, essayait toujours d'en faire plus pour tenter d'amadouer Eunice, en plus d'accomplir ses différentes tâches auprès de monsieur Coulter. Elle lui apportait le café, tout juste après avoir servi son patron. Elle lui avait même offert quelques galettes cuisinées par sa mère. Mais l'expérience n'avait pas connu plus de succès que pour le sucre à la crème du mois de décembre. La moue dédaigneuse, la femme acariâtre avait mentionné à Claire que les bureaux n'étaient pas une cafétéria. Claire était retournée à sa place en laissant volontairement la petite boîte de fer près du bureau d'Eunice. En fin de journée, après le départ de la femme, elle avait repris la boîte. La trouvant plus légère, Claire avait constaté avec amusement que les galettes d'avoine de sa mère avaient eu raison de la réticence de la superviseure.

— Je parviens tranquillement à amadouer Eunice, avait-elle confié à sa mère à son retour du travail.

— Personne ne te résiste, ma chérie !

Claire était presque toujours la dernière à partir de la banque. Chaque soir, avant son départ, elle s'assurait que les carafes d'alcool et le porte-cigarettes de son patron étaient remplis. Eunice l'avait avertie dès les premiers jours : monsieur Coulter devait avoir à sa portée tout ce dont il avait besoin. Claire rangeait minutieusement le bureau de son patron tous les soirs. Seul l'époussetage était dévolu à la femme de ménage ; Claire se chargeait de tout le reste. Elle bénéficiait de l'entière confiance de monsieur Coulter, ce dont elle était très fière.

Dans la cuisinette, Claire vida le reste du café dans l'évier. Ensuite, elle nettoya la cafetière et mit le lait dans le réfrigérateur. Elle haussa les épaules devant la nonchalance de ses collègues qui se pressaient de rentrer le soir venu sans ranger derrière eux. Un peu plus tard, elle se retrouva seule à attendre l'ascenseur. Juste avant que les portes se referment, elle entendit une voix lui crier d'attendre. Romain se faufila à la dernière seconde dans la cabine.

— Quelle bonne surprise de te rencontrer, Claire ! s'exclama-t-il. Je suis passé pour voir George, mais il était déjà parti. Tu n'étais pas à ton bureau non plus.

— Monsieur Coulter a quitté plus tôt cet après-midi.

Claire avait insisté sur le « monsieur », ne parvenant pas à s'habituer au fait que Romain utilise le prénom de son patron. La jeune femme songea qu'elle se trouvait sûrement dans la cuisinette lorsqu'il était passé.

— J'attends toujours ton appel en ce qui concerne la visite d'un des chantiers du métro.

— Je ne sais pas si c'est une bonne idée de te déranger avec ça.

— Mais voyons donc ! Ça ne me dérange pas du tout, ça me fait même plaisir !

Claire se sentit rougir. Une fois de plus, elle regretta de ne pas être capable de se contrôler en présence de l'ingénieur. « Je ne rougis jamais quand je discute avec François, Greg ou même Laurent ! Cela me fait ressembler à Lisette ! »

Claire resta silencieuse jusqu'à ce que l'ascenseur s'immobilise au rez-de-chaussée. Dehors, un mélange de neige et de pluie tombait sur la ville. Sans faire attention à Romain qui marchait à côté d'elle, Claire remonta le collet de son manteau et se dirigea vers la sortie de l'édifice cruciforme. Elle vit son autobus passer rapidement devant ses yeux. Elle s'apprêtait à sortir pour tenter de le rattraper lorsque Romain la retint gentiment par le bras.

— J'ai ma voiture. Laisse-moi te raccompagner chez toi.

Claire consulta sa montre.

— Je prendrai le prochain autobus.

— J'insiste ! Il est hors de question que je te laisse sortir par un temps pareil. Ma voiture est garée dans le stationnement souterrain.

Claire accepta en le remerciant du bout des lèvres. Elle avait réalisé depuis un moment déjà que se trouver en présence de Romain représentait une vraie torture pour elle. Feignant l'indifférence, elle tenta de ralentir les battements de son cœur. Pressant son sac à main contre sa poitrine, elle suivit Romain vers l'ascenseur qui menait au stationnement. Pendant que son compagnon récupérait ses clés, Claire fouilla dans son sac à main à la recherche de ses gants pour garder contenance.

Ils parcoururent la distance entre l'ascenseur et la voiture de Romain en silence. Après s'être immobilisé devant une Bel Air rouge de Chevrolet, le jeune homme déverrouilla la portière du côté passager et aida Claire à y monter. Puis il contourna le véhicule et s'installa derrière le volant. Tout en démarrant l'auto, il déclara à Claire :

— Je devrai inviter moi-même ton frère pour une visite d'un des chantiers du métro, je crois bien !

— Ce n'est vraiment pas nécessaire, Romain. Tu as sûrement beaucoup de travail et peu de temps à consacrer à une activité de ce genre. Avec ton mariage qui s'en vient et tout…

— C'est donc ça ! Je comprends tout maintenant ! Tu penses qu'à cause de mes fiançailles avec Grace je ne peux plus entretenir une relation amicale avec d'autres personnes ?

— On ne peut pas se considérer comme des amis. On se connaît à peine…

Romain stoppa au feu rouge et se tourna vers Claire.

— Les quelques fois où nous avons discuté ensemble, j'ai constaté que nous avions plusieurs points en commun. Où est-ce que je te conduis ?

— Dans Saint-Henri…

En citant le nom de son quartier, Claire voulait à sa façon signifier à Romain que leur discussion était fort agréable, certes, mais que cela s'arrêtait là. Romain n'était assurément pas né dans un des quartiers les plus pauvres de Montréal. Comme s'il n'avait pas saisi la subtilité du message, il déclara :

— Mon père aussi vient de Saint-Henri ! Il a eu la chance d'avoir un oncle qui a fait fortune dans l'Ouest et qui a payé ses études en notariat. Selon lui, la provenance d'une personne ne veut absolument rien dire sur sa valeur. Je suis totalement d'accord avec lui. Il y a des gens dépourvus de cœur qui viennent de Westmount ! Où dois-je te déposer, plus précisément ?

Claire indiqua son adresse. Les paroles de Romain la laissaient songeuse. Il avait entièrement raison. Elle avait toujours pensé la même chose, mais l'entendre de la bouche de Romain lui avait fait du bien. Celui-ci continua :

— C'est quelque chose que j'essaye de faire comprendre à Grace, mais ce n'est pas toujours évident. Elle a grandi dans la richesse et l'opulence et elle ne s'est jamais attardée à ce genre de détails.

Romain s'était exprimé avec une tristesse à peine voilée. Claire se souvenait que Grace l'avait regardée de haut lors de leur première rencontre. Elle se contenta de répondre qu'elle connaissait peu la fille de son patron.

— C'est une bonne personne, tu sais. Mais c'est plus difficile pour elle de comprendre cette notion.

— Je n'en doute pas un instant. Je n'ai malheureusement pas eu la chance de faire plus ample connaissance avec elle.

Conscient que l'évocation de Grace avait provoqué un malaise, Romain s'informa de la journée de travail de Claire.

— Bah ! Elle a ressemblé à toutes les autres. Je fais du mieux que je peux pour tout terminer avant de partir le soir, mais depuis quelque temps il y a beaucoup de dossiers à classer. Je me sens encore comme la petite nouvelle ; je me demande si ce sentiment me quittera un jour. Je ne critique pas mon boulot, loin de là ! J'adore ce que je fais et j'aime bien mes compagnons de travail, mais…

— … mais il y a des journées où nous ferions mieux de rester couchés, n'est-ce pas ? compléta Romain.

Claire ne put s'empêcher de rire. Elle se sentait bien avec lui, ayant l'impression de discuter avec un ami. Il s'esclaffa à son tour.

— Moi aussi, j'éprouve souvent cette impression-là, avoua-t-il. Bien que j'aie terminé mes études depuis quelques années, on me considère encore comme un petit nouveau. Mes collègues plus âgés m'appellent « le jeune » !

Romain passait également un agréable moment en compagnie de Claire. Tout était si simple avec elle. Il pouvait parler de tout et de rien sans se sentir constamment jugé. Avec Grace, c'était différent. La jeune femme se lassait rapidement de leurs discussions portant sur son travail et ses préoccupations. Claire écoutait attentivement ses propos, et Romain était convaincu qu'elle le faisait avec un réel intérêt.

La Chevrolet s'arrêta rue du Couvent. Alors que Claire allait ouvrir la portière, elle fut devancée par Romain. Galamment, il lui prit la main pour l'aider à descendre de la voiture. La neige fondante tombait toujours. Une fois à l'extérieur du véhicule, Claire, ne sachant comment remercier Romain, l'invita à entrer chez elle.

— Mon frère est sûrement arrivé maintenant. Tu pourras lui proposer toi-même de visiter un des chantiers du métro.

— Bonne idée !

Romain suivit Claire. Lorsqu'ils franchirent le seuil du logement, une odeur appétissante de ragoût leur chatouilla les narines.

— Oh ! s'exclama Romain. Ça sent vraiment bon ici !

— Ma mère est une excellente cuisinière.

Claire retira ses bottes et son manteau et convia l'ingénieur à l'imiter. Constatant que Denis n'était pas là, elle le conduisit à la cuisine afin de lui présenter sa mère. Devant le fourneau, Henriette achevait de préparer le repas. Dès qu'elle vit le nouveau venu, elle s'essuya les mains sur son tablier et vint à sa rencontre.

— Maman, je vous présente Romain Lacoste, un ami, déclara Claire. Il m'a raccompagnée en voiture. Savez-vous quand Denis rentrera ?

— Bienvenue chez nous, jeune homme !

Puis Henriette s'adressa à sa fille :

— Denis ne devrait pas tarder. Il m'a appelée tout à l'heure. Il devait régler un léger problème à l'Imperial avant de terminer sa journée.

— Est-ce que ça te dérange de l'attendre, Romain ? s'enquit Claire. Sinon je lui ferai le message.

— Je préfère lui transmettre moi-même l'invitation, au cas où tu aurais encore peur de me déranger !

Il fit un clin d'œil à son interlocutrice.

— Et puis je ne suis pas pressé.

Claire le pria de s'asseoir à la table de la cuisine. Puis elle s'informa auprès de sa mère si celle-ci avait besoin d'aide.

— Non, non ! Tiens compagnie à ton ami. J'ai presque terminé.

Claire versa deux verres d'eau et en offrit un à Romain avant de prendre place face à lui. Ils se dévisagèrent en silence, gênés par la situation. Romain prit une gorgée. Quand Claire but à son tour, elle manqua de s'étouffer. Elle toussa discrètement et déposa son verre. Henriette chantonnait tout en surveillant du coin de l'œil les deux jeunes gens.

Claire avait rêvé d'un moment comme celui-là où elle pourrait discuter avec Romain et apprendre à mieux le connaître. Mais la présence de sa mère la dérangeait. Cette dernière restait à l'affût ; visiblement, elle s'interrogeait au sujet de la présence du jeune homme. Même si elle se montrait discrète, Claire se sentait observée.

Henriette demanda :

— Qu'est-ce que vous faites dans la vie, monsieur Lacoste ?

— Je suis ingénieur civil.

— Ah oui ?

«Ma mère le sait déjà!» songea Claire. Elle avait longuement parlé de Romain à Henriette; elle lui avait confié qu'elle se sentait bien en sa compagnie et aussi qu'elle aurait souhaité passer plus de temps avec lui.

Henriette reprit ses questions, même si Claire, par des regards appuyés, essayait de lui faire comprendre qu'elle n'avait pas l'air naturelle du tout.

— Sur quel projet travaillez-vous en ce moment?

— La construction du métro occupe toutes mes journées.

— Ah! C'est intéressant, monsieur Lacoste!

— Appelez-moi Romain, madame Lemay!

Romain semblait se soumettre au questionnaire d'Henriette avec plaisir. Il prit une autre gorgée d'eau et respira à pleins poumons.

— Ça sent divinement bon dans votre cuisine, madame Lemay.

— Merci! J'ai fait du ragoût pour une armée. Vous resterez à souper avec nous, n'est-ce pas?

Romain jeta un coup d'œil à Claire, qui rougit. La jeune femme ferma les yeux. Sa mère exagérait, mais impossible de lui en vouloir. Henriette avait deviné à quel point sa fille était mal à l'aise de se trouver en présence de Romain dans la cuisine. En l'invitant, elle voulait faciliter les choses. S'amusant de la réaction de Claire, Romain s'exclama:

— Avec plaisir, si ça ne vous dérange pas. J'ai une faim de loup!

— Quand il y en a pour quatre, il y en a pour cinq ! Claire, peux-tu mettre la table ? Ton frère et ta sœur ne tarderont pas.

Claire et Romain se levèrent en même temps.

— Rassoyez-vous, Romain, indiqua Henriette. Vous êtes notre invité.

— Je suis heureux de rester à souper, mais je tiens à vous aider.

Claire fouilla dans le tiroir du buffet situé dans un coin de la pièce. Elle tendit ensuite la nappe à Romain, qui la plaça sur la table. Le sourire aux lèvres, Henriette observait sa fille qui paraissait si maladroite en présence du jeune homme. L'ingénieur, fort charmant, lui plaisait bien. Elle l'avait convié à souper pour que Claire puisse passer un peu plus de temps avec lui. Sa fille ne lui en voudrait certainement pas d'avoir cherché à prolonger la présence de Romain dans la maison.

***

Bien après que Romain fut retourné chez lui, tandis que Denis discutait au téléphone avec Renée – qu'il ne voyait que trop peu à l'usine durant le jour – et que Lisette s'était enfermée dans la chambre pour écouter de la musique, Claire se retrouva seule avec sa mère.

— Je t'avais dit que personne ne te résistait ! s'écria Henriette. Romain me plaît. Il est poli, attentionné et il s'est immédiatement porté volontaire pour faire la vaisselle. Je l'aime bien !

— Il est fiancé, maman…

— Oui, et puis après ?

Claire repensa à ce que lui avait confié Romain pendant qu'ils lavaient la vaisselle, tous les deux. Il aimait beaucoup Grace, mais il n'était plus aussi certain qu'elle et lui étaient sur la même longueur d'onde.

— Grace m'a même dit l'autre jour que je manquais d'ambition. Tout ce que je veux, c'est posséder une maison confortable, fonder une famille et occuper un travail que j'aime. Je rêve d'avoir ma propre firme d'ingénieurs un jour. Elle souhaiterait habiter un appartement ultramoderne au centre-ville, tandis que je rêve de la banlieue. C'est fou, n'est-ce pas ? J'ai envie d'un bungalow quelque part sur la Rive-Sud avec un terrain et une pelouse à couper. Peut-être que je passe trop de temps entouré de béton ?

Pour Claire, cette description ressemblait à la vie idéale, mais elle avait gardé ses réflexions pour elle. Romain avait clos le sujet après l'arrivée de Lisette :

— Nous parviendrons sûrement à trouver un terrain d'entente.

— L'amour vient presque toujours à bout de tout, avait déclaré Claire. Du moins, c'est ce que ma mère me répète souvent.

— C'est vrai que j'aime Grace. Et ta mère a probablement raison.

Durant ce moment presque magique, Romain lui avait parlé comme à une amie. Avant de partir, il l'avait remerciée et avait avoué qu'il adorait discuter avec elle ; c'était si simple.

Henriette observait sa fille. Tenant sa tasse de thé à deux mains, Claire fixait le liquide brûlant.

— Romain a semblé apprécier la belle soirée passée en ta compagnie. Et en plus, il a insisté pour que tu accompagnes Denis lorsqu'il lui fera visiter un des chantiers du métro. Profites-en, Claire !

— Il est fiancé à la fille de mon patron, maman.

— Je te le répète : et puis après ? Parce qu'il est fiancé, vous ne pouvez pas être amis ?

En fait, Claire espérait beaucoup plus qu'une relation amicale. Mais si c'était la seule chose qui lui permettait de côtoyer Romain, elle s'y résoudrait ! Elle termina son thé en réfléchissant, puis elle souhaita bonne nuit à sa mère en l'embrassant sur la joue. Ensuite, elle se retira dans sa chambre.

Étendue sur le lit, Lisette lisait un livre. Fort heureusement, pour une rare fois, il n'y avait aucune musique assourdissante en arrière-plan. Claire était fatiguée et n'aurait pas toléré que la musique joue à tue-tête. La jeune femme s'installa sur son lit et se détendit. Elle avait envie de lire, elle aussi. Soudain, une affiche attira son attention. Sa sœur décorait sa partie de chambre comme elle l'entendait, et Claire ne trouvait habituellement rien à y redire. Mais elle sourcilla en voyant la nouvelle affiche : une tête de bélier noire avec des cornes rouges. Le logo lui rappelait quelque chose, mais elle n'aurait su dire quoi. En pointant l'image, elle demanda à Lisette :

— Un nouveau groupe de musique ?

Devant la mine outrée de sa sœur, Claire comprit son erreur.

— Non ! s'écria Lisette. Tu ne connais pas le RIN ?

— C'est le logo du Rassemblement pour l'indépendance nationale ?

— Oui, et je suis fière de décorer ma chambre avec cette affiche.

— C'est notre chambre, je te rappelle. Et je ne désapprouve pas ce nouveau parti politique ; c'est le mouvement extrémiste qui tourne autour qui me dérange.

— Tu ne comprends rien à la politique, Claire.

À quoi bon essayer d'expliquer à Lisette son point de vue ? Claire n'était pas convaincue des revendications du RIN. Le Front de libération du Québec, qui militait parallèlement au parti, était soupçonné depuis quelques semaines d'avoir commis des attaques à la bombe sur des casernes militaires. Ne voulant pas non plus poursuivre sur le terrain glissant de la politique, Lisette changea de sujet :

— C'est à cause de Romain si tu as refusé la proposition de mariage de Laurent ?

— Non, Lisette. Romain n'est qu'un ami. De toute façon, je ne suis pas prête à me marier !

— En tout cas, tu as du goût ! Il est pas mal *cute* !

Claire sourit à sa cadette. Il ne lui était jamais passé par l'esprit qu'un jour sa sœur grandirait et approuverait ses choix en matière de fréquentations masculines. Le sourire de Claire s'effaça quand elle réalisa qu'elle ne fréquentait pas Romain. L'ingénieur l'avait seulement raccompagnée, comme l'homme galant qu'il était. Claire ne devait rien espérer de lui. Songeuse, elle revêtit sa chemise de nuit et se glissa sous les couvertures. Elle venait de comprendre que les confidences de Romain à propos de Grace lui avaient redonné espoir.

***

Toute la maisonnée dormait depuis déjà un moment, à l'exception de Lisette et Claire. Les filles n'étaient pas parvenues à trouver le sommeil, alors elles s'étaient levées. Lisette révisait ses notes de cours pour son examen de mathématiques du lendemain. Pour sa part, Claire ne pouvait détacher ses pensées de Romain. Les deux sœurs se trouvaient au salon lorsqu'on frappa discrètement à la porte. Elles se dévisagèrent pendant quelques secondes. Qui pouvait bien venir à cette heure ? Lisette allait se lever lorsque Claire lui fit signe de ne pas bouger.

— Est-ce qu'on réveille Denis ? chuchota Lisette, inquiète.

Claire fit non de la tête. Son rang d'aînée lui conférait le devoir de protéger sa sœur. Resserrant sa robe de chambre autour de sa taille, elle se rendit dans le couloir. Elle entrouvrit la porte pour découvrir l'identité de l'opportun.

Un jeune homme barbu, les cheveux longs, se trouvait sur le seuil.

— Est-ce que Lisette est là ?

— Qui la demande à cette heure ?

Lisette, qui venait de se glisser près de Claire, s'écria :

— Mario ? Qu'est-ce que tu viens faire ici ?

— Il fallait que je te parle.

— Si tard ? protesta Claire.

— Ce ne sera pas long. Je vous le promets, mademoiselle.

Lisette fit entrer son amoureux. Le couple se dévisagea un instant alors que Claire attendait en retrait. Lisette se tourna vers son aînée.

— Tu peux nous laisser seuls quelques minutes, Claire ?

Contre son gré, Claire retourna au salon. Des bribes de la conversation parvinrent jusqu'à elle. Elle ne put saisir tout ce que Mario racontait, mais elle entendit Lisette le féliciter pour quelque chose qu'il avait fait. Claire leur laissa un peu de temps avant d'aller mettre fin à la rencontre.

— Il est tard, Lisette, dit-elle. Vous vous téléphonerez demain. Tu ne voudrais pas que maman ou Denis se réveillent ? ajouta-t-elle, sachant pertinemment que sa sœur voulait éviter que cela se produise.

— Je t'appellerai demain sans faute, murmura Lisette à son amoureux. Bonne nuit, Mario !

Lisette embrassa son petit ami sur la bouche devant sa sœur. Claire en avait sûrement déjà vu d'autres ! Le jeune homme partit comme il était venu. Une fois la porte refermée et verrouillée sous l'œil attentif de Claire, Lisette se tourna vers elle.

— Ne te sens pas obligée de bavasser que Mario est venu ici.

— Seulement si tu me promets qu'il ne viendra plus faire son tour à la maison en pleine nuit.

— Il ne voulait pas me téléphoner de crainte de réveiller toute la famille.

— Il a eu de la chance que nous soyons debout à cette heure ! Il ne pouvait pas attendre à demain pour te communiquer sa grande nouvelle, je suppose ?

— Arrête donc de réagir comme une mère supérieure, Claire ! C'est à croire que tu n'as jamais été amoureuse !

Lisette s'en alla dans la chambre. Claire la suivit des yeux. Sa cadette avait beaucoup changé au cours des dernières semaines : yeux soulignés au *eye liner* et cheveux savamment coiffés au lieu de la queue de cheval qu'elle arborait depuis la petite enfance. Et ses joues s'étaient creusées sans toutefois paraître émaciées. Claire ressentit un élan de fierté envers Lisette qui devenait progressivement une jolie jeune femme. Probablement que « son » Mario était derrière toutes ces transformations.

Claire était-elle trop sévère avec elle ? Le fait d'avoir vu Mario l'avait un peu rassurée. Il était dans la jeune vingtaine. Claire avait craint qu'il soit beaucoup plus âgé que sa sœur et qu'il soit un de ces hommes qui profitent des jeunes femmes. Ses airs de *hippie* ne faisaient pas nécessairement de lui un mauvais garçon. Mais Lisette devrait l'aviser de venir lui rendre visite à une autre période qu'en pleine nuit.

Claire éteignit la lumière du salon en repensant aux propos de Lisette. Cette dernière avait critiqué son manque de compréhension en la traitant de mère supérieure. Était-elle aussi sage que l'adolescente l'avait laissé sous-entendre ? Si seulement sa sœur savait qu'elle pensait de plus en plus à Romain, fiancé à une autre jeune femme, elle ne lui reprocherait certainement plus d'être trop sage pour son âge. Malgré son envie irrésistible de ne pas tenir compte de Grace Coulter, Claire n'avait rien tenté avec Romain. Pour le moment, ils étaient amis. Seul l'avenir déciderait du reste.

***

Alice se tournait et retournait dans son lit. Elle ne parvenait pas à trouver le sommeil. Il y avait près d'un mois qu'elle n'avait pas eu de nouvelles d'Alan. Il ne lui avait même pas téléphoné pendant son séjour à Toronto. Sa mère lui avait juré n'avoir reçu aucun appel de sa part; contrairement à son habitude, Alice avait cru Gervaise. Elle aurait aimé que le scénario dans lequel sa mère empêchait volontairement Alan de la joindre existe vraiment, mais Alice savait que ce n'était pas le cas. Son amoureux l'ignorait et ça lui brisait le cœur. Alan reviendrait bientôt en ville, et Alice rêvait à leurs retrouvailles malgré sa rancœur.

Muguette et Claire l'encourageaient à leur façon en lui disant que son musicien était probablement accaparé par son travail et qu'il n'avait pas le temps de téléphoner à Montréal. Alice s'efforçait de croire ces suppositions, mais elle craignait qu'Alan ait pris peur après qu'elle lui eut proposé d'emménager avec lui.

En constatant que sa fille se morfondait, Gervaise s'en était mêlée en lui signifiant qu'Alan n'était pas un homme pour elle.

— Qu'espères-tu d'un musicien, ma chérie? Il y a tellement de jeunes hommes plus intéressants qui seraient très heureux d'obtenir un peu d'intérêt de ta part.

Elle avait alors entrepris d'énumérer tous les candidats potentiels de sa connaissance; ensuite, elle avait souligné les points forts de chacun d'eux. Tous pourraient la rendre heureuse et la sortir de sa «misère de secrétaire». À partir de ce moment-là, Alice avait cessé d'écouter. Le seul homme dont elle se préoccupait était Alan. Peu importe le statut des prétendants mentionnés par sa mère, la simple secrétaire qu'elle était méritait amplement le cœur d'un contrebassiste. Sa mère avait toujours eu le don de la décourager ; Alice en avait plus qu'assez de cette attitude négative à son égard. Son père travaillait de plus en plus tard à l'hôpital, délaissant sa mère. À force d'attendre son mari tous les soirs pour le souper, Gervaise devenait davantage aigrie et déversait sa hargne sur Alice. La jeune femme comprenait parfaitement que son père passe plus de temps à l'hôpital : il ne devait pas être facile d'être l'époux d'une femme constamment déprimée et si acariâtre. Alice se demandait parfois comment elle parvenait encore à la supporter.

Lorsqu'elle rentrait du bureau, elle se dépêchait de prendre son repas avant de s'éclipser dans sa chambre pour fuir les remontrances de sa mère. Elle enviait les repas familiaux de Claire. Son amie avait beaucoup de chance de passer du temps de qualité avec sa mère, comparativement à ce qu'elle-même vivait avec Gervaise.

Alice avait tenté à plusieurs reprises d'aider sa mère à ne pas sombrer, mais elle n'avait pas l'âme d'une missionnaire. Et aider quelqu'un qui manquait de volonté n'avait rien d'emballant. Elle la regardait s'enfoncer lentement sans pouvoir l'en empêcher. Peut-être que sa mère se rendrait compte qu'elle sombrait de plus en plus ? Alice avait été témoin à quelques reprises de discussions houleuses entre ses parents. Raoul ne comprenait pas que Gervaise passe autant de temps seule à la maison. « Appelle des amies et sors ! Occupe-toi comme toutes les femmes le font durant le jour : va magasiner. Je ne peux pas toujours rester ici à tes côtés, ma chérie. Mon travail occupe la majeure partie de mon temps. » Alice trouvait que son père se montrait dur envers sa mère. Mais si, au moins, ces propos secouaient un peu Gervaise, cela en vaudrait la peine !

Fixant le plafond de sa chambre, Alice fut forcée de s'avouer qu'elle ne valait guère mieux que sa mère. Elle se morfondait à attendre l'appel d'Alan. Un peu plus tôt, elle s'était disputée avec Claire et elle regrettait amèrement de s'être laissée emporter. Après avoir vérifié l'heure sur son réveille-matin, elle soupira. Il était trop tard pour téléphoner à son amie afin de s'excuser. Elle le ferait dès le lendemain, en rentrant au travail. Si Eunice pouvait lui ficher la paix pour une fois ! La superviseure prenait plaisir à la surveiller constamment, ce qui la rendait nerveuse. À différentes occasions, Alice avait mélangé des formulaires ou elle avait omis d'en remplir à cause de sa trop grande nervosité. « J'aurais tellement aimé mesurer quelques pouces de plus ! » songea-t-elle en pensant à son rêve de petite fille. Si Alice était devenue hôtesse de l'air, elle ne serait pas enfermée dans cette prison d'Outremont ! Au moins, son travail de secrétaire lui permettrait bientôt de quitter la maison familiale. Elle ne deviendrait certainement pas une femme aigrie comme sa mère. Avant de s'endormir ce soir-là, Alice se fit la promesse qu'une telle chose ne lui arriverait jamais.

* * *

Durant toute la semaine, Muguette était restée discrète sur les « derniers développements » de sa vie de vieille fille. Elle n'avait pas trouvé une occasion propice pour se confier à ses deux copines. Et puis, de toute façon, le seul sujet qui avait alimenté les discussions au sein du groupe des secrétaires était la réconciliation de Claire et Alice. Les deux amies s'étaient disputées au début de la semaine à cause d'Alan qui n'avait donné aucun signe de vie depuis près d'un mois. Alice était sur les nerfs. Claire lui avait simplement mentionné qu'elle ne devrait pas se morfondre autant en l'attendant. Alice s'était mise à bouder, prétextant que personne ne pouvait comprendre son état. Elle s'était isolée durant le reste de l'heure du dîner, refusant d'adresser la parole à qui que ce soit. Même François, qui avait opté pour l'humour afin de séduire la jeune femme, n'était pas parvenu à lui changer les idées. Il s'était une fois de plus fait éconduire par elle. Maussade, Alice avait attendu deux jours avant de finalement présenter ses excuses à Claire.

Muguette avait donc gardé pour elle les récents événements survenus dans sa vie, préférant tout faire pour remonter le moral d'Alice. En feuilletant les journaux, elle était tombée sur une publicité annonçant le nouveau film d'Elvis Presley. Elle avait invité ses deux collègues à l'accompagner ce vendredi. Peut-être pourrait-elle enfin leur raconter ce qui s'était passé quand elle s'était rendue à la tabagie Goulet au début de la semaine ?

Muguette avait prévu rejoindre ses copines au cinéma Rivoli, rue Saint-Denis. Mais à la dernière minute, Alice annula la sortie, prétextant un début de rhume. Muguette se retrouva donc seule avec Claire. Elle décida enfin de se confier pendant que son amie et elle attendaient le début du film. Muguette, qui avait longuement réfléchi à son entrée en matière, procéda prudemment. Elle s'informa d'abord de Claire.

— As-tu eu des nouvelles de Romain, dernièrement ?

— Il attend que nous l'appelions, Denis et moi, pour nous faire visiter un des chantiers du métro. Denis a été très occupé ces derniers jours, alors la rencontre aura probablement lieu la semaine prochaine.

— J'imagine que tu as hâte de le revoir…

— Oui !

Claire freina son enthousiasme.

— Oui, j'ai hâte de le revoir. Mais il faut absolument que j'arrête de m'imaginer qu'il est autre chose qu'un ami.

— Est-ce qu'il t'arrive de penser qu'il pourrait être beaucoup plus que ça ?

Claire avait totalement confiance en Muguette. Elle avoua tout naturellement :

— La plupart du temps, en fait. Mais j'essaye de me souvenir qu'il est fiancé à Grace Coulter.

Claire raconta à Muguette ce que Romain avait laissé sous-entendre quand il avait soupé chez elle. Ensuite, elle déclara :

— Je ne sais pas si je fais bien de m'accrocher à cet espoir…

— Il le faut, Claire. Il n'est peut-être pas trop tard…

Claire resta songeuse. Muguette tentait encore de trouver la meilleure façon d'aborder le sujet délicat dont elle souhaitait s'entretenir. Le film commencerait bientôt et la salle serait plongée dans le silence total. Assez tourné autour du pot ! Elle décida qu'il était temps de livrer ce qui la tourmentait. Elle se racla la gorge avant de se lancer.

— Au début de la semaine, je me suis rendue à la tabagie Goulet comme je le fais depuis des années.

— Marjolaine va bien ? s'informa Claire, se souvenant de la jeune fille qui les avait accompagnées, Muguette, Lisette et elle, lors de leur journée de magasinage.

— Marjolaine ? Oui, oui, elle va bien ! Je voulais plutôt te parler de son père…

Curieuse, Claire dévisagea Muguette. Habituellement maîtresse d'elle-même, cette dernière rougit. Elle se mit à fouiller dans son sac à main pour calmer sa nervosité.

— Muguette, tu sais que tu peux tout me dire…

— Oui, Claire. Et je suis heureuse que, ce soir, nous soyons seules, toutes les deux.

Claire retint un fou rire en parcourant des yeux la salle remplie au maximum de sa capacité. Muguette s'esclaffa.

— Bon… nous ne sommes pas seules, j'en conviens. Mais tu comprends ma pensée…

Claire acquiesça, attendant que Muguette continue.

— Clermont Goulet a toujours été gentil et prévenant avec moi, reprit-elle. Mais quand je suis allée acheter mes journaux cette semaine, il m'a avoué qu'il aimerait mieux me connaître.

Claire s'adossa à son siège. L'air heureux de Muguette la persuada que le veuf ne laissait pas son amie indifférente.

— En fait, ça fait longtemps que j'espère un moment pareil. Mais je me rends compte que je ne suis pas encore prête. Clermont est gentil et c'est un bel homme, bien qu'il soit plus âgé que moi.

— À mon avis, l'âge est plus ou moins important là-dedans, dit Claire, certaine que cet aspect était la cause de la réticence de Muguette.

— L'âge ne me dérange pas trop, même si Clermont a déjà une famille. Et ses deux enfants sont presque d'âge à quitter le toit familial. Pour ma part, je n'ai jamais souhaité ardemment avoir des enfants.

— Qu'est-ce qui te fait hésiter, alors ?

Muguette baissa les yeux.

— Il n'y a jamais eu personne dans ma vie, Claire. Je suis une authentique vieille fille ! Oh ! À un moment, j'ai imaginé que Greg me déclarerait son amour, mais ça ne s'est pas produit. Je n'ai jamais osé faire les premiers pas. De toute façon, je commence à réaliser qu'il n'est pas pour moi.

— Et Clermont, lui ?

Muguette resta silencieuse. Claire enchaîna :

— Est-ce que tu es attirée par Clermont, Muguette ? C'est ça, la vraie question.

— Oh oui ! Je crois qu'il est l'homme idéal !

— Alors donne-toi du temps ! Apprends à le connaître sans précipiter les choses. Et surtout, explique-lui que tu ne veux rien brusquer, tout en laissant la porte ouverte. Je pense que Clermont Goulet est un homme intelligent et qu'il est sûrement prêt à t'attendre.

— C'est ce qu'il m'a confié, d'ailleurs…

— Qu'il est intelligent ?

Muguette donna une tape sur la main de Claire en riant.

— Je suis convaincue de l'intelligence de Clermont, Claire ! Il m'a dit qu'il était prêt à prendre son temps, qu'il n'était pas pressé…

— Dans ce cas, fonce !

Muguette sourit à son amie ; ses paroles l'avaient soulagée. Et puis Clermont lui avait précisé qu'il était patient, une qualité que Muguette appréciait. Elle devrait surmonter sa timidité, mais pour pouvoir passer plus de temps avec Clermont elle était prête à consentir à bien des sacrifices.

Alors que les lumières commençaient à baisser dans la salle, Muguette jeta un dernier regard sur les occupants des rangées autour. Reconnaissant un visage familier, elle poussa Claire du coude.

— Ce n'est pas le contrebassiste d'Alice là-bas ?

Claire fouilla des yeux la salle sombre. Elle acquiesça en apercevant Alan en charmante compagnie. L'homme venait tout juste d'embrasser sa compagne, et il ne s'agissait pas d'Alice.

— Soit il est revenu de Toronto, soit il n'est jamais allé là-bas et a délibérément menti à Alice. Elle aura le cœur en miettes quand elle l'apprendra.

— Peut-être vaudrait-il mieux taire notre découverte? chuchota Muguette alors que les publicités avaient commencé à défiler sur l'écran.

— Je pense qu'il faut la prévenir. Je suis incapable de la laisser se morfondre pour un salaud comme lui!

***

— Je ne vous crois pas. Alan ne me ferait jamais ça!

— Pourtant, vendredi soir, nous l'avons surpris en flagrant délit, Muguette et moi. Après le film, nous l'avons suivi afin de nous assurer que nous ne l'avions pas confondu avec quelqu'un d'autre.

Alice se laissa tomber sur la chaise derrière son bureau. Les révélations de ses copines lui brisaient littéralement le cœur. Pendant quelques secondes, elle leur en voulut de lui ramener les pieds sur terre de façon aussi abrupte. Mais en reconsidérant la question, elle réalisa que Claire et Muguette venaient de lui témoigner une belle preuve d'amitié. Elle reporta sa colère sur son amoureux, qui l'avait délibérément trompée. Trop naïve, elle n'était pas allée chez le contrebassiste depuis son départ pour Toronto. Sa confiance aveugle en Alan venait de lui jouer un mauvais tour.

Alice fixait droit devant elle. À ses côtés, Claire et Muguette attendaient que leur compagne réagisse. Bientôt, Eunice se rendrait compte que quelque chose n'allait pas et elle viendrait sommer les jeunes femmes de reprendre le travail. Alice sentit les premières larmes inonder ses yeux. Elle ne pouvait pas se laisser aller ainsi devant ses collègues. Greg et François discutaient un peu plus loin, mais Alice avait remarqué que son soupirant l'observait sans cesse, comme s'il essayait de deviner ce qui l'avait mise dans cet état. Habituellement, l'instinct protecteur du jeune homme l'agaçait, mais aujourd'hui il lui apportait un peu de réconfort.

En voyant pâlir Alice, Claire comprit à quel point la révélation d'aujourd'hui l'avait blessée. Elle avait retourné la question durant toute la fin de semaine en remettant toujours à plus tard le moment d'annoncer la mauvaise nouvelle. Peut-être auraitelle dû se rendre chez Alice pour la prévenir de la tromperie d'Alan ? Muguette avait suggéré de ne rien faire, mais Claire ne pouvait agir ainsi avec son amie. La grande affliction d'Alice faisait regretter à Claire d'avoir endossé le rôle de l'oiseau de malheur. Elle posa sa main sur l'épaule d'Alice en signe de réconfort.

Eunice venait de surgir au bout du couloir. Elle se dirigeait dans leur direction. Alice se leva prestement et déclara :

— Je ne peux pas l'affronter aujourd'hui. Inventez n'importe quoi, je rentre chez moi.

Alice prit ses affaires en vitesse avant de s'éclipser, laissant Claire et Muguette pantoises près de son bureau. Comme un lynx bondissant sur sa proie, Eunice apparut près d'elles quelques secondes plus tard.

— Où est passée mademoiselle Bergeron ?

— Alice ne se sentait pas bien, répondit Claire. Toute la fin de semaine, elle a combattu un rhume. Elle a préféré rentrer à la maison.

— Ça va pour cette fois, mais qu'elle n'en prenne pas l'habitude.

Avant de tourner les talons, Eunice frappa dans ses mains et lança à Muguette et Claire :

— Allez ! Au boulot, vous deux !

Claire poussa un soupir de soulagement. Alice avait eu de la chance aujourd'hui. Triste pour sa collègue, elle regagna son poste.

* * *

Alice se rendit à l'appartement d'Alan. Elle frappa à la porte pendant plusieurs minutes sans obtenir de réponse. Alan lui devait des explications, mais elle ne voulait pas l'attendre. Durant le trajet en autobus pour retourner chez elle, Alice, perdue dans ses pensées, se força pour retenir les larmes qui lui piquaient les yeux. Elle n'arrivait pas à comprendre comment elle avait pu se montrer si naïve.

Lorsqu'elle poussa la porte de la maison familiale, elle retint son souffle. Elle n'avait pas envie de discuter avec sa mère. Alors que la jeune femme se faufilait discrètement vers sa chambre, Gervaise l'intercepta. Alice venait de monter la dernière marche de l'escalier.

— Tu rentres tôt, ma chérie. Que se passe-t-il ?

— Je ne me sentais pas bien, mentit-elle.

Gervaise vint à sa rencontre. Elle posa la main sur son front comme lorsqu'elle était petite pour savoir si elle faisait de la fièvre. Au contact de la main de sa mère, Alice fondit en larmes.

— C'est Alan… Je le croyais à Toronto, mais il jouait les don Juan ici sans que je le sache.

Gervaise secoua la tête.

— Tu n'aurais pas dû t'amouracher d'un homme comme lui. Je t'avais dit que tu ne tirerais rien de bon de ce musicien…

Alice serra les mâchoires. À quoi s'était-elle attendue de sa mère ? Avant de se précipiter dans sa chambre, elle cracha :

— Pour une fois, tu ne pourrais pas me consoler au lieu de me faire des reproches ?

9

Claire venait de se changer pour la troisième fois. Elle avait finalement opté pour un pantalon – vêtement qui serait plus pratique pour marcher. Romain avait dit qu'il passerait les prendre, Denis et elle, en début d'après-midi, ce dimanche. Toute la semaine, elle avait compté les jours avant cette sortie. Chaque fois que son cœur s'emballait à la pensée qu'elle reverrait Romain, elle tentait de se raisonner. « Il vient ici uniquement pour que Denis puisse visiter un des chantiers du métro, comme il le lui a promis. » Se recoiffant pour la énième fois, elle se regarda dans le miroir. Elle décréta que le rouge à lèvres n'était pas de mise. « Ce n'est pas une sortie mondaine ! » se reprocha-t-elle en essuyant avec un mouchoir le rouge sur ses lèvres.

Heureusement, Lisette ne l'épiait pas pendant qu'elle se préparait. Claire n'aurait pu le supporter ! Après s'être parfumée légèrement derrière les oreilles, elle saisit une veste. Puis elle se posta devant la fenêtre du salon, afin de guetter l'arrivée de Romain. Assis dans un fauteuil, Denis feuilletait un journal en attendant la venue de l'ingénieur.

— Je n'en reviens pas de sa gentillesse, s'exclama-t-il. Hé ! Je vais avoir la chance de visiter un des chantiers du fameux métro. Ce n'est pas rien !

— Je savais que cette activité te plairait.

— Tu me connais trop bien, Claire.

Claire souleva le rideau encore une fois pour regarder dans la rue. Son cœur fit un bond lorsqu'elle aperçut la Chevrolet.

— Romain est arrivé ! s'écria-t-elle.

Claire se précipita vers la porte pour aller rejoindre le visiteur dans la rue, puis elle se ravisa. Ralentissant le pas, elle rebroussa chemin et pénétra dans la cuisine pour avertir sa mère que Denis et elle partaient. Elle en profita pour se verser un verre d'eau afin de se calmer. Elle entendit la porte d'entrée s'ouvrir et la voix joyeuse de Romain, que Denis avait accueilli.

Henriette prit le verre des mains de sa fille et souffla :

— Allez… Ne les fais pas attendre !

Claire respira profondément et sourit à sa mère avant de se rendre dans le vestibule. Le visage de Romain s'illumina à sa vue.

— J'ai cru que tu avais changé d'idée. La visite de ce genre de chantiers n'intéresse généralement pas les femmes.

Claire resta interdite. Peut-être aurait-il mieux valu qu'elle s'abstienne ? Denis vint à sa rescousse.

— Ma sœur est d'une nature très curieuse. Elle a suivi avec beaucoup d'intérêt la construction de la Place Ville Marie.

— Mais je n'ai rien contre la curiosité ; c'est une belle qualité, formula Romain.

Il fit un clin d'œil à Claire, ce qui ramena les papillons dans l'estomac de la jeune femme.

— Dans ce cas, n'attendons pas trop longtemps si nous voulons profiter de notre journée.

Denis suivit Romain. Les deux hommes discutèrent jusqu'à la voiture, suivis de près par Claire. Denis prit place à l'avant du véhicule. Romain ouvrit la portière de derrière pour Claire et lui tendit la main en disant :

— Mademoiselle !

Claire lui rendit son sourire et se glissa sur la banquette arrière. Durant le trajet, elle fixa la nuque de Romain, se remplissant les narines de l'odeur de sa lotion après-rasage. Les deux hommes discutèrent de détails techniques concernant le métro. Claire écoutait en silence la voix chaleureuse de Romain expliquer à Denis que la Commission de transport de Montréal avait opté pour un métro sur pneumatiques. Ce modèle offrait de meilleurs freinages et démarrages que les métros traditionnels montés sur des roues d'acier.

— Plusieurs ingénieurs parisiens nous assistent dans les travaux. Jean Drapeau a été séduit par le métro de Paris et il souhaite doter sa ville du même système moderne. Aujourd'hui, en visitant un chantier, peut-être aurons-nous accès à un des tunnels ? Qui sait ?

Romain venait de piquer la curiosité de Claire. Comme la plupart des citoyens du centre-ville, elle avait entendu à quelques reprises des explosions souterraines, résultat du dynamitage du sous-sol rocheux. À quoi pouvaient ressembler ces tunnels creusés dans les endroits névralgiques de la cité ? La ville souterraine prenait forme et cette modernité intriguait Claire. Denis posait toutes les questions qui lui venaient à l'esprit. Il s'adressait à Romain comme s'il était un ami de longue date. Claire se laissait bercer par les échanges entre ses deux compagnons. Romain parlait de son métier avec tant de passion qu'il était fascinant à écouter. Et son charisme avait eu raison de Denis qui l'écoutait religieusement, lui aussi.

Romain stationna sa voiture à l'angle des rues Berri et Sainte-Catherine. Il se dépêcha d'aller ouvrir la portière à Claire, qui appréciait la galanterie du jeune homme. Denis, qui n'avait jamais été porté sur cet aspect, attendait déjà sur le trottoir.

— Le chantier Berri-De Montigny est un des plus impressionnants à voir puisque plusieurs lignes de métro transiteront par cet endroit. J'aurais aimé que vous le voyiez de soir ; avec l'éclairage, c'est fabuleux ! C'est ici qu'arrivera probablement le métro en provenance de la Rive-Sud, si le budget est voté. Imaginez : nous traverserons le fleuve par un tunnel !

— Mais n'est-ce pas ce que le pont-tunnel nous permettra ? demanda Denis d'un ton de connaisseur qui fit sourire Claire.

— Oui. Le pont-tunnel est aussi une merveille en soi puisque les automobilistes pourront s'en servir. Mais le tunnel qui reliera la Rive-Sud à l'île de Montréal passera par l'île Sainte-Hélène, qui sera agrandie grâce au remblai de l'excavation du tunnel. Elle unira la métropole au site choisi pour l'Expo de 1967. Je vous le dis : Montréal deviendra la métropole la plus importante en Amérique du Nord !

L'enthousiasme de Romain enchantait Claire. Le jeune homme la fascinait toujours autant. Il s'immobilisa près d'une des rambardes protectrices placées le long de la rue. D'un geste théâtral, il invita Claire et Denis à s'approcher.

— Les escaliers roulants seront situés là-bas et le métro passera juste ici, expliqua-t-il en pointant l'emplacement de la future rame. D'ici quelques années, des milliers de gens marcheront en cet endroit pour se rendre au travail ou tout simplement pour accéder à des lieux de divertissement.

— J'ai bien hâte que tout ça soit terminé ! De quelle façon procédez-vous pour trouver le meilleur emplacement pour construire une station et la relier ensuite aux différents tunnels ?

Romain parla à Denis des études menées sur le terrain pour sélectionner les lieux requis. Claire écoutait distraitement, observant l'étendue de béton qui se trouvait en contrebas. Le génie humain l'avait toujours émerveillée, et ce, bien avant de connaître Romain ! Claire enviait les hommes qui pouvaient pratiquer le métier qu'ils avaient choisi. Non pas qu'elle regrettât d'avoir suivi des études en secrétariat, mais il lui arrivait parfois de se demander ce qu'aurait été sa vie si elle avait été un homme. Elle travaillerait probablement à l'Imperial comme Denis puisque leur mère n'avait pas les moyens de payer des études universitaires à ses enfants. Au moins, maintenant, Claire avait un travail et son salaire aidait Henriette.

Romain toussota pour attirer son attention.

— Tu viens, Claire ? Je voudrais vous montrer, à Denis et toi, un de ces tunnels dont je vous ai parlé.

Le trio gagna l'une des entrées du chantier. Romain discuta pendant quelques minutes avec le gardien du site, qui accepta de les laisser passer, ses amis et lui. Un peu plus loin, Romain déclara :

— Habituellement, les visiteurs ne sont pas admis sur le site, surtout ces temps-ci. Quelques bâtons de dynamite ont été volés sur un chantier. Des gardiens ont été engagés pour surveiller les lieux. Je connais le gardien en fonction aujourd'hui ; il faut bien qu'être ingénieur procure des avantages ! Nous ne resterons pas longtemps. Tenez, mettez ça.

Romain leur tendit des casques de construction.

— Comme ça, nous serons en sécurité ! plaisanta-t-il en entraînant ses amis plus bas. La semaine, ça grouille de monde par ici, mais le dimanche – jour du Seigneur – les ouvriers ont droit au repos.

Impressionnés, Denis et Claire suivaient de près Romain pendant qu'il leur décrivait les changements que subirait cette station d'ici son inauguration.

— Là-bas, vous voyez un des tunnels qui remontent le long de la rue Berri pour aboutir à la prochaine station. C'est sombre, mais vous comprenez l'idée.

Ces tunnels serpenteraient sous la ville afin que la rame de métro puisse y circuler sans même que les usagers doivent sortir une fois à l'extérieur. Cette idée réjouissait Claire.

— En raison de nos hivers rudes, nous n'avions pas le choix de construire un métro. Au début, il était question d'un monorail extérieur, mais ce projet a été abandonné. Finalement, le métro sur pneumatiques conviendra mieux à notre climat. Les stations seront uniques puisque chacune d'elles sera décorée différemment avec des œuvres d'art de plusieurs artistes de renom. L'art à la portée de tous ! Voilà, madame et monsieur ! J'espère que vous avez apprécié votre visite !

Romain éclata d'un grand rire franc. Le petit groupe remonta au niveau de la rue. Claire, Denis et leur guide remirent leurs casques au gardien avant de retourner derrière les rambardes.

Denis serra la main de Romain en le remerciant. Il avait adoré la visite et il s'estimait privilégié d'avoir eu accès aux coulisses de cette construction d'envergure.

— Il y a un petit restaurant au coin de la rue, là-bas, déclara Romain. Ça vous tente de prendre un café avant de rentrer ?

Après avoir consulté sa montre, Denis déclina l'offre.

— Renée m'attend. Désolé, mais j'ai promis que je passerais la voir cet après-midi.

— Veux-tu que je te conduise chez elle ?

— Non, c'est bon. Je me contenterai de l'autobus en attendant que le métro soit achevé ! C'est vraiment une belle construction. Merci encore pour la visite !

Denis serra la main de Romain une fois de plus avant de partir en sifflotant. Claire aurait pu jurer que son frère avait fait exprès pour les laisser seuls, Romain et elle. Elle lui en devrait une ! L'ingénieur se tourna vers elle.

— Un café, ça te dirait, Claire ? Je te ramènerai chez toi après.

— Pourquoi pas ? Mais c'est moi qui paye !

Romain lui tendit son bras. Sans plus tarder, le couple se mit en route vers le restaurant.

* * *

— C'était vraiment une visite agréable. Merci encore ! Je suis certaine que Denis a beaucoup aimé.

Claire avala une gorgée de café. Comme d'habitude, la présence de Romain la rendait nerveuse.

— Et toi, ça t'a plu?

— Oui! Le monde souterrain est vraiment fascinant.

— Effectivement! Mais Grace n'a jamais voulu mettre les pieds sur un chantier – ni par respect pour mon travail, ni par simple curiosité.

— C'est malheureux pour elle parce que tu es un guide formidable.

Claire sentit ses joues s'empourprer. Devant son embarras, Romain blagua.

— Je suis le meilleur guide du monde!

— C'est probablement grâce à la passion qui t'habite. C'est visible que tu adores ton métier.

— Ce n'est pas toujours facile, mais je ne regretterai jamais mon choix de carrière. Il a fallu du temps à mon père pour accepter le fait que je devienne ingénieur. Mais maintenant, il est très fier de dire à ses amis que son fils contribue à la construction du métro.

— Habites-tu toujours chez tes parents?

Claire regretta immédiatement son indiscrétion. Souriant, Romain lui répondit:

— C'est LA question à poser, Claire! Oui, j'habite encore chez mes parents. C'était plus pratique durant mes études.

Après l'obtention de mon diplôme, ils ne m'ont pas poussé hors du nid. De toute façon, je suis rarement à la maison, car mon travail accapare la majorité de mon temps.

« Et Grace, l'autre partie, probablement… », songea à regret Claire. Romain avala une gorgée de café.

— J'ai repensé à notre conversation de l'autre jour. Je ne voudrais pas que tu croies que Grace est quelqu'un de détestable parce qu'elle me reproche un manque d'ambition. Elle a de nombreuses qualités, tu sais.

Romain vit Claire sourciller en entendant le prénom de sa fiancée une autre fois. Même absente, Grace s'interposait entre eux.

— C'est seulement que, depuis quelque temps, j'ai l'impression que nous nous éloignons, elle et moi. Peut-être que je travaille trop…

Romain posa sa main sur celle de Claire. La jeune femme ne savait pas si elle devait la retirer pour éviter d'entendre la confidence qu'il s'apprêtait à lui faire. Elle ne réagit pas et attendit. Romain prit une profonde inspiration avant d'avouer :

— Je ne suis plus certain que ma vie soit avec Grace…

Claire retint son souffle.

— Grace est une bonne personne, mais je doute d'être à la hauteur de ses espérances. Pour tout avouer, je ne cesse de penser à toi, Claire. Tout est plus simple quand je suis avec toi. J'ai l'impression que je peux rester moi-même.

Le cœur de Claire s'emballa. Les aveux de Romain la plaçaient dans une situation difficile. Elle retira sa main et se renfonça dans sa chaise.

— Je ne sais pas quoi te répondre, Romain.

— Dis-moi au moins que c'est réciproque…

— Grace est la fille de mon patron.

— Je comprends. Je ne veux pas te mettre dans l'embarras, et surtout il est hors de question que tu perdes ton travail à cause de moi. Assure-moi seulement que je n'espère pas en vain.

— Tout cela est bien compliqué, Romain.

— Je comprends.

L'air abattu de Romain l'attrista. Claire se rapprocha de la table et posa sa main sur celle du jeune homme.

— Je ressens la même chose que toi, Romain.

Elle se pencha au-dessus de la table et Romain l'imita. Comme premier baiser, ça n'avait rien de romantique, mais cela signifiait tellement pour eux.

— Si tu savais comme ça me soulage de l'apprendre ! Je craignais que tu me prennes pour un parfait imbécile et que tu me « revires de bord », comme on dit !

— Je pense à toi depuis un bon moment déjà, déclara Claire en souriant. En fait, depuis cette fameuse brioche…

— J'ai tellement bien fait de voler à ton secours, ce matin-là !

Il tenait fermement la main de Claire. Il fixa sa compagne droit dans les yeux.

— Ce que je te demande, pour le moment, c'est de ne rien dire à personne. Je vais régler l'affaire de mon côté. Il faut que Grace sache que je ne veux plus me marier avec elle ; je ne peux pas la laisser dans l'ignorance. Elle mérite de connaître la vérité.

— Je suis d'accord.

— Laisse-moi le temps de tout arranger. Tu ne le regretteras pas, Claire.

* * *

Alice semblait prendre du mieux après sa rupture avec Alan. Les dernières semaines avaient été pénibles pour la jeune femme. Elle arrivait au bureau, cernée et les yeux rouges, et elle reniflait sans cesse. Claire se sentait un peu responsable de son malheur puisqu'elle avait insisté pour lui révéler la vérité concernant le musicien. Muguette lui répétait inlassablement : « Tu n'aurais pas dû… » Mais pour Claire, l'honnêteté était une valeur importante. Un autre point qu'elle partageait avec Romain !

La peine d'Alice semblait s'estomper de jour en jour, au grand soulagement de Claire. Peut-être que le retour du beau temps y était pour quelque chose ? Le vert tendre des feuilles et les fleurs printanières envahissaient le centre-ville. Même les pissenlits, ces incompris, étaient les bienvenus pour ajouter de la couleur aux longs mois de grisaille qui s'achevaient. Claire avait remisé avec plaisir ses lourdes bottes et son manteau. Elle avait feuilleté les catalogues pour connaître les tendances du printemps 1963. Les années précédentes, elle s'était contentée de rêver de petits tailleurs bleu pâle ou vert chartreuse. Mais à présent, elle pouvait s'offrir quelques vêtements de ce genre puisqu'elle était une travailleuse salariée !

Alice avait insisté pour qu'elle l'accompagne chez son coiffeur. « Une nouvelle tête nous fera le plus grand bien ! » Claire l'avait suivie : si une coupe de cheveux pouvait ramener la bonne humeur chez son amie, la sortie valait le détour. Claire n'avait pas reçu de nouvelles de Romain depuis la visite du chantier du métro, mais elle savait qu'il ferait le nécessaire. Elle n'avait rien raconté à ses deux amies, car il lui avait demandé d'être discrète. Les cancans circulaient rapidement à la banque et, en aucun cas, Claire ne voulait que cette histoire parvienne aux oreilles de monsieur Coulter. Son avenir était en jeu ; elle ne voulait ni décevoir Romain, ni perdre son travail qu'elle aimait.

Ses camarades avaient essayé – sans succès – d'en savoir plus sur la visite du chantier, mais Claire était restée évasive. Elle avait raconté sobrement les grandes lignes de cette sortie, sans plus. « Au moins, nous sommes heureuses que Grace ne se soit pas jointe à vous ! Sincèrement, Claire, Romain aurait mieux fait de t'inviter à prendre un café plutôt que de te faire visiter des tunnels de métro inondés et mal éclairés ! » Claire laissait faire ses copines, convaincue que ces taquineries changeaient les idées d'Alice. Surtout, elles détournaient l'attention de ce qui s'était véritablement passé.

Le beau temps semblait aussi avoir eu raison de l'acrimonie d'Eunice, qui paraissait plus calme et presque souriante. Du moment qu'elle cessait de les surveiller aussi étroitement, Claire et Alice ne s'en porteraient que mieux. Depuis quelques jours, Alice arrivait au travail le cœur plus léger.

Claire s'imaginait que sa collègue avait surmonté sa terrible peine d'amour. Elle lui fit part de son soulagement alors qu'elles prenaient toutes les deux un peu de soleil sur l'esplanade à l'heure du dîner.

— Je suis vraiment soulagée de constater que tu vas mieux. Je trouvais tellement triste de te voir te languir autant à cause d'Alan. Il ne te méritait tout simplement pas.

— C'est vrai que je vais mieux.

Alice ferma les yeux et leva son visage vers le soleil pour profiter des chauds rayons. En fait, sa nonchalance cachait un secret qu'elle souhaitait dissimuler à son amie. Claire jouissait également pleinement du soleil. Alice brisa le silence.

— As-tu eu des nouvelles de Romain ?

Claire ouvrit les yeux. Pourquoi cette question ? Non, Alice ne pouvait rien savoir puisqu'elle n'avait rien dit des aveux de Romain et de leur discussion. Claire tenta de garder son sang-froid.

— Pourquoi me demandes-tu ça ? Nous n'avons aucune raison de nous revoir. Sa visite de dimanche en était seulement une de courtoisie. Il avait promis à Denis de lui faire visiter un des chantiers du métro, et c'est ce qu'il a fait.

— Je le sais bien. Pourtant, je serais tellement heureuse s'il laissait sa vilaine fiancée pour toi. Tu es mille fois mieux que Grace !

— En tout cas, tu es resplendissante depuis quelques jours, Alice. Je doute que seules la coupe de cheveux et la température y soient pour quelque chose.

Le visage de Claire s'illumina :

— As-tu rencontré quelqu'un ?

— Euh… non… Qu'est-ce qui te fait penser cela ?

— Tes yeux ne sont plus cernés et tes reniflements incessants sont choses du passé ! Allez, Alice ! Je te connais suffisamment pour savoir qu'il y a anguille sous roche !

Alice inspira profondément avant d'avouer d'un seul souffle :

— Alan m'a relancée à plusieurs reprises. J'ai décidé de lui donner une seconde chance.

Claire croisa les bras. C'était donc ça qui avait remonté le moral de son amie ! Après l'affront que le contrebassiste lui avait fait subir, Alice passait l'éponge comme si de rien n'était. Claire ne comprenait pas. À cause de la mine renfrognée de sa compagne, Alice se sentit obligée de se justifier :

— Il m'a dit qu'il n'avait vu cette fille qu'une seule fois et qu'il n'y avait rien de sérieux entre eux.

— Et tu l'as cru ?

— Oui ! J'avais envie de lui donner une autre chance, Claire. Je l'aime…

La jeune femme ne s'expliquait pas qu'Alice, qui avait pleuré toutes les larmes de son corps au cours des dernières semaines, revienne sur sa décision de laisser Alan. Alice poursuivit, même si elle savait que Claire n'approuvait pas son choix de revenir auprès du musicien.

— Alan s'est excusé de toute la peine qu'il m'a causée. Il regrette amèrement ce qui s'est produit. Il m'a même demandé si je voulais toujours emménager avec lui.

Claire sursauta :

— Tu vas vraiment quitter ta famille pour aller habiter avec lui ?

— Nous ne sommes plus en 1940 ! Et puis on ne peut plus tellement parler de famille dans mon cas : le plus souvent, mon père brille par son absence et ma mère se morfond à l'attendre à la maison. Une chance qu'il y a encore du scotch dans la carafe, sinon je ne sais pas ce qu'elle ferait…

Claire connaissait les problèmes d'alcool de la mère d'Alice. Mais elle savait aussi que cela ne justifiait pas qu'Alan Strong fasse de nouveau partie de la vie de sa collègue.

— Que ferais-tu à ma place, Claire ? Alan est ma seule porte de sortie pour fuir de chez moi !

— Je ne veux pas t'empêcher de prendre des décisions, Alice. J'espère seulement que tu ne te trompes pas à son sujet. Tu es mon amie, et tout ce que je souhaite pour toi, c'est ton bonheur.

— Merci ! C'est tout ce que je voulais entendre.

Alice tourna son visage en direction du soleil. Claire l'observa pendant quelques secondes avant de faire la même chose. Que dirait son amie si elle apprenait les confidences que Romain lui avait faites, et surtout qu'il essayait de trouver la meilleure façon de rompre avec Grace ? Elle espérait sincèrement que ni Alice ni elle n'auraient le cœur brisé par leurs histoires d'amour.

***

En rentrant ce soir-là, Claire trouva sa mère particulièrement fatiguée. Elle l'invita à s'asseoir et entreprit de terminer la préparation du repas.

— Denis m'a fait promettre de cesser de prendre des contrats de la manufacture. Je devrai me contenter des « madames de Westmount » comme clientes. Il trouve que je travaille trop ; je suis forcée d'admettre qu'il a raison.

— J'approuve mon frère. Avec son salaire et le mien, nous parvenons à payer ce qu'il faut pour la maison. Vous avez le droit de ralentir un peu.

Henriette poussa un soupir las.

— Ce n'est pas seulement le travail qui me préoccupe. Ta sœur fait encore des siennes. La police est venue ici pour me demander si je connaissais un certain Mario Chénier. Ce nom te dit-il quelque chose ?

Claire se détourna pour éviter que sa mère lise la vérité dans ses yeux. Elle remplit la casserole d'eau pour faire bouillir les pommes de terre. Elle espérait qu'Henriette changerait de sujet. Celle-ci poursuivit :

— La police voulait voir Lisette pour lui demander si elle savait où se trouvait ce Mario. Claire, si tu sais quelque chose, j'aimerais en être informée.

Claire n'avait jamais menti à sa mère. Elle ne dérogerait pas à ses principes, même si elle avait promis à Lisette de ne rien révéler au sujet de son amoureux.

— Mario est le petit ami de Lisette.

— Pourquoi tu ne me l'as pas dit ?

— Je ne pensais pas qu'il était important que vous connaissiez ce détail. À l'âge de Lisette, c'est normal de tomber en amour…

— C'est normal, en effet, mais pas avec n'importe qui. Mario Chénier est soupçonné d'avoir volé des bâtons de dynamite. C'est grave, Claire ! Ce délit serait lié aux activités du FLQ. Lisette est dans de beaux draps, si elle est mêlée à ça.

— Je suis certaine qu'elle n'a rien d'autre à se reprocher que le fait de connaître Mario.

La porte d'entrée s'ouvrit. Claire et Henriette se turent, car elles ignoraient qui venait d'entrer dans le logement. La plus jeune des filles de la maison pénétra dans la cuisine en fredonnant.

— Qu'est-ce qu'on mange pour souper ?

Ni sa mère ni sa sœur ne lui répondirent. Les deux femmes se contentèrent de la dévisager.

— Quoi ? Que se passe-t-il ?

Claire posa sa main sur l'épaule d'Henriette alors que celle-ci allait se lever.

— Maman a reçu la visite des policiers aujourd'hui. Ils voulaient savoir où habite ton Mario.

— Pourquoi ? Il lui est arrivé quelque chose ?

Lisette pâlit et porta la main à son cœur. Henriette prit la parole.

— Il ira bien du moment que la police ne lui mettra pas la main au collet! Il est soupçonné d'avoir volé de la dynamite sur un des chantiers de construction du métro.

Lisette resta de marbre. Était-ce pour cette raison que Mario était venu en pleine nuit? se demanda Claire. Elle se souvenait que Romain avait parlé d'un vol de bâtons de dynamite pendant la visite du chantier.

Lisette croisa les bras avant de déclarer:

— Je n'ai rien à voir là-dedans. Vous me croyez, j'espère?

— Comment te faire confiance, Lisette? Tu manques tes cours, tu es toujours en retard pour le souper, et ce, c'est lorsque tu daignes nous honorer de ta présence.

— Je ne suis pas mêlée à ce vol.

— Mais tu ne nous as pas dit que tu ignorais cet événement, commenta Claire en la fixant.

Lisette lui jeta un regard rempli d'animosité. Sur un ton tranchant, Henriette déclara à sa cadette:

— Tu es confinée à la maison jusqu'à nouvel ordre, jeune fille. Tu sortiras seulement pour te rendre en classe; chaque soir, tu rentreras sagement ici. Disons que ce sera une façon de nous montrer ta bonne volonté. Quant à ce Mario, je ne veux plus en entendre parler!

En pleurs, Lisette se précipita dans la chambre. Claire regrettait maintenant de ne pas avoir été suffisamment vigilante auprès de sa sœur. Elle espérait sincèrement que Lisette n'avait rien à se reprocher.

* * *

Muguette avait attendu plusieurs semaines avant de se décider à visiter sa grand-mère. Chaque fois, elle trouvait une excuse pour éviter de se rendre dans la rue Island. Sa tante Berthe lui avait téléphoné au cours de la semaine, lui demandant s'il lui était possible de venir s'occuper de Jeanne pendant quelques heures. Son mari et elle devaient aller faire des emplettes pour la maison et il était impossible de laisser seule la vieille dame. Muguette en profiterait pour passer du bon temps avec sa grand-mère qu'elle voyait trop peu souvent. Durant toute la semaine, elle s'était préparée à cette visite. Elle trouvait pénible de voir que l'esprit de sa grand-mère partait à la dérive. Jeanne ne serait plus jamais celle qui lui avait cuisiné des crêpes lorsqu'elle était petite et qui l'avait réconfortée avec une bonne soupe aux légumes. Cette femme n'existait plus et Muguette devait le reconnaître: sa grand-mère avait besoin d'elle plus que jamais. La jeune femme ne se défilerait pas, même si voir le regard éteint de son aïeule lui brisait le cœur.

Avant de se rendre chez sa grand-mère, Muguette passa par la tabagie pour saluer Clermont. Elle voulait prendre son temps pour mieux le connaître. Ils avaient tout le temps devant eux pour bien faire les choses. Muguette aimait discuter avec lui de multiples sujets. Lors d'une récente discussion, il avait été question de Jeanne et ses pertes de mémoire. Clermont l'avait écoutée sans l'interrompre. Muguette était reconnaissante que l'homme qui, un jour, partagerait peut-être sa vie se montre aussi attentionné.

Muguette espérait voir Clermont derrière le comptoir. Mais plutôt que le veuf c'était Marjolaine qui était de service cette journée-là. Muguette camoufla mal sa déception, mais elle s'informa néanmoins de la jeune fille. L'adolescente, qui perçut la contrariété dans les yeux de la cliente, tenta d'arranger les choses. Après avoir remis un paquet de cigarettes à Muguette, elle déclara tout en enregistrant l'achat sur la caisse :

— J'imagine que tu n'es pas venue pour me demander comment vont mes études, Muguette ?

— En fait, j'avais besoin de cigarettes, mentit l'interpellée, alors j'en profite pour prendre de tes nouvelles. Il faudrait bien qu'on s'organise une nouvelle session de magasinage. Je pourrais demander à Claire et sa sœur de nous accompagner, si tu en as envie.

— Bonne idée ! Je m'entends bien avec Lisette. Tu sais, Muguette, tu n'es pas obligée de tourner autour du pot…

Cette dernière resta interdite. Décidément, les jeunes d'aujourd'hui ne manquaient pas d'audace ! Pour sa part, Muguette n'aurait jamais osé ! Cependant, elle ne détestait pas la fraîcheur de Marjolaine, qui poursuivit sur sa lancée :

— Je sais que c'est mon père que tu aurais aimé voir. Il m'a demandé de le remplacer aujourd'hui. Il voulait profiter du beau temps pour travailler sur notre terrain. D'ailleurs, ça me surprend que tu ne l'aies pas vu en arrivant. Il est probablement derrière, ajouta-t-elle en pointant la porte de l'entrepôt qui donnait accès à l'extérieur.

— Je voulais seulement le saluer avant d'aller visiter ma grand-mère. Puisqu'il est occupé, je ne le dérangerai pas.

— Allez, vas-y ! s'écria la jeune fille. Il sera si content de te voir !

Muguette lui sourit timidement avant de sortir par la porte de service. Son cœur se mit à battre fort en apercevant Clermont, qui taillait un arbuste ayant subi les soubresauts de l'hiver. Elle toussota pour attirer son attention. Dès qu'il l'aperçut, le veuf lâcha ses outils et se dirigea vers elle.

— Muguette ! Quelle belle surprise, je ne t'attendais pas aujourd'hui !

— Je m'en vais voir ma grand-mère. Pour être honnête, j'avais besoin de venir puiser un peu de courage avant de me rendre là-bas.

Clermont l'entraîna vers un banc au fond du jardin. Impressionnée par les talents de jardinier du commerçant, Muguette le complimenta :

— Je ne savais pas qu'il y avait un si joli jardin derrière la tabagie ! De la rue, c'est difficile à imaginer.

— Comme tu le sais, la bâtisse m'appartient. Ce petit terrain avait été longtemps négligé. Quand j'ai emménagé dans l'appartement du dessus avec ma défunte épouse, elle désirait avoir un coin bien à elle, près de la tabagie et de notre logement. Elle a donc planté quelques fleurs et arbustes ici et là. Après sa mort, je me suis désintéressé du jardin. Mais depuis quelques années, j'ai découvert que j'aime avoir les mains dans la terre. Je me débrouille assez bien, quand même.

— C'est magnifique !

— Oh ! Dans quelques semaines, ce sera encore plus beau. Il y a quelques rosiers par là, et plusieurs autres variétés de plantes fleuriront un peu plus tard. Pour le moment, le muguet et le lilas sont en vedette !

Muguette avait reconnu l'odeur du lilas en pénétrant dans le jardin. Elle admirait à présent le petit arbre fort bien garni. Le lilas était la fleur préférée de Jeanne.

— Ça sent si bon, le lilas ! Ma grand-mère adore cette fleur. Autrefois, elle décorait ma chambre de bouquets de lilas.

Clermont se leva du banc et saisit son sécateur.

— Dans ce cas, tu pourrais peut-être lui en apporter aujourd'hui ?

— Oh ! Ce serait trop gentil ! Je suis certaine qu'elle apprécierait.

— Ça me fait plaisir, ma belle Muguette.

Muguette suivit Clermont. Il lui remettait les branches au fur et à mesure qu'il les coupait. Elle ne pouvait s'empêcher d'enfouir le nez dans les minuscules fleurs pour se délecter de leur arôme. Après lui avoir tendu la dernière branche, Clermont sourit en la voyant faire.

— Merci…, lui souffla Muguette.

— Si j'avais su que ces fleurs te rendraient si heureuse, je serais allé t'en porter directement chez toi.

— Ma grand-mère les aimera beaucoup. Je suis chanceuse de connaître un jardinier !

— Pas n'importe lequel ! Un jardinier qui est amoureux de toi !

Muguette se sentit rougir. Elle embrassa Clermont, se surprenant elle-même de son audace. Quelques instants plus tard, soudain gênée, elle recula. Clermont déposa son sécateur et l'attira délicatement contre lui pour l'embrasser à nouveau. Muguette se laissa bercer par cette étreinte. Des sensations inconnues parcoururent son corps. Pendant toutes ces années, elle avait clamé haut et fort que son célibat lui convenait. Mais elle prenait tant de plaisir à découvrir ces sensations inconnues. Elle resta plantée là, les yeux fermés, après que Clermont eut desserré son étreinte, savourant encore pleinement ce contact avec lui. Ouvrant les yeux, elle vit qu'il l'observait, tout souriant.

— Ne tarde pas, Muguette, dit-il, car ta grand-mère t'attend sûrement. Tu peux repasser quand tu veux pour prendre tout le lilas dont tu as envie !

Muguette était venue voir Clermont pour se donner du courage avant de rendre visite à sa grand-mère, mais elle avait trouvé beaucoup mieux.

10

Vendredi arriva enfin. Comme Cécile s'apprêtait à vivre ses derniers moments de femme célibataire, la plupart des secrétaires employées au Service des comptes courants avaient été conviées à aller prendre un verre pour célébrer l'événement. Elles s'étaient donné rendez-vous après le boulot au Carrefour, un des bars situés dans la Place Ville Marie. Greg et François n'avaient pas été invités puisqu'on préférait fêter entre filles. Claire devait aller rejoindre les autres dès qu'elle aurait mis à jour l'agenda de monsieur Coulter. Elle avait pris l'initiative de préparer l'horaire de la prochaine journée de travail et de le déposer sur le bureau de son patron pour que, dès son arrivée, ce dernier sache ce qui l'attendait.

Frappant discrètement à la porte, elle entra sans tarder, selon la directive de monsieur Coulter. L'homme parlait au téléphone. De la tête, il lui fit signe de rester là après qu'elle eut déposé l'horaire sur le bureau. Après avoir mis fin à sa conversation téléphonique, il jeta un coup d'œil sur l'agenda qu'elle venait d'apporter. Il déclara ensuite :

— Il faudrait que vous me réserviez deux billets pour Toronto pour la semaine prochaine. Idéalement lundi, je pourrai ainsi être de retour avant vendredi.

Claire acquiesça sans manifester la moindre curiosité. Elle ignorait à qui était destiné le deuxième billet, mais Eunice lui avait répété à plusieurs reprises que les secrétaires administratives ne posaient jamais de questions et s'en tenaient à ce que leur demandait leur patron. La jeune femme attendait d'autres directives. Monsieur Coulter crut bon de préciser :

— Je compte sur votre discrétion, miss Lemay, en ce qui concerne ce second billet. Il n'est pas nécessaire que vos collègues sachent que je me rends là-bas avec quelqu'un.

— Vous pouvez compter sur moi, monsieur, répondit-elle. J'imagine que je le réserve au nom de madame Coulter ? suggéra-t-elle.

— Oui, c'est une bonne idée. Ce sera plus simple comme ça.

— Parfait, c'est noté. Avez-vous encore besoin de moi, monsieur ?

— Non, je ne pense pas. Je vous laisse le soin de reporter mes rendez-vous de la semaine prochaine. J'ai entièrement confiance en vous, miss Lemay. Je suis très satisfait de votre travail.

Claire se sentit rougir. Elle ne savait jamais comment réagir à un compliment. La jeune femme se contenta de remercier son patron.

— Vous pouvez partir en toute tranquillité, ajouta-t-elle. Je me charge de tout.

— Allez, je ne vous retiendrai pas plus longtemps. Profitez bien de votre vendredi soir !

Monsieur Coulter lui jeta un regard bienveillant avant de reprendre le téléphone. Claire avait beaucoup de mal à s'imaginer que cet homme aimable était le père de Grace, une vraie pimbêche. Plus les semaines passaient, et plus Claire se trouvait choyée d'avoir comme patron un être aussi affable. Elle comprenait mieux à présent pourquoi Eunice lui en avait voulu d'avoir décroché ce poste. N'importe qui souhaiterait être au service de quelqu'un comme monsieur Coulter.

Claire se dépêcha de noter ce qu'elle devrait faire lundi, à son retour au travail. Une fois sa tâche terminée, elle ramassa en vitesse sa veste et son sac à main posés sur le dossier de sa chaise et se précipita vers l'ascenseur. Eunice était plantée devant l'appareil.

— Ah ! C'est vous, miss Lemay ! s'exclama la superviseure en ne tentant nullement de dissimuler sa déception.

Lorsqu'elle appuya sur le bouton pour monter, Claire constata qu'Eunice attendait pour descendre. Elle n'avait pas été conviée à la fête. Peut-être que personne n'y avait pensé ?

— Vous saviez que nous fêtons Cécile Charbonneau ce soir puisqu'elle se marie demain ? Ça vous dirait de m'accompagner au Carrefour pour prendre un verre ?

— Il est un peu tard pour l'invitation…

Claire comprenait que personne n'ait invité Eunice ; elle était si peu avenante ! La jeune femme avait envie d'en rester là, mais sa mère lui avait souvent dit que la plupart des gens, sous leur carapace, cachaient un cœur en or. Eunice ne devait pas être si différente des autres ! Claire était persuadée qu'il y avait un début à tout. Peut-être que s'ils la connaissaient mieux, ses collègues verraient qu'elle n'était pas aussi acerbe qu'elle en avait l'air ?

D'une voix douce, Claire indiqua :

— Je suis certaine qu'il n'est pas trop tard, si vous voulez vous joindre à nous.

— Non, sans façon. De toute manière, je ne vois pas ce qu'il y a à célébrer. Miss Charbonneau va se marier et quitter le bureau, et c'est encore moi qui devrai régler le problème de ce remplacement !

— Je ne pense pas qu'il soit dans ses intentions de partir après son mariage.

— Vous verrez bien !

Le « ding » de l'ascenseur retentit. Eunice s'engouffra dans la cabine sans rien ajouter. Les portes se refermèrent sur son regard hostile. « Je m'entête toujours à essayer de l'amadouer. Je n'apprendrai donc jamais ! se reprocha Claire avant de s'engager dans le second ascenseur. Tant pis pour elle ! » songea-t-elle alors que les portes se refermaient. La jeune femme se repoudra le nez en se regardant dans son petit miroir et s'appliqua un peu de rouge à lèvres. Elle chassa rapidement Eunice de son esprit en se rappelant que monsieur Coulter l'avait félicitée pour son travail. Les patrons se montraient habituellement avares de commentaires positifs à l'égard des secrétaires – enfin, c'était ce qu'elle entendait lors des pauses-café. Claire souhaitait profiter pleinement de son bonheur. Ce n'était certes pas Eunice Durham qui le lui gâcherait !

Dès son arrivée dans le bar, Claire chercha du regard son groupe d'amies. Elle vit Muguette au fond de la salle qui lui faisait de grands signes de la main. Tenant fermement son sac, Claire marcha dans cette direction.

Alice déclara d'une voix forte :

— Claire ! Enfin ! J'ai bien cru que tu n'arriverais jamais !

— J'avais quelques trucs à terminer avant de venir vous rejoindre.

— Tu es la plus consciencieuse de nous toutes ! Allez, c'est ma tournée ! Je t'offre un PVM !

Alice fit signe au serveur et passa sa commande. Claire n'avait aucune idée de ce qu'était cette boisson. PVM ? La seule chose qui lui venait en tête était « Place Ville Marie ». Quel était cet acronyme ? Il signifiait peut-être « pauvre vieux mari » ? ! Elle sourit en pensant que cela était de circonstance en cette soirée d'enterrement de vie de jeune fille. Mais puisque Alice lui offrait un verre, elle ne refuserait certainement pas au prix que coûtaient les cocktails ! Le serveur déposa sa boisson devant elle. Claire observa le liquide ambré avant de le porter à ses lèvres. Alice répondit à son questionnement en levant son propre cocktail.

— Il n'y a rien de mieux qu'un bon Polish vodka martini pour finir la semaine ! Je lève mon verre à Cécile qui sera la première femme mariée parmi nous. Elle pourra nous donner des trucs pour amadouer les maris !

Alice, Claire, Muguette, Marthe et quelques autres jeunes femmes que Claire connaissait seulement de vue portèrent un toast à la future mariée. Cécile avala son verre d'un coup et fit signe au serveur de lui en rapporter un autre.

— En tout cas, les filles, je vous souhaite de trouver une perle rare comme mon Raymond. Il est tellement attentionné ! L'autre jour, il m'a donné des fleurs et du chocolat, comme ça, sans raison !

— Pourvu que ça dure, ma chère Cécile, répliqua cyniquement Marthe avant de boire une gorgée.

— Et pourquoi ça ne durerait pas ?

— C'est bien connu : les hommes font tout pour nous séduire. Et puis, une fois qu'ils nous ont prises dans leurs filets, ils deviennent inintéressants et bedonnants.

— Et j'imagine que tu t'y connais beaucoup en hommes, Marthe ? demanda Muguette pour détendre l'atmosphère.

— Parce que toi, tu t'y connais plus, je suppose ?

Muguette lui jeta un regard furieux. Mais Cécile l'empêcha de riposter en lançant :

— Vous n'allez pas me gâcher ma soirée de filles, vous deux, j'espère ! On s'amuse bien, alors pourquoi ne pas en profiter ?

— C'est bon ! Je suis désolée ! exprima Muguette tout en jetant un coup d'œil à Marthe. On va boire à ta chance d'avoir mis la main sur le bon gars, Cécile !

Muguette leva son verre ; ses compagnes l'imitèrent. Elle n'avait pas connu beaucoup d'hommes durant sa longue vie de célibataire, ce que Marthe savait très bien. Cependant, seule Claire connaissait les derniers développements survenus dans sa vie amoureuse. Marthe ravalerait ses paroles lorsque Muguette lui présenterait fièrement Clermont ! Quelques collègues embrassèrent Cécile avant de quitter le bar, si bien qu'il ne resta plus que Claire, Muguette, Alice, Marthe et la fêtée. Avec regret, Cécile regarda partir ses compagnes de travail.

Légèrement éméchée, elle se leva et dit d'une voix forte :

— Je n'ai pas envie que ma soirée se termine si tôt ! Je commence à avoir faim, moi. Est-ce que vous m'accompagnez au Stampede, toutes les quatre ? Il paraît que les steaks y sont fabuleux !

***

Claire n'avait jamais encore mis les pieds au Stampede. Elle avait entendu parler de cet endroit à l'heure du lunch. Situé à même la Place Ville Marie, le restaurant de style western avec des planchers de chêne et une décoration rustique offrait un service de boucherie, où le client pouvait choisir sa pièce de viande. Le personnel cadre fréquentait ce lieu le midi ainsi que les quelques bars qui se trouvaient dans la tour. Il n'était pas rare en effet que certaines réunions se déroulent au Club Car ou au Carrefour, derrière quelques *dry* martinis. Monsieur Coulter ne faisait pas exception à la règle. Claire ne comptait plus les fois où elle avait dû prendre les appels pendant l'absence de son patron.

Avant de se rendre au Stampede, Claire avait pris quelques secondes pour prévenir sa mère qu'elle ne rentrerait pas souper, ce qui avait suscité les moqueries d'Alice.

— Tu appelles ta mère ? C'est bien la dernière chose que je ferais ! De toute façon, elle s'en fout que je rentre ou non. Le souper n'est jamais prêt quand j'arrive de travailler.

— C'est une marque de politesse chez nous, souligna Claire en songeant que, dernièrement, Denis et elle étaient les seuls à se soucier de ce détail. Lisette n'avisait jamais Henriette de ses absences.

Les cinq jeunes femmes suivirent le serveur qui les conduisit à une table. Alice commanda une bouteille de vin pour boire pendant le repas.

— Cette fois-ci, mes amies, nous allons porter un toast à la nouvelle vie qui s'offre à moi aussi ! souligna-t-elle en levant son verre.

Devant le regard interrogateur des autres, elle enchaîna :

— Alan et moi avons décidé d'emménager ensemble dans son petit studio. La semaine prochaine, je serai officiellement installée !

— Wow ! C'est toute une nouvelle, ça ! s'exclama Marthe en trinquant avec Alice.

— Vous êtes revenus ensemble ? demanda Muguette qui n'avait pas été mise dans la confidence.

— Tout le monde a droit à une seconde chance.

Claire écoutait en silence Alice vanter les mérites d'Alan alors que quelques semaines auparavant elle le traitait de salaud lorsque Muguette et elle essayaient de la consoler. Elle résolut de ne pas exprimer son opinion là-dessus. Après tout, Alice était assez vieille pour savoir ce qu'elle faisait. Plus pragmatique, Muguette n'était pas prête à lâcher le morceau.

— Qu'est-ce que tes parents en pensent ?

— Ils n'ont rien à dire à ce propos. Je suis majeure, à ce que je sache, répondit Alice qui paraissait légèrement agacée.

— Il me semblait qu'Alan n'était pas prêt pour la cohabitation.

— Eh bien, il l'est maintenant puisque c'est lui qui m'a suggéré d'apporter mes affaires à son logement.

— J'espère sincèrement que ça fonctionnera pour vous deux.

— J'en suis convaincue. Et puis, ne crains rien, tu n'auras pas à me ramasser à la petite cuillère cette fois-ci !

Muguette souhaitait vraiment que tout se passe bien pour son amie. La dernière fois, Alice avait été insupportable pendant des semaines. Son annonce avait jeté un froid ; les cinq jeunes femmes parcouraient en silence le menu. L'arrivée du serveur et la prise des commandes ramenèrent la bonne humeur à la table. En attendant le repas, Muguette demanda à Claire de l'accompagner aux toilettes pour se refaire une beauté. Profitant du fait qu'elles étaient seules, Muguette interrogea sa compagne :

— Qu'est-ce que tu penses de l'histoire d'Alice ? Je ne suis pas certaine qu'Alan soit le bon gars pour elle. Et toi ?

— Moi non plus. Mais je ne pense pas que notre opinion compte pour elle. Peu importe ce que nous dirons, elle restera convaincue du contraire.

— Je veux simplement lui éviter de souffrir une autre fois.

— Tout ce qu'on peut faire, c'est être là si elle a besoin de nous.

— Ouais…

Muguette replaça ses lunettes sur le bout de son nez.

— Est-ce que tu as quelqu'un pour t'accompagner au mariage de Cécile, Claire ?

— Non, répondit-elle en s'appliquant du rouge à lèvres.

Claire avait pensé à Romain, mais les choses n'étaient pas encore réglées entre Grace et lui, et la plupart des invités du mariage de Cécile étaient des collègues de travail. Cela serait beaucoup trop embarrassant si elle se faisait accompagner par le fiancé de la fille de son patron. Cette situation serait prisée dans un vaudeville, mais Claire préférait opter pour la discrétion. Quand elle retourna la question à Muguette, elle reçut une réponse enthousiaste.

— J'ai demandé à Clermont de m'accompagner, figure-toi donc !

— Quelle bonne nouvelle !

— Ce sera notre première « sortie officielle ». Et c'est moi qui ai fait les premiers pas !

Muguette raconta brièvement à Claire la visite au cours de laquelle Clermont lui avait donné du lilas pour sa grand-mère.

— J'y suis retournée le lendemain et je lui ai lancé, comme ça : « Clermont, accepterais-tu de m'accompagner au mariage d'une collègue ? »

— C'est très officiel, ça, comme demande !

— Tu trouves que j'y suis allée trop fort ? questionna Muguette, l'air hésitant.

— L'important, c'est qu'il ait accepté l'invitation, non ?

— Tu as raison. J'ai très hâte que vous le rencontriez !

— Je suis contente pour toi.

Claire rangea son tube de rouge et se lava les mains avant de retourner à la table, suivie de près par Muguette. Elle figea en apercevant Romain et Grace assis un peu plus loin. Le couple mangeait en silence. Claire savait bien que le jeune homme ne filait pas le parfait bonheur avec sa fiancée, mais de le voir en sa compagnie lui donna tout un choc. Elle contourna la table voisine en essayant d'éviter le couple. Mais peine perdue, car Grace l'interpella :

— Miss Lemay ? C'est bien vous ?

S'efforçant de garder son calme, Claire fut obligée de s'approcher d'eux. Elle murmura à l'intention de Muguette : « Je te rejoins dans quelques minutes. »

— Bonsoir, mademoiselle Coulter et monsieur Lacoste…

— Je ne m'attendais pas à vous trouver ici. Je ne pensais pas qu'une secrétaire pouvait se payer ce genre de souper.

Chaque fois, ce ton désobligeant désarmait Claire. Heureusement, Romain vint à sa rescousse.

— Grace ! Franchement !

— Je suis seulement étonnée de voir la secrétaire de mon père dans ce restaurant. C'est tout, mon chéri.

Claire tiqua en entendant le « mon chéri » doucereux de Grace.

— Sachez, mademoiselle Coulter, que j'ai économisé pendant des semaines pour pouvoir me payer un steak ici ! répondit Claire alors que Romain retenait visiblement un fou rire. Excusez-moi, car mes amies m'attendent.

Bouche bée, Grace la regarda s'éloigner. De retour à sa table, Claire contempla l'assiette que le serveur venait de déposer à sa place. Elle n'avait jamais raffolé du steak, mais elle mordit dans sa première bouchée à pleines dents, fière d'avoir réussi à tenir tête à Grace Coulter !

***

Après le repas au restaurant, Claire préféra rentrer, alors que les autres se donnèrent rendez-vous pour prendre un dernier verre dans un bar hors de la Place Ville Marie. « Ça va nous faire du bien de sortir de nos quatre murs ! » s'exclama Cécile en invitant ses consœurs à se joindre à elle. Après sa rencontre avec Romain et Grace, Claire n'avait plus le cœur à la fête. Après les avoir vus assis ensemble, en train de souper comme un couple – ils en étaient encore un, car manifestement Romain n'avait toujours pas réglé la « situation délicate » –, Claire avait éprouvé une grande tristesse. Elle avait à peine touché à son souper, écoutant distraitement le papotage des filles. Ses pensées étaient tournées vers une table placée au fond du Stampede. De temps à autre, elle sentait le regard de Romain peser sur elle. Elle préférait baisser les yeux plutôt que de croiser ses œillades compatissantes.

Lorsque Claire quitta le restaurant, Romain et Grace étaient déjà partis. La jeune femme préférait ne pas penser au pire, car les imaginer tous les deux lui brisait le cœur. Elle salua rapidement ses amies et se dépêcha afin de ne pas rater le dernier autobus. Elle n'arrivait pas à comprendre que Romain puisse être intéressé par une personne aussi superficielle que

Grace. Ce qu'elle avait considéré comme de la méfiance ou de la timidité de la part de Grace était en réalité de la pure méchanceté. Elle était maintenant pratiquement convaincue que Grace Coulter était malveillante ! Elle n'osait se figurer la réaction de la jeune femme lorsque Romain – si c'était toujours son intention – romprait leurs fiançailles.

En arrivant devant le logement de la rue du Couvent, Claire ravala ses larmes. La fatigue de la journée et les moments passés à supporter la présence de Romain assis un peu plus loin d'elle avaient eu raison de ses dernières résistances. Pourvu que Lisette soit couchée ! Claire n'avait pas envie de lui raconter sa soirée. Alors qu'elle allait s'engager dans l'escalier menant à l'appartement, elle recula d'un pas. Une silhouette se tenait sur le perron. Ce n'était pas Denis, car l'individu était plus grand que lui. La jeune femme monta les marches, peu rassurée, se préparant à redescendre rapidement en cas de danger.

— Claire ! C'est moi !

Reconnaissant la voix familière de Romain, elle s'immobilisa, incertaine de l'attitude à adopter. Romain s'avança vers elle.

— J'avais peur que tu sois déjà rentrée.

— Tu n'es plus avec Grace ? lança-t-elle d'un ton faussement indifférent.

— Je l'ai reconduite chez elle.

Claire afficha une certaine réserve.

— Je ne pensais pas te voir au Stampede ce soir, commenta Romain.

— Pourquoi ? Toi aussi tu penses que je n'ai pas les moyens d'y aller avec mon salaire de secrétaire ?

Claire s'en voulut immédiatement. Romain avait clairement pris sa défense devant Grace.

— Disons que ta présence a agrémenté ma soirée…

Pour Claire, il en avait été tout autrement !

— Grace s'est montrée tellement mesquine avec toi. Ça m'a tout pris pour ne pas la planter là.

— Elle n'a jamais été particulièrement aimable avec moi.

Les premières fois que Claire s'était enquise de son identité au téléphone, Grace, offusquée, l'avait ramenée à l'ordre. Elle lui avait sèchement signifié qu'elle n'avait pas besoin de sa permission pour parler à son père.

— J'avais cru remarquer une certaine animosité de sa part, mais je ne pensais pas que c'était si grave.

Claire était apte à faire face à des personnes comme Grace. Elle n'avait pas envie que Romain la prenne en pitié.

— Je suis habituée aux comportements de tels individus.

— Elle n'a pas le droit de te traiter de la sorte. Je lui en ai fait la remarque durant notre souper. C'est probablement pour cette raison qu'elle a préféré rentrer. Il faut dire que je n'ai pas insisté pour prolonger la soirée.

Romain se tenait à une enjambée d'elle, mais Claire attendait qu'il fasse les premiers pas – ce qui ne tarda pas. Après l'avoir contemplée gravement, il la prit dans ses bras. Elle se raidit à ce contact, puis la chaleur et l'odeur du jeune homme eurent raison de ses dernières réticences. Il l'embrassa avec douceur.

Cet enlacement, loin de la rassurer, la troubla encore plus. Se libérant à regret de l'étreinte, Claire osa lui poser la question qui la taraudait depuis l'instant où elle l'avait vu avec Grace.

— Qu'entrevois-tu pour nous, Romain ?

Elle préférait savoir à quoi s'en tenir, quitte à ne pas apprécier la réponse.

— Je ne sais pas comment lui annoncer la nouvelle, Claire. Elle ne se doute de rien. J'ai réalisé ce soir que Grace se préoccupe peu des autres. Tant que sa petite vie n'est pas bouleversée, rien ne la touche.

Romain avait prononcé sa dernière phrase d'un ton las.

— La seule chose dont je suis sûr, c'est que ça ne peut pas continuer ainsi. Ce soir, alors que j'étais assis en face d'elle, je rêvais d'être avec toi. Tu peux avoir confiance en moi, Claire ; je ne laisserai pas les choses traîner. J'ai toujours été honnête. Grace ne doit pas continuer de s'imaginer que c'est avec elle que je souhaite passer ma vie.

Claire redoutait le moment où Grace apprendrait que sa principale rivale était la « pauvre secrétaire » de son père. Elle fit part de ses craintes à Romain, même si elle savait qu'il ne pourrait pas réellement la rassurer.

— Je ne pense pas que tu risques de perdre ton poste. George est satisfait du travail que tu accomplis. Il m'en a fait part à quelques reprises. C'est un homme juste qui sait faire la part des choses. Je doute fortement que Grace puisse influencer les décisions d'affaires de son père. Pour lui, ce qui se passe à la banque est hors du contrôle de sa fille.

Claire espérait sincèrement que Romain ait raison. Elle aimait son travail, malgré des exigences relatives et la présence d'Eunice. Claire ne craignait plus la superviseure ; elle connaissait maintenant ses tâches et, en tant que secrétaire officielle de monsieur Coulter, ses interventions ne concernaient en rien Eunice Durham. Romain et Claire étaient encore sur le balcon. Vu l'heure tardive, Claire ne voulait pas l'inviter à entrer pour éviter de réveiller la maisonnée. Ils s'installèrent sur la première marche du perron. L'air de la nuit était bon et ils souhaitaient profiter encore quelques minutes de la compagnie l'un de l'autre. Jusque-là, ils avaient pratiquement parlé que de Grace. Visiblement, Romain avait envie de changer de sujet.

— Que célébrais-tu ce soir en compagnie de tes collègues ?

— Cécile se marie demain et elle voulait sortir avec nous une dernière fois en tant que célibataire.

— Tu es rentrée tôt.

— Je n'avais plus tellement le goût de m'amuser. J'ai eu une semaine chargée. La semaine prochaine s'annonce tout aussi remplie, même si monsieur Coulter partira en début de semaine pour Toronto. Je dois lui trouver des billets d'avion et annuler ses rendez-vous pour la semaine.

— Des billets d'avion ?

Réalisant son erreur, car elle avait promis à son patron d'être discrète, Claire se reprit :

— Je me suis trompée. En fait, je voulais dire un billet aller-retour. Tu vois à quel point je suis fatiguée !

Romain l'invita à poser sa tête sur son épaule, ce qu'elle fit aussitôt.

— Est-ce que quelqu'un t'accompagne à ce mariage ?

— Non. Vu les circonstances, c'est préférable.

— J'aurais tellement aimé y aller avec toi. Mais je pense que ce n'est pas une bonne idée pour le moment.

— Non… en effet !

Romain lui prit la main.

— Je te promets que très bientôt nous serons ensemble.

Il lui leva le menton, la forçant à le regarder dans les yeux.

— C'est le premier et dernier mariage auquel tu assisteras sans être accompagnée, Claire. Je te le promets.

Malgré la situation complexe, la jeune femme voulait à tout prix croire Romain.

***

Le matin des noces, c'est une Cécile en larmes qui débarqua chez Claire tôt en matinée, en compagnie d'Alice. Encore en robe de chambre, Claire ouvrit la porte. Elle recula pour laisser entrer ses deux amies.

— Tu es mon dernier recours, Claire ! En voulant essayer ma robe hier soir, je suis tombée et la dentelle dans le bas s'est déchirée.

Les yeux rougis, Cécile commença à raconter l'incident, puis elle éclata en sanglots. Claire réussit finalement à comprendre que lorsque Cécile était rentrée chez elle après la soirée, elle était pompette, ayant abusé de l'alcool afin de célébrer sa dernière soirée de célibataire. Sa robe « de princesse » se trouvait dans sa chambre, et la tentation avait été trop forte : elle l'avait revêtue. Après avoir effectué quelques pas de danse, elle avait trébuché. La dentelle au bas du vêtement s'était alors déchirée.

Claire lui tendit un mouchoir avant de reporter son attention sur Alice, qui prit la suite :

— Cécile m'a téléphoné très tôt ce matin. Elle a réveillé ma mère – ce qui n'est pas très grave, si tu veux mon avis…

— Et… ?

— Elle m'a tout raconté. J'ai immédiatement pensé à ta mère.

En reniflant, Cécile tendit à Claire la boîte contenant la tenue.

— Ma robe est fichue ! Je me marie cet après-midi à deux heures. Que va penser Raymond quand je vais remonter l'allée de l'église ? Alice m'a dit que ta mère pourrait peut-être faire quelque chose. Elle est mon seul espoir ; sinon mon mariage sera gâché !

Claire trouvait que Cécile exagérait un peu, mais elle comprenait sa déception. Henriette surgit dans le vestibule pour savoir ce que cette jeune femme hystérique faisait chez elle de si bon matin. Elle questionna Claire.

— C'est Cécile, lui répondit sa fille. Sa robe de mariée s'est déchirée, ce qui l'afflige beaucoup. Pensez-vous pouvoir régler le problème ?

Henriette emporta la boîte dans la cuisine et la déposa sur la table. Après avoir déballé le précieux vêtement, elle constata les dégâts. Les trois copines attendaient le verdict de la spécialiste.

— Je pense que je peux réparer ta robe, Cécile. Mais je devrai peut-être enlever un peu de dentelle. Dans mes affaires, j'ai un magnifique ruban de la même couleur que je m'étais amusée à broder. Que dirais-tu si nous remplacions la dentelle déchirée par ce ruban ?

— Oh ! Vous me sauvez la vie, madame Lemay ! Vous avez mon entière confiance ! Selon Alice, vous avez des doigts de fée. Je vous donne carte blanche.

— Prenez un café, mesdemoiselles, pendant que je réparerai cette magnifique robe.

Claire fit signe à Cécile de s'asseoir tout en lui tendant un mouchoir. Elle déposa des tasses devant ses amies et leur versa du café pendant qu'Henriette s'affairait déjà à découdre la bordure abîmée. Claire prit sa tasse et s'installa en face de ses compagnes. Cécile ne pleurait plus, mais elle avait une mine affreuse. Avec ses yeux gonflés, ses cheveux en bataille et son nez rougi, elle offrait une image contraire de la future mariée épanouie le matin de ses noces.

— Alors, comment s'est terminée votre soirée, et surtout à quelle heure ?

— Pas si tard que ça, finalement. Je suis rentrée chez moi vers deux heures du matin. Je voulais dormir un peu pour être fraîche et dispose pour mon mariage. Mais à mon retour, j'ai mis ma robe. Comme j'avais un peu bu…

— Tu avais pas mal bu, l'interrompit Alice.

— En effet, j'avais beaucoup bu. Ensuite, je me suis endormie avec ma robe de mariée sans me rendre compte que je l'avais abîmée. Ce n'est que ce matin, en constatant les dégâts, que j'ai paniqué !

— Tu vas voir, Cécile, la mère de Claire va faire des miracles avec ta robe. Mais pour ce qui est de tes cheveux et de ton visage, c'est plus compliqué. Il va falloir utiliser pas mal de *make-up* pour réparer ce désastre.

Les yeux ronds, Cécile porta les mains à son visage. Claire tenta de la rassurer.

— Alice exagère. Quelques compresses d'eau froide feront désenfler tes yeux, tu vas voir.

Claire alla dans la salle de bains, dont elle revint avec une débarbouillette. Elle la mouilla et la remit ensuite à Cécile, qui la porta immédiatement à son visage.

— J'ai rendez-vous chez la coiffeuse tout à l'heure, dit Cécile. Elle pourra sûrement arranger ma tignasse, ajouta-t-elle sur un ton peu convaincu en retirant le linge froid de sa figure et en se passant la main dans les cheveux.

— Les coiffeuses sont de vraies magiciennes, fort heureusement ! s'exclama Alice en se frottant la tête.

L'arrivée de Cécile chez elle l'avait forcée à se lever tôt. Sa tête lui faisait mal à cause des trop nombreux cocktails ingurgités la veille. Alice réclama de l'aspirine à Claire. La jeune femme alla quérir le flacon dans une des armoires de la cuisine et le déposa devant son amie. Puis elle reprit place à la table.

— À voir votre allure, j'ai bien fait de rentrer tôt.

Claire songea que, si elle avait poursuivi la fête avec ses amies, elle aurait manqué la visite impromptue de Romain. Cécile semblait reprendre ses esprits. Ayant remis le linge humide sur ses yeux, elle demanda :

— Finalement, Claire, as-tu changé d'idée pour ce soir? Est-ce que tu as trouvé quelqu'un pour t'accompagner?

— Je viendrai seule.

Alice réagit immédiatement:

— Voyons donc! Veux-tu que je demande à un de mes cousins? Sinon il y a sûrement un gars au bureau qui accepterait de t'accompagner. François est sûrement disponible, et il est toujours prêt à nous rendre service. Tout le monde se pointera en couple au mariage, n'est-ce pas, Cécile? Malgré ses nombreuses occupations, Alan m'a promis de venir avec moi. Même Muguette sera escortée de Clermont.

— Peut-être que Claire n'a pas envie de compagnie masculine, Alice, déclara Cécile. De toute façon, j'ai laissé une place libre à côté de la tienne si jamais tu changes d'idée, Claire.

Claire fut reconnaissante à Cécile de clore le sujet. Elle aurait eu envie de dire à ses collègues que Romain et elle ne pouvaient pas encore s'afficher ensemble en public. Henriette leva la tête de son ouvrage.

— Pourquoi ne demandes-tu pas à Laurent, Claire? Je suis certaine que l'invitation lui ferait plaisir. C'est toujours plus agréable d'aller à deux dans un mariage.

Claire fit les gros yeux à sa mère, mais Henriette avait déjà reporté son attention sur son travail. Au moins, elle n'avait pas parlé de Romain.

— Quelle bonne idée, madame Lemay! s'exclama Alice en tapant des mains.

— Je ne sais pas trop, déclara Claire. Je vais y penser.

— Tu t'amuseras beaucoup plus si tu es accompagnée, j'en suis convaincue.

— De quoi parlez-vous ?

Encore une fois, Lisette – qui venait d'entrer dans la cuisine – se mêlait à la conversation sans y avoir été invitée. La jeune fille se versa une tasse de café. Ensuite, elle s'installa à la table avec sa sœur et ses copines, même si elle savait très bien que Claire désapprouvait un tel comportement de sa part.

— C'est une bonne idée d'inviter Laurent, dit Lisette, même si je pensais que tu te ferais accompagner par le gars qui vous a fait visiter un des chantiers du métro, à Denis et toi.

— Romain Lacoste ? s'étonna Alice.

— Pourquoi est-ce que j'irais avec lui, Lisette, franchement ? ! répondit promptement Claire.

— Ce n'est pas lui qui est venu jaser avec toi hier soir sur le balcon ?

Claire la fusilla du regard. Lisette se leva. L'air ahuri d'Alice et de Cécile la rendait visiblement fière de son coup.

— Romain Lacoste est venu ici hier soir après le Stampede et tu ne nous as rien dit, Claire ? lui reprocha Alice.

— Je l'ai rencontré en sortant du restaurant et il a proposé de me ramener, mentit-elle. De toute façon, dois-je vous rappeler qu'il est déjà en couple ?

— Mais tu aurais quand même dû nous en parler. Ce n'est pas rien s'il t'a raccompagnée.

— N'importe quel homme galant aurait fait la même chose.

Claire se mit à ramasser les tasses vides et les déposa dans l'évier. Elle n'offrirait pas un deuxième service de café – il n'était pas question que ses amies s'attardent. Comme si elle avait saisi le message, Alice regarda l'horloge murale. Elle se leva, vite imitée par la future mariée.

— Il faut qu'on parte, Cécile, si tu ne veux pas être en retard à ton rendez-vous chez la coiffeuse.

— Ta robe sera prête en fin d'avant-midi, ma chère, dit Henriette. Tu n'auras qu'à repasser la prendre.

— Je ne pourrai jamais assez vous remercier, madame Lemay. Votre prix sera le mien !

— C'est un cadeau de noces, Cécile. Tout ce que je souhaite, c'est que tu sois heureuse dans ton mariage.

Cécile se remit à renifler. Alice la poussa vers le couloir en remerciant Henriette. Claire raccompagna ses amies jusqu'à la sortie. Ensuite, elle se précipita vers sa chambre où se trouvait Lisette. Poussant la porte d'un geste rageur, elle se posta devant sa sœur, avachie sur son lit.

— Tu l'as fait exprès, ou quoi ?

— Calme-toi, la sœur ! Je ne sais pas de quoi tu parles.

— Au contraire, tu le sais très bien ! Tu m'as mise volontairement dans l'embarras.

— Et toi, tu ne t'es pas gênée pour tout raconter à maman au sujet de Mario. Résultat : je ne peux plus sortir après six heures le soir. Je suis confinée ici tant que je n'aurai pas obtenu mon diplôme. Puisque Cécile et Alice sont tes amies, j'étais certaine qu'elles étaient au courant de ta petite histoire avec le beau Romain.

— Il n'y a pas de petite histoire avec Romain, tu sauras. Et puis c'est avec Laurent que j'irai à ce mariage !

Cette dernière phrase était sortie toute seule. « Mais rien de mieux pour clore le sujet et faire taire mon indiscrète de sœur », songea Claire.

***

— Encore une fois, merci de m'avoir accompagnée à ce mariage.

— De rien, Claire. Ça m'a fait vraiment plaisir.

Parvenue devant le logement dans la rue du Couvent, Claire monta les marches. Puis elle s'assit sur le perron pour profiter de cette fin de soirée. Laurent se joignit à elle. Afin de faire taire les ragots de ses collègues et de sa sœur, elle avait téléphoné au jeune homme pour l'inviter au mariage. Il était parvenu à se faire remplacer à l'épicerie. Après cette soirée passée à boire, manger et danser, elle avait décidé de revenir à pied pour prendre l'air. Claire avait toujours aimé les soirées du mois de juin ; pas trop chaudes, elles annonçaient la douceur de l'été. Laurent semblait éprouver le même plaisir qu'elle. Il s'étira les jambes et respira profondément.

— C'était une belle noce. C'est gentil à toi d'avoir pensé à m'inviter.

— Cela s'est fait un peu à la dernière minute.

— Une chance que tu m'as appelé avant le dîner. Ça m'a donné la chance d'aller te chercher un bouquet de corsage. J'imagine que, puisque tu étais toute seule, tu as pensé à ton vieil ami pour t'escorter !

Claire ne voulait pas que Laurent s'imagine qu'elle l'avait utilisé comme bouche-trou. Mal à l'aise, elle expliqua :

— Ce n'est pas ça. Je voulais aller seule au mariage, mais tout le monde m'a dit que je passerais une meilleure soirée si j'étais accompagnée.

— C'est ça ! Et le seul homme libre que tu connais, c'est moi !

Claire, qui était de plus en plus embarrasée, ne savait trop comment réagir. Soudain, Laurent éclata de son grand rire franc.

— En fait, je suis honoré que tu aies pensé à moi, Claire ! C'est le signe que je n'ai pas perdu ma meilleure amie, malgré mon empressement à la demander en mariage. Mais ne t'en fais pas : j'ai oublié cela depuis longtemps, tu sais.

— Tu me rassures, Laurent.

Il passa son bras autour des épaules de Claire. La jeune femme s'était toujours sentie bien en sa compagnie et elle était soulagée qu'il en soit encore ainsi.

— En venant te chercher tout à l'heure, j'ai discuté un peu avec ta mère. Il semble que le comportement de Lisette l'inquiète ces derniers temps.

— Ma sœur se cherche présentement. Elle fréquente des personnes peu recommandables pour une jeune fille de seize ans.

— Je pourrais l'engager comme caissière au commerce. Ça lui donnerait un peu d'expérience et, en plus, peut-être que ça lui éviterait de faire des mauvais coups !

Laurent éclata de rire.

— C'est une bonne idée, approuva Claire. Je ne sais pas si cela la tiendra loin de son Mario, mais au moins, quand elle sera à l'épicerie, nous pourrons garder un œil sur elle.

— Dans ce cas, je lui en parlerai demain au souper. Tantôt, ta mère en a profité pour m'y convier.

— Je suis heureuse que tu te joignes à nous comme au bon vieux temps. Ma mère t'apprécie beaucoup.

— Je te l'ai dit à plusieurs reprises, Claire. À défaut de faire partie de ta famille en tant que ton amoureux, j'entends bien conserver votre amitié, à Denis et toi. Elle m'est très précieuse. Un jour, je trouverai la bonne personne pour partager ma vie. Et je souhaite sincèrement qu'il en soit de même pour toi.

Puis il secoua la tête et s'esclaffa :

— M'as-tu entendu ? Les mariages m'ont toujours rendu sentimental. Je vais rentrer ! Bonne nuit, Claire.

Laurent lui déposa un baiser sur la joue avant de filer chez lui.

Claire le suivit des yeux jusqu'à ce qu'il disparaisse à l'autre bout de la rue. Elle espérait sincèrement qu'il trouverait la femme qui saurait le rendre heureux ; il le méritait tellement. De son côté, elle avait peut-être trouvé la bonne personne avec qui elle voudrait fonder une famille. Cécile et Raymond s'étaient promis aujourd'hui même de s'aimer et de chérir leur vie à deux. En entrant dans le logement, Claire songea qu'un jour Romain et elle se feraient peut-être cette promesse. Il lui suffisait d'être patiente.

11

Dès que Cécile remit les pieds au bureau après son voyage de noces, elle fut assaillie par ses collègues de travail qui voulaient tout savoir sur son séjour à Niagara Falls. Eunice dut les ramener à l'ordre et exiger que toutes reprennent leur place avant l'arrivée des patrons. Qu'auraient-ils dit s'ils avaient trouvé leurs secrétaires jacassant autour de Cécile ? Mais heureusement, Eunice veillait au grain ! Même si elle était impatiente de savoir comment s'était passé le voyage de son amie, Claire était restée à son poste, retranscrivant l'ordre du jour d'une réunion de monsieur Coulter. Elle s'était assurée que celui-ci trouverait son bureau nettoyé et rangé lorsqu'il rentrerait de son passage à Toronto. Une nouvelle bouteille de scotch attendait sur le guéridon ainsi que des verres propres. Claire avait pris soin de placer bien à la vue sur la table de son patron la liste des personnes qu'il devait rappeler dès son retour. Elle aurait le temps de discuter avec Cécile à l'heure du dîner ; son travail passait bien avant les papotages.

Comme à son habitude, monsieur Coulter salua la plupart des employées en rentrant au travail. En le voyant s'approcher, Claire se leva prestement et lissa sa jupe. Elle prit le chapeau que son patron lui tendit avant de lui ouvrir la porte de son bureau.

— Vous avez fait un bon voyage, monsieur ? s'informa-t-elle en accrochant le chapeau sur la patère.

Puis elle lui offrit un café. Il l'accepta tout en parcourant des yeux la liste que Claire avait déposée précédemment.

— Il s'agit des personnes qui vous ont appelé durant votre absence et que vous devez contacter. Pour la plupart, il n'y a rien d'urgent.

— Merci ! J'ai beaucoup de chance d'avoir une secrétaire aussi efficace que vous. Maintenant, j'ai plusieurs dossiers à lire, alors je souhaiterais ne pas être dérangé.

— Bien sûr, monsieur. Je prendrai les messages. Est-ce qu'il y a autre chose que vous voudriez que je fasse ?

— Non. Je vous remercie, miss Lemay.

Claire referma délicatement la porte et retourna à son bureau. Elle reprit la tâche qu'elle faisait avant l'arrivée de monsieur Coulter. Le calme était revenu dans la salle ; Eunice s'en était assurée. Claire ne portait guère attention à la superviseure. Du moment qu'elle accomplissait correctement son travail auprès de son patron, Eunice n'avait rien à redire. Claire resta concentrée un bon moment avant de lever la tête. Elle constata alors que la pause était commencée puisque la salle était presque déserte. Elle se rendit dans la cuisinette et se versa un café. Cécile racontait son périple à Niagara Falls aux curieuses qui avaient dû mettre fin abruptement à leur interrogatoire plus tôt.

— Les chutes sont tellement impressionnantes ! Vous devriez voir ça !

— J'espère que tu n'as pas seulement joué les touristes ! s'exclama Alice. C'était tout de même ton voyage de noces !

Elle s'alluma une cigarette et souffla en direction de Claire, qui balaya de la main le nuage de fumée. Son amie avait commencé à fumer depuis son récent déménagement avec Alan. Selon Muguette, c'était sa façon de démontrer qu'elle s'était libérée du joug de ses parents.

— Ne t'inquiète pas, Alice. Nous avons profité en masse de notre chambre d'hôtel ! Bon, je dois maintenant retourner au boulot…

Cécile regarda de chaque côté pour s'assurer que la superviseure ne se trouvait pas dans les parages.

— Ce matin, Eunice a déposé une pile monstre de dossiers sur mon bureau. Elle ne s'est pas gênée pour me signifier qu'une semaine de congé pour un voyage de noces, c'était beaucoup. Ce sont les premières vacances que je prends officiellement depuis bientôt deux ans. Elle n'a aucune raison de râler !

— Et c'est comme ça que tu évites encore une fois de nous raconter en détail ta nuit de noces ! déclara Alice en affichant une moue boudeuse.

— De toute façon, tu te doutes sûrement de ce qui se passe durant une nuit de noces depuis que tu habites sous le même toit que ton Alan !

— Si seulement il rentrait plus tôt !

Claire avait espéré que le musicien prendrait soin de son amie, mais c'était plutôt le contraire. Muguette jeta un regard lourd de sens à Claire, lui signifiant ainsi qu'elle partageait son inquiétude pour Alice. Cela n'échappa pas à la principale intéressée, qui crut bon de rassurer ses compagnes :

— Alan travaille très fort ces temps-ci. Les touristes sont nombreux pendant la belle saison. Son groupe donne des concerts plusieurs fois par semaine dans des cabarets de la ville.

— Espérons qu'il sera plus présent cet automne lorsque les voyageurs seront repartis…

Cécile avala d'un trait le reste de son café.

— Je me sauve, moi ! Il faut que je me remette au travail, si je veux rentrer à temps ce soir pour préparer le souper de Raymond.

Elle s'éloigna en se dandinant pour faire rire ses collègues. Alice la suivit des yeux.

— Au moins, Alan ne me demande pas de lui faire ses repas !

* * *

— C'est peine perdue, Laurent ! Je ne comprends pas pourquoi tu t'acharnes à tout m'expliquer encore.

— Parce que je sais que tu es capable, Lisette, et parce que j'ai besoin de toi dans mon épicerie. Quand tu es à la caisse et que tu réponds au téléphone, je peux travailler dans l'entrepôt.

— Je n'ai pas envie de passer mon été à « pitonner » sur une caisse.

La moue boudeuse, elle croisa les bras en observant la caisse enregistreuse. Lorsque Laurent lui avait proposé de l'engager pour l'été dans son épicerie, Lisette avait d'abord refusé. Elle ne s'imaginait pas travailler derrière un comptoir pendant tout l'été ; elle préférait profiter du beau temps. Elle avait bien droit à des vacances après une année scolaire si chargée ! Tous les membres de sa famille s'y étaient mis pour l'encourager et la convaincre que c'était une chance pour elle de travailler dans le commerce de Laurent. Lisette croyait que Claire était l'instigatrice de cette idée, car sa sœur avait beaucoup insisté.

— Tu devrais penser à te trouver un autre employé, Laurent, reprit Lisette. Je sais très bien que je ne fais pas l'affaire. Depuis le début de la semaine, j'ai commis une bonne dizaine d'erreurs.

— Tu exagères, Lisette. Et puis il s'agit d'erreurs mineures. De toute façon, c'est normal de faire des gaffes en processus d'apprentissage ! J'ai vraiment besoin de toi. Le temps que tu t'occupes des commandes et de la caisse, je peux me consacrer à d'autres tâches.

— Il y a sûrement quelqu'un d'autre que moi qui conviendrait mieux pour le poste.

— J'ai entièrement confiance en toi.

— Je sais très bien pour quelles raisons je suis ici. Ma mère tient absolument à ce que tu me surveilles. S'il fallait que j'essaye d'appeler Mario !

Laurent retint un sourire. Lisette connaissait bien sa mère puisque Henriette lui avait effectivement demandé de jeter un œil sur sa plus jeune fille. Claire lui avait raconté la visite des policiers qui recherchaient ce Mario Chénier, et aussi comment Henriette avait décidé de remettre Lisette sur le droit chemin en lui interdisant toute sortie nocturne. Mais c'était mal connaître l'adolescente que de penser qu'elle lâcherait prise aussi facilement. Lisette aimait Mario et personne ne se placerait en travers de son chemin, pas même sa mère ! Son amoureux avait été accusé injustement et les preuves contre lui concernant le vol de bâtons de dynamite tomberaient une à une.

Lisette en avait plus qu'assez qu'Henriette soit sur son dos. Le travail à l'épicerie comportait au moins un avantage : sa mère semblait avoir baissé un peu sa garde. Lisette n'était pas encore tout à fait maîtresse de ses allées et venues, mais tranquillement, elle détournait l'attention de sa mère.

— Ta mère s'inquiète pour toi, Lisette. C'est normal.

— Je n'ai rien fait de mal. Denis et toi étiez bien pires à mon âge !

Laurent réprima un sourire. Lisette n'avait pas tort, car Denis et lui avaient fait les quatre cents coups durant leur jeunesse. Rien de bien grave, mais cela aurait pu dégénérer parfois. Heureusement, ils avaient un « bon fond », comme disait Henriette.

Le téléphone sonna, ce qui tira Laurent de ses pensées. Lisette répondit d'une voix machinale : « Épicerie Baribeau, bonjour ! » Laurent ferma les yeux quelques instants ; il espérait que, très bientôt, il pourrait remplacer « Baribeau » par « Thibault » dans la raison sociale du commerce. Il rêvait du jour où il deviendrait l'unique propriétaire de l'épicerie. Son associé se déchargeait de plus en plus de ses responsabilités sur lui ; maintenant, c'était Laurent qui passait les commandes auprès des fournisseurs. Dès que monsieur Baribeau annoncerait l'heure de la retraite, Laurent lui rachèterait ses parts. L'épicier jeta un dernier coup d'œil en direction de Lisette. Penchée sur le comptoir, la jeune fille notait la commande passée par un client au téléphone. Peu importe que Lisette se rebelle contre l'autorité maternelle, Henriette n'avait pas à s'inquiéter : Lisette avait elle aussi un « bon fond ».

***

Claire jeta un dernier coup d'œil aux provisions du panier de pique-nique. Laurent devait passer les prendre, Denis, Renée, Lisette et elle. Ils rejoindraient Muguette, Clermont et Alice sur les bords du lac Champlain. Tout le monde avait congé le dimanche et le temps ensoleillé serait parfait pour une journée à la plage. Cette sortie s'était organisée la veille, ce qui avait laissé peu de temps à la jeune femme pour se préparer. Son vieux maillot de bain ferait l'affaire aujourd'hui, mais Claire se promettait d'aller magasiner bientôt pour trouver quelque chose de plus actuel.

Claire aurait aimé inviter Romain, mais elle ne voulait pas précipiter les choses. Au cours des dernières semaines, il l'avait appelée à quelques reprises pour prendre de ses nouvelles. Il ne comptait plus ses heures de travail sur le chantier de la rue Berri. Il rentrait seulement pour dormir et, tôt le matin, il reprenait le boulot. Bien entendu, il n'avait pas encore réglé la situation avec sa fiancée. Mais il suppliait toujours Claire d'être patiente ; dès qu'il en aurait le temps, il parlerait à Grace. De toute façon, la jeune femme était en vacances dans le Bas-du-Fleuve, à la résidence secondaire de la famille Coulter. Elle ne serait pas dans les parages de Romain pendant le reste de l'été, ce qui plaisait à Claire. Toutefois, cela repoussait la rupture. Claire elle-même était très prise par son travail. Monsieur Coulter s'absentait à toute heure du jour, alors elle devait parfois inventer des prétextes farfelus pour justifier ses absences auprès de clients qui avaient rendez-vous et se présentaient en vain pour le rencontrer. Claire était convaincue qu'une femme était au cœur de cette histoire.

Une journée à la plage lui permettrait de s'aérer l'esprit tout en refaisant le plein d'énergie. Laurent, qui avait emprunté une voiture, les conduisait à Venise-en-Québec, un endroit que Claire ne connaissait pas, mais que plusieurs de ses collègues de bureau appréciaient grandement. Cette municipalité, située à environ une heure de Montréal, sur les bords de la baie Missisquoi, offrait un site de villégiature par excellence pour se ressourcer.

Claire avait pris place devant, en compagnie de Laurent, pour laisser la banquette aux amoureux, Denis et Renée, et à Lisette. Celle-ci s'amusait à observer son frère chaque fois qu'il murmurait quelque chose à l'oreille de Renée ou qu'il l'embrassait discrètement.

— Je vous ai vus, tous les deux. Je vais tout rapporter à maman ! s'exclama Lisette pour taquiner son grand frère. C'est Denis qui aurait dû s'asseoir devant avec Laurent. En revenant, c'est ça qu'on va faire !

— Nous n'avons pas besoin d'un chaperon à notre âge, tu sauras, Lisette, répliqua Denis en embrassant de plus belle Renée, qui rougit.

— Claire, au secours ! Ils ne se lâchent pas, ces deux-là !

— Tu dis souvent que maman ne te laisse pas suffisamment de responsabilités, Lisette. Aujourd'hui, c'est à toi de surveiller Denis et Renée.

— Nous serons sages, Lisette, c'est promis, la rassura Renée en donnant gentiment une tape sur le bras de son amoureux. Ton frère se conduira correctement.

Avant de reporter son attention sur le paysage qui défilait, Claire adressa un clin d'œil à Laurent.

— C'est tellement agréable de circuler sur ce nouveau pont. Je suis vraiment impressionné par le travail des ingénieurs qui ont construit cette merveille ! Une structure pareille passera à l'histoire ! Ça ne me surprendrait pas du tout que le pont Champlain dure plus longtemps que notre bon vieux pont Victoria !

Les deux mains sur le volant, Laurent s'efforçait de rester prudent tout en détaillant la structure du pont Champlain, ouvert depuis l'été dernier. Assis au milieu de la banquette arrière, Denis se pencha pour se prêter au même exercice.

— C'est vrai qu'il est magnifique ! s'écria-t-il. Tu savais, Laurent, que Claire et moi, nous avons eu la chance de visiter un des chantiers du métro ? Cela a été possible grâce à l'ami ingénieur de ma sœur.

— Wow ! Ce doit être fabuleux !

— Ça l'était ! Tu devrais voir tous ces tunnels creusés dans la paroi rocheuse et qui serpentent sous la ville. Nous aurons la chance très bientôt de découvrir un Montréal souterrain.

— C'est vraiment fascinant, tout ce qu'on réussit à construire de nos jours.

Laurent fixa son attention sur la route. Denis ne lui avait pas parlé de cette visite avant aujourd'hui. C'était compréhensible ; ils travaillaient beaucoup tous les deux et ils disposaient dorénavant de très peu de temps pour discuter. Et puis Renée tenait une place importante dans la vie de son ami. Dans l'enfance, les deux hommes avaient été très proches l'un de l'autre, mais depuis l'arrivée de la jeune femme dans l'existence de Denis ils s'étaient éloignés. Laurent n'en voulait pas à son compagnon ; la vie était ainsi faite. Lui-même lui avait caché l'épisode de sa demande en mariage à Claire. Cette dernière avait droit elle aussi à sa vie privée, même si Laurent souhaitait encore parfois qu'elle revienne sur sa décision. Peut-être que cet ami ingénieur représentait un peu plus que ce que Denis laissait sous-entendre ?

Curieux, il demanda :

— Cet ingénieur, est-ce que je le connais, Claire ?

La jeune femme n'avait pas du tout envie de parler de Romain avec Laurent. Elle résuma ainsi la situation :

— Je l'ai rencontré à la Banque Royale ; il est fiancé avec la fille de mon patron. Lorsque je lui ai mentionné que Denis s'était intéressé à la construction de la Place Ville Marie, Romain a proposé de nous faire visiter un des chantiers où il travaille.

— C'est aimable à lui. J'aurais aimé y être, moi aussi.

Claire tourna le regard vers l'extérieur. Elle avait du mal à imaginer Laurent et Romain visitant côte à côte le chantier de la rue Berri. Le petit ami éconduit rencontrant, sans le savoir, l'amoureux potentiel pour qui Claire soupirait beaucoup ! Cette image la fit sourire. Elle choisit de changer de sujet.

— Ma mère m'a aidée à préparer le pique-nique. Et Renée a cuisiné ses merveilleuses galettes en guise de dessert.

— Elle est bonne à marier ! Est-ce que je vous l'ai déjà dit ? plaisanta Denis avant d'embrasser Renée, qui se mit à rire.

— Bon ! C'est reparti de plus belle ! s'écria Lisette. En revenant, soit tu t'assois en avant, Denis, soit je me place entre vous deux. Ça suffit, les mamours !

— Claire nous a beaucoup vanté les mérites de Venise-en-Québec, dit Denis. Peut-être que nous dénicherons une petite maison et que nous nous installerons là-bas, qui sait? Venise n'est-elle pas la ville des amoureux?

Lisette tira la langue à son frère et se mit à admirer le paysage. Denis tenait fermement la main de Renée dans la sienne. Tous restèrent silencieux. Claire pensait à Romain qu'elle aurait tellement voulu voir en ce beau dimanche de juillet. Pour sa part, Lisette songeait à Mario et à la façon dont elle pourrait déjouer la surveillance de sa mère pour revoir le jeune homme. Quant à Laurent, il s'imaginait pendant quelques secondes que Claire, tournée vers la fenêtre, pensait peut-être à lui.

* * *

Denis et Renée s'étaient restaurés avant d'aller s'installer un peu plus loin sur la plage. Laurent était en grande discussion avec Clermont. Visiblement, les deux commerçants s'étaient trouvé des affinités. Il en était de même pour Lisette qui avait délaissé la surveillance de son frère et Renée pour se faire bronzer en compagnie de Marjolaine, la fille de Clermont, qui s'était jointe au groupe à la dernière minute. Claire était soulagée de savoir que Lisette avait une amie de son âge. Peut-être que la proximité de Marjolaine lui ferait un peu oublier Mario?

Vêtue d'un bikini rouge et portant un foulard de la même couleur dans les cheveux, Alice se sentait visiblement très à l'aise. Étendue sur une serviette de plage, elle se faisait paresseusement dorer au soleil. Muguette, plus prude, avait opté pour un maillot de bain une pièce et avait troqué les lunettes qu'elle portait tous les jours contre des verres fumés. Claire, qui en avait assez de rester assise à ne rien faire, invita ses amies à se joindre à elle pour une baignade. Alice se souleva sur les coudes avant de décliner l'offre.

— Allez-y toutes les deux ! L'eau est trop froide pour moi et je veux profiter des chauds rayons pour me donner un beau petit *tan* pour le bureau demain.

— Tu veux encore une fois éblouir le pauvre François ! la taquina Muguette avant de suivre Claire près du lac.

— Je vis avec Alan, les filles ; c'est donc pour lui que je me fais bronzer ! cria Alice alors que les deux jeunes femmes s'étaient déjà éloignées.

Muguette haussa les épaules en s'approchant de l'eau. Elle s'avança doucement vers le large. Claire la suivit en frissonnant. Alice n'avait pas tort : l'eau était glaciale. Lorsqu'elle se prépara à rebrousser chemin, Muguette la retint par le bras.

— Ce n'est pas monsieur Coulter là-bas ?

Claire posa sa main à son front pour protéger ses yeux de l'éblouissant soleil. Muguette avait montré discrètement un homme assis dans un transat sur la plage, un peu plus loin.

— Ça lui ressemble, en effet, dit-elle.

— Il est en agréable compagnie.

Une femme venait de s'asseoir près de lui avec des boissons fraîches. Elle portait un bikini semblable à celui d'Alice. Monsieur Coulter était suffisamment loin pour ne pas se rendre compte que les deux amies l'observaient. Les filles n'arrivaient pas à identifier la personne qui l'accompagnait. Claire détourna le regard et incita Muguette à l'imiter.

— Il a le droit d'être avec qui il a envie, déclara-t-elle. Une secrétaire se doit d'être discrète. N'en parlons pas à Alice. Elle serait bien capable d'aller dans cette direction pour savoir de qui il s'agit.

— Tu n'es pas curieuse ?

— C'est certain, Muguette. Mais monsieur Coulter apprécie ma discrétion, alors je vais continuer d'agir en ce sens.

L'intuition de Claire s'était avérée juste : une femme était bel et bien responsable des retards et des absences de son patron. En y repensant, elle réalisa que récemment elle avait répondu à plusieurs reprises à des appels téléphoniques mystérieux. Chaque fois, une voix féminine demandait à parler à « George ». Les premières fois, Claire avait hésité à déranger son patron, car l'interlocutrice refusait de se nommer. Finalement, monsieur Coulter lui avait donné l'autorisation de transférer les appels de cette femme lorsqu'elle téléphonait. Cette dernière comptait assurément beaucoup pour lui puisqu'il ne prenait pas toujours les messages de sa propre fille.

Tout s'éclairait maintenant ! Monsieur Coulter avait une amoureuse et, pour le moment, il souhaitait que cette relation demeure secrète. Claire ne voulait pas s'immiscer dans la vie privée de son patron. De toute façon, ça ne la regardait pas. C'était de la curiosité malsaine que d'essayer de savoir de qui il s'agissait, et Claire avait suffisamment de soucis personnels sans s'occuper de la vie amoureuse de son patron. Monsieur Coulter était encore un fort bel homme dans la force de l'âge, il était veuf depuis des années et il avait le droit de fréquenter qui il voulait.

— Il est chanceux d'avoir une secrétaire telle que toi, Claire !

— Je ne fais que mon travail, Muguette, et je me dis que c'est bien suffisant.

— Chacun a droit à ses petits secrets, n'est-ce pas ?

Muguette lui fit un clin d'œil complice avant de s'avancer un peu plus loin dans l'eau. Parce qu'elle n'en pouvait plus de garder son secret au fond d'elle-même, Claire s'était confiée à Muguette au sujet de Romain. Son amie faisait preuve d'une grande discrétion à cet égard. Claire avait besoin de parler de ses doutes et de ses espérances, car le secret devenait parfois trop lourd. Les allées et venues de monsieur Coulter la distrayaient beaucoup plus qu'elles l'ennuyaient. Occupée à gérer le temps de son patron, Claire ne pensait pas à Romain et à son envie irrésistible d'être avec lui. Le jeune homme lui manquait, mais elle ne souhaitait pas s'imposer. À vrai dire, pour le moment, cette relation non officielle lui convenait. Elle redoutait la réaction de monsieur Coulter lorsqu'il apprendrait que Romain avait rompu avec Grace pour la fréquenter.

Muguette s'aspergea les bras et la poitrine pour acclimater son corps à la froideur de l'eau. Puis, poussant un soupir de satisfaction, elle s'immergea entièrement.

— Au diable la mise en plis ! s'écria-t-elle après avoir remonté à la surface. Tu devrais te saucer, Claire ; c'est tellement rafraîchissant ! Tu ne le regretterais pas !

Claire s'était déjà suffisamment rafraîchie à son goût. Elle se contenta de se mouiller les mains et la nuque. Se tournant vers la plage pour s'assurer qu'Alice s'y trouvait toujours, elle vit que sa collègue s'était assoupie, ce qui la rassura. Il ne fallait pas qu'Alice remarque monsieur Coulter, sinon elle raconterait à tout le monde qu'elle l'avait vu en charmante compagnie. Muguette nagea un peu tout en restant près de Claire. Ensuite, elle lissa ses cheveux habituellement frisés sur le sommet de sa tête. Sans être jolie, elle avait quelque chose d'adorable. C'était probablement l'air enfantin que lui conféraient ses cheveux mouillés ramenés vers l'arrière. Muguette préférait profiter de la plage et se baigner plutôt que de craindre pour sa coiffure. Claire enviait sa désinvolture. Elle s'humecta de nouveau les mains et la nuque, puis elle entreprit de lisser elle aussi ses cheveux. Muguette jeta également un regard en direction d'Alice, toujours étendue dans la même position.

— Je me demande où son histoire avec son musicien la mènera.

— Pour le moment, elle file le parfait bonheur avec Alan. Elle semble heureuse de vivre avec lui.

— Tu l'as bien dit: pour le moment…

Claire se demandait ce que Muguette voulait lui faire comprendre.

— Alice m'a confié qu'Alan rentre tard depuis quelques jours, poursuivit-elle. J'espère que ce n'est pas parce qu'il fréquente quelqu'un d'autre comme la dernière fois.

— Je l'espère aussi. Mais nous ne pouvons rien faire de plus que la soutenir.

— Je le sais bien, mais j'aimerais tellement lui ouvrir les yeux. Il y a tant de jeunes hommes qui valent davantage que ce contrebassiste. Ton ami Laurent, par exemple: il est gentil, drôle et beau garçon. Alice serait bien mieux avec quelqu'un comme lui.

Claire jeta un œil en direction de Laurent, qui venait justement de s'installer près d'Alice. Claire n'avait jamais envisagé cette possibilité. C'est vrai qu'Alice serait mieux avec quelqu'un d'aussi fidèle que Laurent plutôt qu'avec son musicien volage. Muguette la ramena à la réalité.

— As-tu eu des nouvelles de ton ingénieur?

— Un peu. Il est très pris par son travail.

— J'imagine qu'il n'a pas encore parlé à Grace ?

— Non. Elle séjourne actuellement dans le Bas-du-Fleuve.

— C'est curieux, car il me semble que je l'ai croisée pas plus tard que vendredi.

Étonnée, Claire fixa son amie.

— Tu étais déjà partie. Je suis remontée parce que j'avais oublié ma veste sur ma chaise. Tu sais à quel point je peux être étourdie parfois !

Devant le regard suppliant de sa compagne, Muguette continua :

— Son père et elle venaient tout juste de s'engouffrer dans l'ascenseur. J'ai entrevu Grace avant que les portes se referment.

— Pourtant, Romain m'a appelée hier soir et il ne m'en a pas parlé.

— Elle venait probablement juste de rentrer, dit Muguette en voyant l'air désemparé de Claire. Je n'en connais pas beaucoup au sujet des relations amoureuses, mais je suis persuadée que tu peux avoir confiance en Romain.

Claire balaya les doutes qui venaient de l'assaillir. Muguette avait raison ; Romain ignorait sûrement que Grace était de retour. La jeune femme se força à changer de sujet. Elle aurait bien le temps de réfléchir une fois rentrée à la maison.

— Tu as l'air de bien t'entendre avec Clermont, Muguette ! Peut-être que le prochain mariage auquel nous assisterons sera le tien !

— Pour le moment, nous nous apprivoisons tout doucement et c'est très bien ainsi. Je ne suis pas pressée et lui non plus, ce que j'apprécie énormément. Je dois aussi apprendre à connaître ses enfants puisqu'ils font partie intégrante de sa vie. Avec Marjolaine, c'est plus facile ; j'ai parfois l'impression qu'elle me considère comme une amie ou une grande sœur. Elle est très directe dans sa façon de s'exprimer, ce que j'aime beaucoup même si cela me surprend parfois. Elle m'a carrément dit ce matin, à l'insu de son père, qu'elle souhaitait le voir sortir de son veuvage et qu'elle voulait que ce soit moi qui l'aide en ce sens.

— Elle n'y va pas par quatre chemins, en effet ! Comptes-tu répondre à ses espérances ?

Muguette trouvait que Claire était directe, elle aussi ! Elle répondit franchement à son amie.

— Pour le moment, nous sommes heureux de nous voir et de passer du temps ensemble. Pour la célibataire endurcie que je suis, c'est énorme. Je ne veux pas précipiter les choses.

— Au moins, Marjolaine est de ton côté et elle semble t'apprécier. C'est déjà ça.

— Yves, le fils de Clermont, est plus difficile à cerner. Je l'ai croisé à quelques reprises, mais sans vraiment entrer en contact avec lui. Ses études en droit l'accaparent beaucoup. Clermont est très fier de son fils et de ses aspirations.

— Et il a raison. Si seulement Lisette avait un peu d'ambition, elle aussi… Ma mère s'inquiète énormément pour elle.

— Ta sœur est encore jeune. Elle a bien le temps de s'orienter vers quelque chose qui lui plaira. À seize ans, tu savais, toi, ce que tu ferais dans la vie ?

Muguette avait raison. Il avait fallu plusieurs années à Claire pour trouver un métier. La seule chose dont elle se souvenait, c'était qu'elle s'était promis d'aider sa mère à subvenir aux besoins de la famille dès que cela serait possible.

— Lisette finira par trouver son chemin, comme nous toutes, la rassura Muguette.

— Je le souhaite tellement !

Claire regarda Lisette et Marjolaine qui s'en venaient les rejoindre, Muguette et elle, sur le bord de l'eau. Pour le moment, sa sœur semblait passer du bon temps et ne paraissait pas aussi abattue que depuis que sa mère lui avait interdit de voir Mario. Claire se tourna vers sa copine.

— Nous devrions organiser un peu plus d'activités de ce genre pour favoriser leur amitié, à toutes les deux.

— Bonne idée ! Ça nous donnerait une raison de passer du temps ensemble, nous aussi, en dehors du bureau. J'adore ta compagnie, ma chère !

— Et la mienne ?

Alice venait de se faufiler entre elles.

— La tienne aussi, chère Alice. Si vous n'étiez pas là, Claire et toi, le temps me paraîtrait parfois bien long à la Place Ville Marie !

12

L'été s'achevait et le retour à la normale s'amorçait tranquillement au bureau. Toutes celles qui avaient bénéficié de vacances revenaient une à une derrière leur machine à écrire, bronzées et plus énergiques que jamais. Étant nouvellement arrivée, Claire n'avait pu obtenir de véritables vacances. Cependant, elle avait eu droit à quelques jours de repos; elle les avait pris lorsque monsieur Coulter s'était absenté du bureau et qu'il lui avait donné l'autorisation de prendre congé. De toute façon, elle ne serait pas allée bien loin, faute d'argent. Chaque semaine, elle remettait près de la moitié de sa paye à Henriette. Sa mère n'avait jamais exigé autant de sa part, mais Claire se sentait redevable à celle qui avait toujours travaillé d'arrache-pied et veillé à ce que ses enfants ne manquent de rien.

Denis avait profité d'un des soupers du dimanche pour annoncer à sa famille que Renée et lui se fiançaient et que, l'été prochain, ils se marieraient. Henriette ne pouvait que se réjouir du bonheur de ses enfants. Denis serait le premier « casé », et elle espérait que Claire et Lisette connaîtraient un tel bonheur un jour. Henriette ne s'inquiétait pas pour Claire: sa fille trouverait chaussure à son pied le temps venu. En attendant, elle occupait un bon travail et gagnait un salaire convenable. Pour Lisette, la partie n'était pas gagnée d'avance. Henriette se faisait encore beaucoup de souci pour sa cadette. En effet, l'adolescente avait décidé d'interrompre ses études. Elle avait obtenu son diplôme de 11e année et cela lui suffisait pour le moment puisque rien ne l'intéressait. Elle travaillait encore à l'épicerie de Laurent, qui veillait sur elle comme un grand frère, au soulagement d'Henriette. Au moins, lorsqu'elle était à l'épicerie, Lisette ne faisait pas de bêtises.

L'annonce du mariage de Denis avait eu un drôle d'effet sur Claire. Elle se réjouissait pour son frère, évidemment, mais de son côté les choses stagnaient. Romain n'était toujours pas séparé «officiellement» de Grace, malgré sa bonne volonté. La situation de Claire n'avait rien d'enviable. Certes, elle aimait son travail, mais sur le plan amoureux elle vivait dans l'espérance que Romain réglerait ses affaires avec Grace. Tout ça commençait sérieusement à lui déplaire. Elle se promettait d'en parler au jeune homme lors de leur prochaine rencontre.

Muguette croyait que Romain ne rompait pas parce qu'il préférait laisser la situation s'envenimer, jusqu'à ce que Grace décide elle-même de le quitter. Toujours rassurante, elle avait même certifié à Claire qu'il s'agissait d'une excellente stratégie : Grace ne pourrait pas l'accuser de lui avoir volé son fiancé. Sans adhérer totalement à cette théorie, Claire commençait à penser que son amie avait peut-être raison.

Le futur mariage de son frère laissait planer beaucoup d'incertitude dans l'esprit de Claire. Denis n'avait pas mentionné où il prévoyait demeurer une fois marié. Avec son salaire, Claire ne pourrait maintenir à flot la maisonnée. La jeune femme profita d'un moment où Denis et elle étaient seuls au salon pour tenter de clarifier les choses, pendant qu'Henriette cousait à la cuisine et que Lisette s'était enfermée une fois de plus dans la chambre. Installé confortablement dans un gros fauteuil, Denis lisait le journal. Assise près de lui, Claire fixait les pages de son livre depuis un bon moment, essayant de trouver le courage d'amorcer la discussion. Elle déposa son roman, puis elle toussota pour attirer l'attention de son frère.

— Je voulais te dire à quel point je suis heureuse que Renée et toi ayez décidé de vous marier. J'aime beaucoup ma future belle-sœur.

— Et moi donc ! plaisanta Denis en poursuivant sa lecture.

— J'ai quelque chose à te demander, mais j'ai peur de paraître indiscrète.

Denis déposa le journal sur lui et attendit la suite. Ne sachant par quel bout commencer, Claire se lança après quelques instants de réflexion :

— En fait, je me demandais ce que vous ferez après votre mariage.

— Que veux-tu dire ?

Claire se racla la gorge avant de préciser sa pensée.

— J'imagine que Renée ne viendra pas habiter ici. Nous serions trop à l'étroit.

— En effet, nous manquerions de place. Et puis ma chambre n'est pas assez grande pour deux personnes. C'est drôle que tu soulèves cette question parce que Renée et moi en avons parlé. Elle veut continuer à travailler jusqu'à ce que nous ayons des enfants, et je suis d'accord. Avec les années, j'ai réussi à mettre de l'argent de côté. Je serais capable d'acheter une propriété, que je rénoverais dans mes temps libres. J'ai toujours pensé qu'une maison était idéale pour élever des enfants. Renée est du même avis.

— Tu partirais en nous laissant ici ?

Claire sentit les larmes monter. Elle n'avait jamais imaginé que son frère s'installerait ailleurs. Cette pensée lui ramena un souvenir qu'elle croyait profondément enfoui : le départ inattendu de leur père. Sa tristesse n'échappa pas à Denis.

— Qui a dit que j'agirais ainsi ?

— Tu viens de dire que tu songes à acheter une maison.

— Toutes les fois que j'en ai discuté avec Renée, il a toujours été évident que vous viendriez vivre avec nous, maman, Lisette et toi. Rassure-toi, Claire : jamais je ne laisserai la charge de la maisonnée sur ton dos !

— C'est gentil à toi de te soucier de nous, mais je doute que Renée ait le goût de partager sa vie de jeune mariée avec sa belle-famille.

— C'est déjà réglé, et Renée appuie ma décision. Le printemps prochain, nous chercherons une petite maison dans nos moyens et vous viendrez habiter avec nous. Un jour, tu te marieras, toi aussi, et tu partiras. Il en sera de même pour Lisette. D'ailleurs, j'ai vraiment hâte que notre sœur se décide quant à son avenir.

— Au moins, elle travaille pour le moment.

— Laurent m'a dit qu'il est très satisfait d'elle. Tant mieux ! Je te le répète, Claire : jamais je ne vous laisserai vous débrouiller toutes seules. Notre père nous a abandonnés, mais je ne suis pas comme lui, tu sais.

Claire décela de la rancœur dans les propos de Denis. Elle posa sa main sur celle de son frère.

— Tu as su remplacer papa haut la main, Denis. Je ne sais pas ce que nous aurions fait sans toi.

— Vous vous en seriez bien tirées, toutes les trois, j'en suis certain. Maman et toi avez une grande force de caractère.

— Lisette aussi…

Denis éclata de rire.

— Lisette aussi, en effet !

— Sans toi, je n'aurais probablement pas suivi mon cours de secrétariat. Et à l'heure actuelle, je travaillerais dans une usine.

— Je suis content d'avoir insisté pour que tu suives cette formation. Tu as l'air heureuse dans ton travail.

— Je le suis. Et je me réjouis à l'idée que je ne me séparerai pas tout de suite de mon grand frère. Tu peux être fier de l'homme que tu es devenu, Denis.

Le fiancé sourit à sa sœur avant de reprendre son journal. Soulagée, Claire se remit à lire. Elle avait confiance en Denis et savait que jamais son frère ne les laisserait tomber – comme Alphonse l'avait fait plusieurs années auparavant.

* * *

Lisette s'était peu à peu habituée à son travail à l'épicerie. Même si elle se demandait encore si elle était à sa place dans ce commerce, elle travaillait sans rechigner. Elle connaissait maintenant les rudiments de la caisse enregistreuse et de la prise de commandes par téléphone. Laurent avait démontré une grande patience dans son enseignement ; elle lui en était fort reconnaissante. Sa mère avait relâché sa surveillance, ce qui lui apportait un certain soulagement. De toute façon, pendant plusieurs semaines, elle n'avait eu aucun contact avec Mario. Les policiers n'étaient pas parvenus à lui mettre la main au collet, et il avait déserté la métropole sans laisser d'adresse. À force de recherche, et avec l'aide de Marjolaine, Lisette était parvenue à savoir qu'il s'était réfugié chez son oncle dans la région de Saint-Jean. Devant le désarroi de son amie de ne pouvoir communiquer avec son amoureux, Marjolaine avait proposé de lui rendre service. Par son entremise, Lisette avait fait parvenir une lettre à Mario, et ce, sans que sa famille le sache !

Marjolaine était la seule à qui Lisette pouvait se confier. La jeune fille l'écoutait sans la juger, et surtout elle lui permettait d'être en contact avec Mario. Lisette avait bien besoin d'une alliée dans sa vie. Sa famille ne comprenait pas qu'elle soit amoureuse de Mario, et encore moins qu'elle ne sache pas encore ce qu'elle souhaitait faire pour gagner sa vie. Après tout, elle n'était âgée que de dix-sept ans et avait toute la vie devant elle. Pour le moment, son emploi à l'épicerie lui convenait parfaitement et elle n'aspirait à rien d'autre.

Laurent était le seul adulte qui lui donnait l'impression de ne pas la critiquer. Il se contentait de s'assurer qu'elle accomplisse correctement ses fonctions à l'épicerie. Il lui avait proposé de retourner à l'école en septembre, pour suivre une formation en secrétariat, ou peut-être même un cours d'infirmière.

— Tu es douée, Lisette, pour les études. Tu pourrais aller loin, si tu le désirais.

— Franchement, Laurent, tu m'imagines secrétaire? Ce métier est pour Claire, car elle est entièrement dévouée à son patron. Jamais je ne pourrais me soumettre à l'autorité de quelqu'un.

— Tu le fais bien pour moi!

— Ce n'est pas pareil; toi, tu es comme mon frère. Non, je ne pourrais pas être secrétaire comme ma sœur. Et puis la profession d'infirmière, ce n'est pas pour moi. J'ai trop peur du sang! De toute façon, je me plais bien à ton épicerie. Rien ne presse pour que je choisisse un métier. Et peut-être que j'épouserai un homme riche! On ne sait jamais!

Pour le moment, tout ce qui lui importait était de recevoir des nouvelles de Mario par l'intermédiaire de Marjolaine. Le reste viendrait bien assez vite!

* * *

Muguette avait longuement hésité lorsque Clermont lui avait proposé de venir voir sa grand-mère avec elle. Certes, la compagnie du commerçant lui plaisait, mais elle était résolue à prendre son temps dans cette relation. Malheureusement, trop de gens faisaient l'erreur de se jeter dans les bras du premier venu; ils compromettaient ainsi leur quiétude d'esprit et le reste de leur vie. Alice faisait partie des personnes qui tombent rapidement amoureuses sans craindre les conséquences d'un tel comportement. Depuis son installation avec Alan, la jeune femme déchantait peu à peu. Le plus souvent, son musicien brillait par son absence, la laissant seule à se morfondre. D'un jour à l'autre, Muguette s'attendait à la voir arriver au bureau avec les yeux bouffis et le cœur brisé. Claire n'était pas mieux nantie; elle attendait que son prince charmant rompe avec sa fiancée. Muguette espérait sincèrement que l'ingénieur ne décevrait pas son amie. Le jeune homme disait toujours chercher la meilleure façon de laisser Grace, mais Muguette commençait à douter qu'il passe à l'action. Au moins, Clermont ne lui avait pas fait de promesses. Il souhaitait seulement apprendre à la connaître davantage, et Muguette appréciait son attitude à cet égard.

En vérité, l'offre de Clermont de l'accompagner chez sa grand-mère par ce beau dimanche de septembre lui avait fait peur. Le souhait de son compagnon de connaître sa famille illustrait bien qu'il considérait que leur relation devenait plus sérieuse – comme s'il voulait l'« officialiser », en quelque sorte. La célibataire endurcie en elle craignait ce pas. Refusant poliment la proposition, Muguette s'était donc rendue seule chez sa tante. La jeune femme avait parfois du mal à comprendre ses propres sentiments. Alice et Claire auraient donné tout ce qu'elles possédaient pour être à sa place. Clermont souhaitait se rapprocher d'elle sans qu'elle ait à fournir le moindre effort en ce sens !

En revenant de chez Berthe, Muguette maudit son ambivalence. Son oncle et sa tante auraient probablement aimé connaître Clermont. Et lui se serait bien entendu avec eux, Muguette en était persuadée. Sa tante Berthe l'avait invitée à souper. Pendant le repas, Muguette avait aidé sa grand-mère à couper sa viande. Son cœur s'était serré en constatant la perte d'autonomie de Jeanne. L'air hagard, cette dernière avait gardé son regard fixé sur la porte d'entrée en ne cessant de murmurer : « Il devrait pourtant être là… » Au fil du temps, Berthe et son mari s'étaient habitués à voir Jeanne dans cet état. Muguette avait envié leur nonchalance.

Une fois sa viande coupée, Jeanne avait repoussé son assiette.

— Je ne mangerai pas tant que mon Émilien ne sera pas rentré.

— Il faut manger, grand-mère.

— Qui es-tu pour me dire ça, toi ? Tu me laisses seule avec ces gens que je ne connais pas et qui, en plus, m'empêchent de voir mon Émilien !

Désespérée, Muguette s'était tournée vers sa tante, ne sachant comment réagir aux propos incohérents de sa grand-mère. Berthe s'était approchée de sa mère.

— Venez, maman, allons nous reposer dans votre chambre. Muguette vous apportera votre assiette un peu plus tard.

— Et si Émilien arrive ?

— Je vais lui dire où vous êtes. Il viendra vous retrouver.

Jeanne s'était laissé conduire docilement dans sa chambre. Muguette avait regardé son oncle, qui avait déclaré :

— Jeanne est de plus en plus perdue. Je ne sais pas si nous pourrons continuer de la garder ici encore longtemps. Elle demande de plus en plus de soins. Ta tante n'ose plus s'absenter, ne serait-ce que pour aller quelques minutes chez la voisine.

— C'est terrible de voir ma grand-mère dans cet état ; elle ne me reconnaît plus. Elle m'appelle toujours Fernande.

— Elle ne nous reconnaît plus non plus, Berthe et moi. L'autre jour, Jeanne a fait une crise. Elle nous a demandé ce qu'on lui voulait et nous a ordonné de la laisser partir et de lui ramener son Émilien. Ta tante se fait beaucoup de souci pour sa mère.

Sur ces entrefaites, Berthe était revenue à la cuisine chercher l'assiette de sa mère. Mais Muguette la devança:

— Termine ton repas avec oncle Rémi pendant que je m'en occupe.

— C'est gentil, Muguette. Ma mère n'est pas tellement commode par les temps qui courent. C'est davantage difficile, mais je la garderai ici le plus longtemps possible. Jamais je ne me résoudrai à la placer dans un foyer.

— Un jour, il le faudra, Berthe, lui avait dit Rémi. La situation empire...

Il avait posé sa main sur le bras de sa femme. Muguette avait apporté l'assiette à son aïeule. En entrant dans la chambre, elle avait été accueillie par une Jeanne de meilleure humeur que quelques minutes auparavant.

— Enfin! Je mourrais de faim, moi! C'est toujours pareil dans ce couvent: les repas sont servis en retard!

Muguette avait figé. Sa grand-mère s'imaginait des années derrière alors qu'elle étudiait au couvent. Elle avait souvent parlé à Muguette de cette époque, lui disant la chance qu'elle avait eue de ne pas avoir connu le pensionnat. Muguette avait aidé Jeanne à manger. Une fois sa grand-mère installée pour la nuit, elle avait salué son oncle et sa tante avant de rentrer chez elle. L'esprit tourmenté de sa grand-mère l'attristait beaucoup. Le médecin avait dit à Berthe qu'il n'y avait rien à faire. Il fallait seulement veiller à ce que Jeanne soit le mieux possible.

Sur le chemin du retour, Muguette avait évité de passer devant la tabagie. L'état de sa grand-mère prouvait que le temps ne jouait jamais en faveur de personne. Clermont se lasserait rapidement de ses craintes devant l'engagement et il passerait à autre chose. Muguette finirait ses jours seule avec son chat dans son petit appartement. Cette perspective lui apparut comme une fatalité lorsqu'elle franchit les portes de son logement.

***

Les semaines passaient à un rythme effréné pour Claire. Son emploi était toujours aussi prenant. Peu à peu, elle réalisait que le travail de secrétaire était bien plus exigeant que ce que la majorité des gens croyaient. Certes, le service du café au patron était un élément incontestable, mais pour le reste Claire se demandait si un jour elle s'habituerait aux tâches qui, de prime abord, n'étaient pas liées à son statut de secrétaire. Elle devenait tantôt conseillère en vêtements, en bijoux ou en parfum, ou encore fleuriste ou psychologue. Il lui était arrivé à quelques reprises de devoir se rendre dans l'une des boutiques sises à la Place Ville Marie pour acheter une cravate ou une chemise pour son patron qui souhaitait se changer avant une réunion de dernière minute. Claire l'avait aussi conseillé du mieux qu'elle le pouvait sur les meilleures façons de démontrer à une femme son attachement. Même si elle ignorait encore l'identité de la conquête de monsieur Coulter, elle savait maintenant que celle-ci aimait particulièrement les oiseaux du paradis – ces fleurs de couleur voyante qui n'avaient pas l'air tout à fait naturelles. Claire avait acheté un flacon de parfum pour l'amoureuse de monsieur Coulter. Elle avait même porté la fragrance pendant toute une journée pour que son patron sache si l'odeur lui convenait. Puis le verdict était tombé:

monsieur Coulter préférait les arômes plus boisés. Il avait donc fait cadeau du flacon à Claire. Lisette s'était moquée d'elle quand elle avait rapporté le parfum à la maison.

— Ça commence comme ça. Au début, ton patron t'offre un parfum, puis des fleurs et du chocolat. Ensuite, c'est la grande déclaration !

— Franchement, Lisette ! Monsieur Coulter a l'âge d'être mon père ! De plus, il est très entiché de sa nouvelle conquête. De toute façon, il n'est vraiment pas mon genre, si tu veux savoir.

— C'est sûr ! Ton genre, on le connaît : c'est un ingénieur qui donne peu de nouvelles et qui te fait languir depuis une éternité !

— Lisette !

Encore une fois, Henriette avait dû séparer les deux sœurs. Lisette faisait partie de celles qui méprisaient le métier de secrétaire. Claire était cependant au-dessus de ce que pouvait penser sa cadette. Après tout, Lisette était caissière dans une épicerie, ce qui n'était rien de bien glorieux pour une fille brillante comme elle. Cependant, Claire avait la délicatesse de ne pas la narguer à propos de son emploi.

Il n'était pas rare que Claire écourte son heure de dîner pour revenir plus tôt derrière son bureau. Elle aimait travailler quand la salle était vide et silencieuse pendant que ses consœurs profitaient pleinement de leur pause. L'absence du cliquetis des machines à écrire et de la sonnerie des téléphones lui procurait une grande quiétude. Et puis, à ces moments,

Eunice ne la surveillait pas. Claire profitait de cette tranquillité pour terminer la rédaction des ordres du jour ou simplement taper à la machine des documents.

Ce midi-là, Alice et Muguette avaient insisté pour qu'elle les accompagne au Saint-Laurent. Mais Claire avait apporté un sandwich au rôti et préférait manger rapidement pour pouvoir reprendre prestement le travail. Sous le regard désapprobateur de ses deux amies, elle avait avalé en vitesse son repas puis était retournée à son bureau. Habituellement, monsieur Coulter sortait pour dîner. Mais ce midi, visiblement, il était là puisque son pardessus et son chapeau étaient accrochés à la patère. Claire s'installa derrière sa Selectric et rédigea l'ordre du jour que monsieur Coulter lui avait demandé de faire un peu plus tôt aujourd'hui. Le document était destiné à une réunion qui se tiendrait en fin de journée.

Après avoir terminé sa tâche, Claire décida de faire approuver son travail. Elle frappa à la porte du bureau de son patron. Selon la consigne, elle n'attendit pas la réponse et entra aussitôt. S'attendant à trouver monsieur Coulter à son bureau, elle fit quelques pas dans cette direction tout en parcourant du regard les lieux qui semblaient déserts. Soudain, elle vit apparaître une tête derrière la causeuse placée au fond de la pièce. La scène avait quelque chose de comique, malgré le malaise qui venait de surgir. Reprenant son souffle, monsieur Coulter s'écria: «Oui, miss Lemay?» Claire contourna les vêtements masculins et féminins éparpillés sur la moquette et déposa le document sur la table de travail.

— Je voulais seulement m'assurer que vous ayez l'ordre du jour avant la réunion de cet après-midi, souffla Claire, embarrassée.

Monsieur Coulter se leva et ramassa en vitesse sa chemise, ainsi qu'un chemisier qu'il tendit à sa partenaire. Une deuxième tête sortit de derrière la causeuse. La jeune femme blonde saisit son vêtement d'une main et le remit à la vitesse de l'éclair tout en essayant de se recoiffer. Toujours figée sur place, Claire attendait que monsieur Coulter lui réponde. La jeune femme se releva et passa sa jupe tout en terminant de boutonner son chemisier. Son visage était vaguement familier à Claire. Cherchant dans ses souvenirs, elle reconnut l'amie de Grace qu'elle avait vue lors de la réception de Noël organisée l'an dernier au domicile des Coulter. Son patron se dirigea vers le bureau en rajustant sa cravate. Claire émergea finalement de sa torpeur. Elle s'excusa en reculant vers la sortie. Après avoir quitté la pièce, elle referma la porte.

Claire retourna à son poste, gênée par la scène qu'elle venait de voir. Non seulement monsieur Coulter fréquentait une jeune femme de l'âge de sa fille, mais elle était, en plus, la meilleure amie de Grace. Cette dernière ne s'en remettrait jamais !

***

— Euh… À propos de ce midi, je voudrais m'assurer de votre discrétion, miss Lemay.

— Ne vous inquiétez pas à ce sujet, monsieur.

La journée de travail était terminée. Claire se préparait à rentrer lorsque monsieur Coulter l'avait demandée à son bureau.

— Vous comprenez, Abby n'est pas prête à ce que tout le monde apprenne notre relation.

« Surtout, il faut éviter que cela vienne aux oreilles de votre fille ! » songea Claire qui tenait son carnet de notes à la main. Elle attendait que son patron poursuive. Il se leva et se versa un verre de scotch avant de retourner se rasseoir.

— Il y a déjà quelques mois que nous nous fréquentons, lui confia-t-il. Le père d'Abby est l'un de mes amis. Vous imaginez le scandale !

Claire hocha la tête. Monsieur Coulter ne semblait pas vouloir arrêter là les confidences.

— Abby a votre âge, miss Lemay – à quelques années près, si je ne me trompe. Malgré notre grande différence, croyez-vous qu'elle accepterait de m'épouser ?

Claire ne savait que répondre.

— Peut-être devriez-vous vous informer auprès de la principale intéressée ?…

— Vous avez raison. Cependant, j'ai peur que mon âge la rebute.

« Elle n'avait pas l'air rebutée tout à l'heure ! » pensa Claire en étouffant un fou rire.

— Elle me redonne ce petit élan de jeunesse que je croyais avoir perdu pour toujours, continua-t-il, songeur, avant d'avaler une gorgée de scotch.

Claire espérait qu'il n'entrerait pas dans les détails de sa relation amoureuse. En se rappelant l'avoir vu au bord du lac Champlain quelques mois auparavant, elle comprit qu'il se sentait effectivement plus jeune aux côtés d'Abby.

— Je crois que les cachettes ont assez duré. Je n'en ai que faire, des autres et du scandale que cela peut causer si nous nous aimons ! Nos familles comprendront, qu'en dites-vous ?

— Si vous voulez mon avis, monsieur, vous avez tout à fait raison. Peu importe ce que pensent les autres. Si vous aimez suffisamment mademoiselle Abby, le reste n'a aucune importance.

— Je suis d'accord avec vous, miss Lemay.

— Est-ce que vous avez encore besoin de moi, monsieur ?

George Coulter regarda sa montre. Il termina son scotch avant de se lever.

— Il est déjà tard, alors vous pouvez rentrer. Je vais suivre votre conseil. Je ferai la grande demande à Abby. Après tout, nous n'avons qu'une vie à vivre ; il n'y a pas de temps à perdre en futilités !

* * *

Alice patientait à l'extérieur du bar où se produisait Alan. Elle l'avait observé durant toute sa prestation, assise au fond de la salle. Il ne lui avait prêté aucune attention. Manifestement, il était obnubilé par la jeune femme blonde installée près de la scène. À la fin de la soirée, Alice avait décidé d'aller l'attendre de l'autre côté de la rue. Ces dernières semaines, il rentrait de plus en plus tard – parfois même il revenait aux petites heures. Il arrivait qu'Alice le croise au moment où elle partait pour la Place Ville Marie. Chaque fois qu'elle lui avait demandé des explications, Alan lui avait simplement répondu qu'il était resté au bar pour discuter avec les autres musiciens et boire un coup. Même si Muguette et Claire l'avaient mise en garde, elle avait continué de faire confiance à son amoureux. Depuis quelques jours cependant, la confiance d'Alice s'effritait sérieusement. Elle doutait de plus en plus que les copains musiciens d'Alan eussent quelque chose à voir avec ses retards.

Le cœur serré, Alice avait vu Alan monter sur scène quelques heures auparavant. Elle l'avait épié en restant en retrait. La jeune femme blonde assise près de l'orchestre paraissait conquise comme elle-même l'avait été il y avait déjà presque un an. Lorsqu'elle avait emménagé avec Alan, Alice avait cru à tort qu'elle avait quelque chose de plus que toutes les «groupies» qui se trémoussaient devant lui. Ce soir, l'opération charme d'Alan afin de faire tomber en pâmoison la blonde avait asséné le dernier coup de grâce à Alice: elle avait réalisé qu'elle n'était qu'une fille comme les autres pour le contrebassiste. Il l'avait pourtant prévenue qu'il avait un tempérament d'artiste, mais Alice avait cru que l'amour qu'elle lui portait le changerait.

Alice poireautait toujours devant le bar. Alan lui devait des explications et il était hors de question qu'elle aille l'attendre à la maison. Elle devait l'affronter immédiatement. Malgré la pluie fine qui commençait à s'abattre sur la métropole, elle resta à son poste d'observation. Lorsque la porte s'ouvrit enfin et qu'Alan se retrouva sur le trottoir, riant à gorge déployée avec la blonde à son bras, Alice retint son souffle. Il chuchota quelque chose à l'oreille de la jeune femme, qui rit de plus belle. Celle-ci se haussa sur la pointe des pieds et l'embrassa à pleine bouche. Alice ferma les yeux; son cœur battait à se rompre. Elle aurait voulu s'enfuir à toutes jambes, mais elle restait pétrifiée, incapable de se soustraire à cette vision de trahison. Puis la colère l'emporta sur son désarroi. Elle traversa la rue d'un pas rapide et s'approcha du couple qui marchait en bavardant. Alan tenait la blonde par la taille. Alice saisit son amoureux par le bras et le força à s'immobiliser.

— C'est comme ça que tu termines tes soirées, Alan Strong ?

— Alice ! Que fais-tu ici ?

— Tu es surpris de me voir, n'est-ce pas ? Tu croyais que je t'attendrais au studio comme une idiote ?

— Je t'avais dit que je rentrerais tard.

— Je comprends tout, maintenant !

Alice jeta un regard dégoûté à la blonde.

— Je ne pense pas que mademoiselle ici présente fasse partie de ton groupe.

La conquête d'Alan, qui s'était détachée de lui, le questionnait du regard. Le musicien s'adressa à Alice :

— Ce n'est vraiment pas l'endroit pour me faire une scène de jalousie. Nous allons rentrer et discuter, si tu veux.

— Non, je refuse ! Et explique-moi où tu comptais aller avec cette fille !

La blonde restait plantée là. Elle aussi attendait une explication de la part d'Alan. Le séducteur gardait son sang-froid.

— Je vais raccompagner Suzanne chez elle et je te rejoindrai après. C'est préférable de discuter au sec.

— Va donc reconduire ta Suzanne, espèce de maudit écœurant !

Alice tourna les talons et s'enfuit sous la pluie glacée.

***

Alice se tenait debout, sa valise à la main. La pluie avait cessé, mais la froideur de la nuit lui transperçait les os. En quittant Alan et sa greluche, elle s'était empressée de se rendre au logement du musicien. Elle avait entassé toutes ses possessions pêle-mêle dans sa valise et était partie avant le retour d'Alan. Qu'il reste avec sa maudite Suzanne ! Il s'était joué d'elle une fois de trop, et Alice ne lui faisait plus du tout confiance. Rien ne pourrait lui faire oublier l'humiliation qu'elle venait de subir.

N'ayant nulle part où aller, elle avait pris la direction de la rue où vivait Muguette. Il était hors de question qu'elle rentre chez ses parents. Sa mère lui mettrait sous le nez qu'elle l'avait prévenue que les choses tourneraient mal avec ce musicien de peu d'envergure.

Alice avait pensé à se réfugier chez Claire, mais elle ne voulait pas déranger les Lemay en pleine nuit. Il n'y avait que Muguette, qui habitait seule, qui pouvait l'aider en ce moment. Son amie au grand cœur l'accueillerait probablement à bras ouverts, malgré l'heure tardive. Alice monta l'escalier et sonna à la porte. Elle attendit en grelottant. La jeune femme put observer la progression de sa collègue vers l'entrée au fur et à mesure que les lumières s'allumaient dans le logement. Muguette entrouvrit la porte, les rouleaux sur la tête, les lunettes sur le bout du nez. Après avoir reconnu Alice, elle referma le battant pour retirer la chaîne de sécurité, puis elle fit entrer la visiteuse.

— Mon Dieu, Alice ! Que se passe-t-il ?

— J'ai quitté Alan…

Muguette saisit la valise de l'arrivante et la déposa dans le salon. Elle aida ensuite Alice à retirer son manteau trempé, qu'elle suspendit à la patère dans le vestibule. Serrant sa robe de chambre sur son corps pour se réchauffer, Muguette invita Alice à s'asseoir dans le modeste salon.

— Alan sait que tu es ici ?

— Non. Je suis partie sans rien laisser derrière moi. Il s'est moqué de moi une fois de trop.

Muguette aurait voulu en savoir plus long, mais elle ne posa aucune question. Son amie lui en dirait plus au moment opportun. Alice consulta sa montre.

— Je m'excuse de te réveiller à cette heure tardive. Je n'avais nulle part où aller…

— Tu as bien fait de venir ici.

Muguette se leva et disparut dans sa chambre quelques secondes. Elle revint avec un peignoir à la main.

— Enlève tes vêtements trempés et enfile cette robe de chambre. Veux-tu que je te fasse bouillir de l'eau pour un thé ?

— Non, merci, ça va aller. Je ne veux pas te tenir réveillée plus longtemps. Nous travaillons demain…

— Bah ! On se couchera plus tôt demain soir, voilà tout ! Je n'en suis pas à une nuit d'insomnie près, tu sais ! Je vais t'installer. Laisse-moi le temps d'aller chercher la literie.

Quelques instants plus tard, Muguette réapparut avec des draps, un oreiller et des couvertures, qu'elle disposa sur le canapé défraîchi.

— C'est vraiment gentil à toi de m'accueillir, Muguette. Il était hors de question que je rentre chez mes parents ce soir.

— Tu as pris la bonne décision. Et puis, après une nuit de sommeil, ça ira mieux.

Alice regardait son hôte installer son lit de fortune. Elle avala péniblement sa salive, retenant ses larmes. Une fois les couvertures mises en place, Muguette tapota le canapé.

— Tiens, ma belle ! Repose-toi, ça va te faire du bien !

— Merci, Muguette…

— De rien ! C'est à ça que servent les amies, non ?

— Oui, tu as raison. Merci pour le lit, et surtout merci de ne pas me répéter que tu m'avais prévenue que mon histoire avec Alan finirait comme ça.

— Ce n'est pas l'envie qui manque ! la taquina sa compagne avant de reprendre son sérieux. Tout ce dont tu as besoin pour le moment, c'est d'un lit douillet et de bras réconfortants !

Muguette ouvrit les siens. Alice se serra contre elle et laissa libre cours à sa peine.

13

Claire s'affairait à préparer le café de monsieur Coulter lorsque Muguette entra en trombe dans la cuisinette.

— Je t'ai vue arriver ce matin, déclara Claire. Tu n'avais pas l'air dans ton assiette. Que se passe-t-il ?

Muguette jeta un œil autour d'elle pour s'assurer que la principale intéressée ne se trouvait pas dans les parages.

— C'est Alice ! Je pensais que notre cohabitation serait temporaire, mais ça s'éternise. Non pas que je n'aime pas vivre avec elle, mais mon logement est beaucoup trop petit pour nous deux. Et puis elle a tendance à se laisser traîner.

Méthodique et ordonnée, Muguette n'appréciait pas le caractère un peu brouillon d'Alice.

— Chaque matin, c'est du pareil au même. D'après le désordre régnant dans la cuisine, je peux facilement deviner qu'elle s'est fait griller du pain et qu'elle a bu du café. Dans la salle de bains, elle laisse traîner ses rouleaux, et ses produits de beauté ont envahi le comptoir. Jamais je n'aurais imaginé que quelqu'un pouvait en posséder autant !

— Alice est coquette !

— Très coquette ! Le matin, elle se change plusieurs fois avant d'opter pour la plus belle tenue pour venir travailler. Là encore, c'est facile pour moi de déterminer tout ce qu'elle a essayé : il y a des vêtements partout dans le salon quand je reviens le soir.

Claire ne savait comment réagir. Ses amies la plaçaient dans une drôle de situation, à laquelle elle ne voulait pas être mêlée. La veille, Alice s'était plainte de l'obsession du ménage de Muguette. « Elle ne cesse de ramasser derrière moi. Je n'ai jamais le temps de le faire. » Claire se sentait prise entre deux feux, ce qu'elle détestait. Mieux valait opter pour la neutralité. Muguette et Alice parviendraient à régler leurs différends sans qu'elle ait besoin d'intervenir.

— Lui as-tu fait part du problème ?

— Je passe mon temps à lui témoigner mon insatisfaction. Chaque fois, elle me promet qu'elle fera attention, mais ça ne dure qu'un moment. Quelques jours après, pouf ! les belles résolutions s'envolent. Alors ses effets personnels se retrouvent éparpillés dans l'appartement.

— Je suis certaine qu'elle apprécie ce que tu fais pour elle.

— Je suis contente de lui rendre service. Elle me paie sa part, en plus ; de ce côté-là, je n'ai rien à redire. C'est seulement que je ne m'habitue pas à ce que mon espace soit envahi.

Sur ce plan, Claire comprenait parfaitement Muguette. Son amie possédait le même goût pour la quiétude et l'ordre qu'elle-même. Muguette s'alluma une cigarette. Après avoir exhalé la fumée, elle déclara sans conviction :

— Je pense qu'avant longtemps je devrai prendre une décision.

— Tu veux la mettre à la porte ?

Claire déposa sa tasse et croisa les bras. Habituellement, Muguette se montrait plus généreuse.

— Non, rassure-toi, il n'en est pas question. C'est seulement que nous ne pouvons pas vivre toutes les deux dans ce petit logement. On se marche sur la tête ! Alice et moi, nous pourrions louer quelque chose de plus grand. Mais ce n'est pas idéal de déménager en hiver, alors il faudra attendre au printemps.

— D'ici là, il faudra que tu tolères son capharnaüm.

— Ouais ! Je n'ai pas trop le choix. Et j'avoue que je serais très déçue si elle se réinstallait chez ce salaud !

— Elle pourrait retourner chez ses parents.

— Pour que sa mère lui reproche d'être partie malgré ses mises en garde ? *No way!* Pauvre Alice, elle n'a pas besoin des remontrances de madame Bergeron en plus !

Muguette avait raison. Alice avait été suffisamment éprouvée au cours des derniers mois. Par solidarité, Claire et Muguette devaient tout faire pour qu'elle ne revienne pas penaude chez ses parents, ce qui donnerait raison à sa mère. Soudain, Claire prit conscience que le café de son patron refroidissait.

— Il faut que j'y aille, Muguette. Le seul conseil que je peux te donner, c'est de continuer à mettre de l'eau dans ton vin. La location d'un appartement plus grand m'apparaît une solution intéressante. Tu devrais en discuter avec Alice. Je pense qu'à deux vous auriez les moyens de vous payer quelque chose de plus spacieux.

Muguette hocha la tête. Claire gratifia son amie d'un sourire avant de se diriger vers le bureau de monsieur Coulter, café à la main. Elle frappa et attendit que son patron lui donne l'autorisation d'entrer. Depuis la mésaventure de l'autre jour, elle ne se risquait plus à s'introduire dans le bureau sans y avoir été invitée. Monsieur Coulter lui signifia qu'il était disponible. Claire pénétra dans la pièce, déposa la tasse sur la table et demanda à son patron s'il souhaitait qu'elle ajoute son habituel petit remontant – du brandy – dans la boisson chaude. L'homme déclina la proposition.

— J'avais oublié de vous informer que je m'absenterai toute la journée.

— Très bien, monsieur. Je prendrai vos messages. S'il y a une urgence, où pourrai-je vous joindre ?

Claire rougit, par crainte de se montrer indiscrète.

— Je serai à notre succursale de la rue Saint-Jacques, où je dois rencontrer monsieur Travis. Vous trouverez ses coordonnées dans mon agenda. Vous pourrez me joindre là-bas jusqu'à cinq heures. Mais je suis sûr que vous saurez gérer n'importe quelle situation.

Monsieur Coulter lui fit un clin d'œil avant d'avaler une gorgée de café. Puis il prit sa mallette et sortit de son bureau. Claire le suivit. Elle se précipita sur la patère pour prendre le pardessus et le chapeau, qu'elle lui tendit.

— Bonne journée, miss !

— Bonne journée, monsieur !

Claire retourna à son poste. Puisque monsieur Coulter serait absent toute la journée, elle ne serait dérangée que par le téléphone.

***

Claire décida de profiter de sa journée productive « sans patron » pour mettre à jour les dossiers qui s'entassaient sur le coin de son bureau ; elle remettait toujours à plus tard cette tâche. Eunice vint l'accuser de garder un dossier qu'elle devait consulter, mais Claire se défendit. Elle pointa la pile en indiquant simplement à la superviseure que le dossier qu'elle cherchait se trouvait peut-être parmi tous ceux qui attendaient. Eunice repartit bredouille. Claire n'entendit pas reparler du fameux dossier. Eunice l'avait probablement trouvé dans ses affaires et, comme à son habitude, elle n'avait pas cru bon de venir s'excuser de son erreur.

Claire était absorbée par son travail lorsqu'elle entendit une voix rageuse lui demander :

— Est-il à son bureau ?

Rouge de colère, Grace Coulter se tenait devant elle dans toute sa splendeur. Claire ne se laissa pas impressionner.

— Bonjour, mademoiselle Coulter, dit-elle. Votre père est absent pour la journée.

— Il est avec elle, je suppose ! s'écria-t-elle.

Le cliquetis des machines à écrire s'arrêta net. Le ton hystérique de Grace avait suscité la curiosité des consœurs de Claire qui se demandaient ce qui se passait. Claire se leva et invita la visiteuse à la suivre dans le bureau de son père. Elle referma la porte afin de mettre fin aux commérages. Grace se laissa tomber dans une des deux chaises réservées aux clients. Elle se cacha le visage dans ses mains.

— Je ne peux pas croire qu'il ait osé me faire ça !

Claire retint son souffle quelques instants en songeant que Grace venait peut-être d'apprendre par Romain qu'il n'y aurait pas de mariage. Mais elle se ressaisit en réalisant que la colère de la jeune femme était dirigée contre son père. Grace avait sans doute appris qu'il fréquentait sa meilleure amie.

— Voulez-vous un verre d'eau ou autre chose, mademoiselle ?

— Non. Je ne veux rien, merci.

Claire s'étonna. C'était la première fois que Grace la remerciait. Un peu plus et elle aurait trouvé la fille de son patron presque sympathique. Cette dernière fixait le vide en secouant la tête.

— Je comprends que mon père se cache, après ce qu'il a fait !

— Votre père s'est absenté pour la journée. Il assiste à une réunion à la succursale de la rue Saint-Jacques.

— Si vous le dites !

— Je peux le joindre si vous le désirez, mademoiselle Coulter.

— Non, merci, ça ira.

Un deuxième merci en quelques secondes ! Claire n'en revenait pas. Elle se rendit près du guéridon et versa un verre d'eau, qu'elle agrémenta de quelques glaçons. Elle le déposa ensuite devant Grace, qui, se laissant tenter, en but quelques gorgées.

— Vous comprenez ça, vous, un homme de la génération de mon père qui couche avec une fille de mon âge ? C'est effrayant ! Abby était mon amie, en plus !

Grace s'était lancée dans les confidences. Claire tenta de la raisonner.

— Vous savez, mademoiselle, de nos jours, c'est différent. Votre père semble heureux avec elle. Qu'y a-t-il de mal à cela ?

— Vous le saviez vous aussi ? J'étais donc la seule à l'ignorer ! Figurez-vous donc que ce vieux fou l'a demandée en mariage et qu'elle a accepté ! C'est moi qui devrais être occupée par des préparatifs de mariage…

Grace déposa le verre d'eau. Puis elle prit un mouchoir et s'essuya la lèvre supérieure. Claire espérait sincèrement que la conversation ne dériverait pas vers les fiançailles de Grace et Romain. Fort heureusement, la jeune femme n'en fit rien.

— Je suis tellement déçue que mon père ne se soit pas confié à moi. J'ai appris toute l'histoire par quelqu'un d'autre.

— Il ne savait peut-être pas comment vous l'annoncer…, avança Claire.

— Et ce n'est pas cette hypocrite d'Abby qui m'en aurait parlé, évidemment ! continua Grace avec rage. J'aurai une belle-mère de mon âge ! C'est ridicule !

Claire se tenait toujours debout à ses côtés. Comme son interlocutrice ne semblait pas sur le point de partir, elle décida de s'asseoir sur la chaise voisine.

— Imaginez ce que je ressens en ce moment ! vociféra Grace. J'ai été trahie par mon propre père !

Grace commença à renifler. Claire lui tendit un autre mouchoir. Elle aussi s'était sentie trahie lorsque son père les avaient abandonnées, sa famille et elle, sans aucune raison.

Certaines duperies étaient plus terribles que d'autres. En constatant la réaction exagérée de Grace, elle comprenait que monsieur Coulter ait préféré s'abstenir de lui annoncer son prochain mariage avec Abby. Grace se moucha bruyamment avant de se lever.

— Je vous prierais de ne rien dire à mon père. Je lui ferai savoir moi-même à quel point il m'a déçue. Bonne journée, miss Lemay.

Grace sortit dignement de la pièce. Claire ramassa le verre d'eau sur le bureau et les quelques mouchoirs que la jeune femme avait utilisés, puis elle regagna sa place sous le regard curieux de ses consœurs.

***

Claire était rentrée épuisée de sa journée. Tout d'abord, il y avait eu la visite de Grace et ses confidences. Puis elle était retournée à ses occupations en essayant de ne pas se laisser déranger par ses collègues qui voulaient savoir ce qui s'était passé dans le bureau, loin des oreilles indiscrètes. Claire était restée muette comme une tombe. Mais les rumeurs circulaient si rapidement à la Place Ville Marie que, tôt ou tard, la vérité serait connue, de toute façon. Malgré les allées et venues à son bureau, Claire était arrivée à classer tous les dossiers.

Après avoir retrouvé la quiétude du foyer familial, elle raconta brièvement à sa mère ce qui s'était passé.

— Je peux comprendre que la fille de ton patron se sente trahie, déclara Henriette. Mais en même temps je pense comme toi. Elle devrait se réjouir que son père soit heureux, peu importe avec qui.

— C'est ce que j'ai essayé de lui faire comprendre. Au moins, pour une fois, elle a été polie avec moi.

— C'est une bonne chose. Tu as passé du temps à la consoler. Est-ce qu'elle t'a parlé de Romain ?

— Plus ou moins. Je n'avais pas envie d'aborder ce sujet avec elle.

— Il la fréquente toujours, à ce que je constate. Que vas-tu faire, Claire ? Je voudrais tellement que toi aussi tu sois heureuse. Je suis persuadée que Romain est une bonne personne, mais tu ne peux pas l'attendre éternellement.

Sa mère avait raison. Claire s'était montrée fort patiente. Si Romain ne voulait pas d'elle, il n'avait qu'à le lui dire franchement. Elle essuierait cette épreuve – avec une grande peine, certainement –, mais elle la surmonterait.

— Je ne veux pas te faire de chagrin, ma fille, mais je pense que tu devrais tirer ça au clair le plus tôt possible.

— Vous avez raison, maman. Je préfère savoir à quoi m'en tenir.

Claire hésita quelques minutes avant de composer le numéro de l'ingénieur. Elle laissa un message à madame Lacoste afin que Romain la rappelle. Ensuite, elle commença à préparer le souper.

Lisette, maussade, entra dans la cuisine. Prenant un morceau de carotte que sa mère venait de couper, elle le mangea et s'installa à la table. Posant ses mains derrière la tête, elle lança un soupir avant de dire :

— J'ai eu une journée de fou! Je suis complètement épuisée! Je me demande comment se débrouillait Laurent avant de m'engager.

— Il devait quand même bien s'arranger puisque l'épicerie a toujours eu la cote dans le quartier, dit Claire.

Ignorant sa sœur, Lisette poursuivit ses doléances.

— J'ai passé la journée pendue au téléphone pour prendre des commandes. Sans moi, je ne sais pas ce qu'il ferait.

— Les clients préfèrent se faire livrer directement leurs achats à la maison en ce mois pluvieux et froid, intervint Henriette.

— Nous ne sommes qu'en novembre et j'ai passé une journée complète au téléphone! Ce sera l'enfer pendant les grands froids de janvier!

— Laurent doit s'estimer heureux de t'avoir engagée, déclara Henriette.

— Il semble satisfait de mon travail. Ce boulot me convient en attendant de trouver quelque chose de plus payant. Ce que j'aime surtout, c'est le jour de la paye!

— Il n'y a pas seulement le fait de recevoir sa paye qui soit gratifiant, Lisette, indiqua Claire.

— Voilà Claire Lemay, la secrétaire modèle, qui parle! Au moins, je ne suis l'esclave de personne, moi! Laurent est capable de se verser lui-même son café!

Claire allait répliquer lorsque Henriette lui fit signe de se taire. Elle dévisagea tour à tour ses filles.

— Toutes les deux, vous êtes toujours en train de vous picosser comme des poules. C'est à croire que vous êtes incapables de discuter calmement ensemble.

— C'est elle qui a commencé avec ses remontrances de femme parfaite qui ne travaille pas seulement pour la paye, s'insurgea Lisette.

— Je voulais seulement que tu réalises que l'argent n'apporte pas toujours le bonheur. C'est tout.

Claire avait eu une brève pensée pour Grace, qui, à cette heure, devait certainement jeter son fiel sur son père en lui reprochant de lui avoir caché sa liaison avec Abby.

— J'ai déjà une mère, je n'en ai pas besoin d'une autre, miss Parfaite !

— Lisette ! Au lieu de t'acharner, peux-tu mettre la table, s'il te plaît ?

Les mains sur les hanches, Henriette attendait. Lisette soupira et jeta un regard courroucé à Claire, lui signifiant ainsi qu'elle ne capitulerait pas de sitôt. Habituée aux sautes d'humeur de sa sœur, Claire ne lui porta aucune attention. Lisette mit le couvert avec brusquerie.

— Ce soir, je sors avec Marjolaine. Nous allons voir un film au cinéma.

— Je ne me rappelle pas que tu m'aies demandé la permission, Lisette.

— Je ne rentrerai pas tard, ma petite maman, vous le savez bien ! Je travaille demain, en plus. Il n'est pas question de décevoir mon patron…

Claire connaissait parfaitement le ton mielleux de sa sœur. Henriette ne pouvait rester fâchée lorsque Lisette utilisait cette tactique. Probablement que Grace employait le même ton avec son père pour obtenir tout ce qu'elle désirait. Cette fois-ci, par contre, cela ne ferait probablement pas revenir monsieur Coulter sur sa décision. Claire commençait à connaître son patron ; une fois que son idée était faite, il ne faisait pas marche arrière. Grace devrait s'y résoudre : Abby deviendrait sa belle-mère, qu'elle le veuille ou non.

* * *

Claire avait terminé son roman depuis un bon moment déjà. Sa sœur n'était pas encore rentrée, alors elle avait offert à sa mère d'aller se coucher pendant qu'elle attendrait Lisette à sa place. Henriette avait accepté, même si elle n'avait jamais été capable de trouver le sommeil tant qu'un de ses enfants était encore dehors. Claire avait attendu en vain que Romain la rappelle. Elle lui laissait le bénéfice du doute ; madame Lacoste n'avait peut-être pas fait le message. Déçue, elle s'apprêtait à prendre le journal sur la table à café lorsqu'on frappa à la porte. « Apparemment, Lisette a oublié sa clé, encore une fois ! » pensa-t-elle en se dirigeant vers l'entrée. Lorsqu'elle ouvrit la porte, elle se retrouva nez à nez avec Romain.

— Je m'excuse de te déranger si tard, mais il fallait que je te parle, déclara-t-il.

Claire l'invita à la suivre dans la cuisine. Romain paraissait contrarié. Elle voulut lui demander s'il avait reçu son message, mais elle se ravisa. Sa présence signifiait qu'il lui avait probablement été transmis.

— À mon retour du travail, ma mère a oublié de me dire que tu m'avais appelé. Elle s'en est souvenue plus tard dans la soirée.

— Ce n'est pas grave. Tu aurais pu me téléphoner demain.

Romain se passa la main dans les cheveux et ferma les yeux quelques instants.

— En fait, j'aimais mieux te parler de vive voix et le plus tôt possible.

Claire retint son souffle. Le ton de Romain n'augurait rien de bon.

— Ce soir, Grace est débarquée chez mes parents avec sa valise. Elle s'est disputée avec son père et a quitté la résidence familiale. Elle n'avait nulle part où aller. Ma mère l'a accueillie à bras ouverts.

Romain attendit une réaction de la part de Claire. La jeune femme fixait un point devant elle, craignant la suite des choses. L'ingénieur avala péniblement sa salive et continua :

— J'étais bien décidé à lui annoncer que je rompais nos fiançailles. Je ne peux plus te faire attendre comme ça et toujours lui mentir. Toutefois, à cause des récents événements, il m'est impossible actuellement de la laisser tomber. Elle n'a personne d'autre sur qui compter. Son père l'a terriblement déçue.

« Et maintenant, c'est toi qui me déçois, Romain Lacoste ! » aurait voulu hurler Claire. Mais elle resta de marbre.

— Parle-moi, Claire.

— Que veux-tu que je te dise ? J'avais confiance en toi, et j'espérais tellement…

— Tu peux toujours espérer, Claire. Notre histoire mérite une chance, tu ne penses pas ?

Leur histoire ? Claire réalisa soudainement que celle-ci n'avait jamais existé. Romain était fiancé à Grace. Mais peu importe, car maintenant Claire n'avait plus envie de vivre d'espoir. Elle avait besoin de quelque chose de concret. Romain lui prit la main.

— Dès que Grace ira mieux, je romprai avec elle. Je ne veux pas l'épouser, j'en suis certain.

— Eh bien, moi, je n'ai plus envie de t'attendre.

Claire se leva pour signifier à son interlocuteur qu'elle ne souhaitait pas poursuivre cette conversation. Romain se leva à son tour.

— J'espérais tant que tu patientes encore, Claire, mais je comprends. Pardonne-moi de t'avoir dérangée.

Romain sortit de la cuisine. Claire aurait tellement voulu le rattraper et lui dire qu'elle l'attendrait, mais elle en était incapable. Elle entendit la porte se refermer. Ensuite, elle laissa libre cours à sa peine.

* * *

Claire réfléchissait, le regard fixé au plafond de sa chambre, lorsque Lisette rentra de sa soirée au cinéma. Constatant que sa sœur ne dormait pas encore, Lisette entreprit de lui raconter le film en détail.

— Nous sommes allées voir *Cléopâtre* avec Elizabeth Taylor et Richard Burton. Tu aimerais sûrement ce film, Claire. Les costumes et les décors sont magnifiques !

— Peut-être que j'irai.

— Maman était couchée quand je suis arrivée. Habituellement, elle attend mon retour. Est-elle malade ?

— Non, elle était fatiguée. Je l'ai envoyée au lit et c'est moi qui t'ai attendue.

— Tu peux dormir maintenant, car je suis là !

Claire s'assit dans son lit et replia les genoux sous son menton. Lisette lui jeta un coup d'œil en se déshabillant. Elle remarqua les yeux bouffis de sa grande sœur. Après avoir enfilé rapidement sa chemise de nuit, elle s'installa près de Claire. Croyant être à l'origine des pleurs, elle s'amenda :

— Je m'excuse pour tout à l'heure. Je n'ai pas été tellement gentille avec toi.

— Oh ! C'est tout oublié, Lisette.

— J'espère que tu n'as pas pleuré toute la soirée à cause de ça ?

Claire afficha un léger sourire. Sa sœur avait le don de tout ramener à elle, y compris la tristesse des autres. Toutefois, Lisette paraissait désolée de la voir dans cet état. Elle posa sa main sur la sienne.

— Si ce n'est pas à cause de moi, peux-tu me dire ce qui te peine autant ?

Claire haussa les épaules, puis les larmes se remirent à couler. Elle les essuya rapidement du revers de la main.

— Tu m'as toujours affirmé qu'il valait mieux confier ses chagrins, Claire. Est-ce que c'est Romain qui t'a mise dans cet état ?

C'était la première fois que Lisette inversait les rôles. Claire se sentait comme la cadette qui peut tout raconter à son aînée plus expérimentée. Un peu rébarbative au début, elle rapporta succinctement la visite de Romain.

— Il t'a demandé de l'attendre encore ?

— Je comprends parfaitement la situation dans laquelle il se trouve. Mais je lui ai signifié que j'en avais plus qu'assez de patienter.

— Tu as bien fait. Franchement, pour qui se prend-il ?

— Il m'a certifié qu'il ne désirait plus épouser Grace, mais que les circonstances l'obligeaient à reporter la rupture de ses fiançailles.

— Eh bien, tant pis pour lui ! S'il revient vers toi un jour, j'espère qu'entre-temps tu auras trouvé le prince charmant. Romain regrettera d'avoir laissé filer une aussi belle personne que toi.

— Tu le penses vraiment, Lisette ?

— Bien sûr, voyons ! Tu es mon modèle, Claire, même si parfois, avec tes grands airs de secrétaire au-dessus de tout, tu m'énerves sincèrement.

Lisette pressa la main de sa sœur.

— Romain ne sait pas la chance qu'il vient de laisser passer. C'est moi qui te le dis, Claire !

— Merci, Lisette. Ça m'a fait du bien de me confier à toi.

— Maman serait surprise de notre conversation sérieuse, elle qui pense que nous nous disputons toujours !

— Elle serait surprise, en effet !

Lisette se coucha dans son lit. Claire éteignit la lampe sur sa table de chevet. Elle tenta de trouver le sommeil, mais ses pensées se bousculaient dans sa tête. Elle s'efforça d'oublier la visite de Romain ; elle y parvint presque. En fait, ce qui l'empêcha de dormir cette nuit-là furent les paroles que sa sœur prononça avant de s'assoupir.

— Claire, je voulais te dire quelque chose en entrant dans la chambre tout à l'heure, mais ton état m'a déstabilisée. Je pense que c'est important.

— Qu'y a-t-il, Lisette ?

— En revenant du cinéma tout à l'heure, comme il se faisait tard, j'ai décidé de prendre un taxi. Le chauffeur me rappelait quelqu'un. J'ai cherché durant le trajet de qui il pouvait s'agir. Ce n'est qu'une fois descendue que j'ai réalisé qu'il ressemblait étrangement à papa. Plus j'y pense maintenant, et plus je suis certaine que c'était lui. Crois-tu qu'il est resté à Montréal pendant tout le temps que nous avons espéré son retour ?

14

Claire essayait de se concentrer sur son travail. Elle avait relégué Romain aux confins de sa mémoire, malgré son cœur brisé. Les révélations de sa sœur la tracassaient davantage. Ce pouvait-il que leur père ait vécu à Montréal durant toutes ces années ? Plus jeune, Claire avait essayé d'en savoir plus, mais sa mère était toujours restée évasive sur la question. Avec le temps, sa curiosité s'était émoussée ; savoir pourquoi il les avait abandonnés à leur sort avait pris de moins en moins d'importance.

Les propos de Lisette l'avaient ramenée des années en arrière. Claire s'était souvenue d'une querelle entre ses parents. Elle avait environ douze ans, et c'était quelque temps avant que son père disparaisse. Elle se rappelait avoir entendu Henriette dire à Alphonse qu'il devait faire des choix et que si sa famille ne représentait pas l'un d'eux, mieux valait qu'il parte et ne revienne jamais. Elle lui avait lancé un ultimatum, et lui avait mis les voiles. Pendant longtemps, Claire, dans son cœur d'enfant, avait cru que son père s'était évaporé dans la nature simplement parce qu'il ne les aimait plus. Henriette n'avait jamais fourni d'explications sur son départ. Était-ce par manque de temps ou de courage ?

Claire avait prié sa sœur de ne pas parler de cette rencontre à leur mère. Elle voulait d'abord la questionner elle-même. L'esprit embrumé par ses tracasseries familiales, Claire s'efforçait d'être efficace au bureau. Monsieur Coulter n'en menait pas large lui non plus, signe que la querelle avec sa fille perdurait et que, par conséquent, Grace habitait toujours chez Romain. Claire constata l'état d'esprit de son patron en lui demandant de signer quelques documents. L'homme s'exécuta sans entrain.

— Comprenez-vous ça, miss Lemay, que ma fille ne veuille plus me parler ?

— Je ne sais pas quoi vous dire, monsieur.

— Grace devrait se réjouir de mon bonheur. Mais elle a quitté la maison et ne me donne aucune nouvelle.

Claire s'interrogeait. Peut-être que son patron ne savait pas que Grace s'était réfugiée chez Romain ? C'était cependant délicat de lui révéler qu'elle connaissait la cachette de sa fille. Innocemment, elle demanda :

— Vous n'avez aucune idée de l'endroit où elle se trouve ?

— Bien sûr que je le sais ! Les parents de son fiancé l'hébergent actuellement. Toutefois, cette situation ne pourra durer encore bien longtemps. Grace devra entendre raison, car je ne céderai pas cette fois ! Elle a toujours obtenu ce qu'elle désirait, mais là je refuse de me plier à ses caprices. Figurez-vous qu'elle m'a sommé de rompre mes fiançailles avec Abby. Comme si cela la regardait !

Effectivement, Grace dépassait les bornes. Voulant rassurer son patron, Claire déclara :

— Elle ne pourra pas vous en vouloir éternellement.

— Oh ! Vous ne connaissez pas ma fille ! Quand elle a une idée en tête, c'est presque impossible de la faire changer d'avis. Dites-moi, miss Lemay, êtes-vous aussi intransigeante avec votre père que Grace l'est avec moi ?

D'abord surprise, Claire opta finalement pour la franchise :

— Mon père nous a quittés alors que j'étais très jeune, monsieur. Je ne peux donc pas répondre à votre question.

— Je suis navré de l'apprendre. Il est décédé ?

— Non, il est simplement parti un beau matin sans dire où il allait. C'est notre mère qui a dû pourvoir à nos besoins, à mon frère, ma sœur et moi.

— C'est une femme courageuse. Ça n'a pas dû être facile.

— Non, monsieur. Ma mère a fait de nombreux sacrifices pour nous.

— Je n'en doute pas, Claire. C'est probablement ce qui a fait de vous une personne si conciliante.

C'était la première fois que monsieur Coulter l'appelait par son prénom. Peut-être était-ce en raison de la révélation qu'elle venait de lui faire ? Pendant sa formation professionnelle, Claire avait appris que la frontière existant entre le patron et sa secrétaire ne devait jamais être franchie. Une bonne employée devait se plier aux exigences du métier, écouter de temps à autre son supérieur s'il ressentait le besoin de s'épancher, mais elle ne devait jamais se laisser aller à lui faire des confidences. La secrétaire était entièrement dévouée au patron, jamais le contraire ! Embarrassée que monsieur Coulter en sache désormais un peu plus sur sa famille, elle reprit les documents signés. Elle s'apprêtait à sortir du bureau lorsque Greg entra en trombe sans frapper.

Il s'écria :

— On a tiré sur le président Kennedy !

***

Durant le reste de l'après-midi, chacun essaya de vaquer à ses occupations malgré la terrible nouvelle : le président Kennedy avait succombé à ses blessures. L'assassinat ébranla rapidement toute la Place Ville Marie. Même si la période du dîner était passée depuis plusieurs heures, la plupart des commis de bureau, des secrétaires, du personnel cadre et des caissières de la banque cessèrent de travailler pour discuter de l'événement. Selon certains, cela changerait la face du monde. Claire s'intéressait très peu à la politique, mais elle comprenait l'ampleur de la tragédie. Si on osait s'attaquer au président des États-Unis, qui sait ce qui pouvait arriver au reste du monde ?

Étrangement, la sonnerie des téléphones se fit rare et le cliquetis habituel des machines à écrire laissa la place aux conversations. La salle occupée par Claire et ses consœurs fut envahie par les patrons. Habituellement isolés dans leurs bureaux, les membres du personnel cadre se rassemblèrent près du seul poste de radio – déniché par Greg – pour suivre attentivement les nouvelles en provenance de Dallas. L'endroit devint rapidement enfumé, signe de la grande nervosité des auditeurs. Incapable de tolérer cette atmosphère, Claire alla prendre l'air quelques instants.

Resserrant sa veste sur elle pour se réchauffer, Claire regretta de ne pas avoir pris son manteau. L'air rafraîchissait de plus en plus, signe annonciateur d'un hiver précoce. Elle trouva Alice assise sur un banc à l'extérieur.

— Tiens, tiens ! lança cette dernière. Tu t'es sauvée toi aussi de cette ambiance macabre !

— C'est si triste, ce qui s'est passé cet après-midi.

— Bah ! Ce n'est que de la politique !

— Le président laisse quand même derrière lui une femme et deux jeunes enfants.

— En effet, c'est dur pour ceux qui restent. Mais Kennedy sera rapidement remplacé.

Alice avait raison ; personne n'était irremplaçable, pas même le président des États-Unis. Claire songea à Romain, mais très vite elle le relégua aux oubliettes. Il le fallait si elle voulait avancer. Elle avait des amies et un travail qu'elle aimait, et c'était le plus important. Pour le moment, ce qui la tracassait était l'éventuel retour de son père.

— Saurais-tu par hasard comment il faut procéder pour retrouver un chauffeur de taxi, Alice ?

Sa collègue resta interdite. Pour quelles raisons Claire voulait-elle retracer un chauffeur de taxi ?

— Je pensais que c'était les ingénieurs qui t'intéressaient, la taquina-t-elle.

— Ça n'a rien à voir, Alice.

— Tu m'intrigues.

— Ma sœur a vu notre père dans une voiture de taxi.

— Ton père ? Je pensais qu'il était parti depuis belle lurette !

— Lisette est formelle : elle l'a reconnu alors qu'elle revenait du cinéma, l'autre soir.

— Il faudrait d'abord trouver pour quelle compagnie il travaille. Ce serait un bon début. Ta mère est au courant ?

— Non, pas encore. Je préfère m'assurer qu'il s'agit bien de mon père avant de lui révéler quoi que ce soit. Je dois la protéger.

— Tu as raison ! Si ça a du bon sens, partir comme ça en laissant tout derrière !

— En fait, on ne connaît pas le fond de l'histoire. Mais je veux être certaine que Lisette ne s'est pas trompée avant d'annoncer son retour.

Un frisson parcourut l'échine de Claire.

— Et si on rentrait, Alice ? Tout le monde doit avoir repris le travail à l'heure actuelle.

— C'est encore drôle !

Les deux jeunes femmes gagnèrent le grand hall d'entrée. Claire appuya sur le bouton de l'ascenseur.

— Avez-vous réussi à trouver un logement plus grand, Muguette et toi ?

— Pas encore, car nous préférons attendre au printemps. Ce sera plus facile de déménager à ce moment. D'ici là, j'essaye de mettre de l'eau dans mon vin et de me ramasser un peu. Muguette me trouve trop traîneuse !

— C'est parfois difficile de s'adapter aux habitudes des autres. Tu n'as pas changé d'idée au sujet de ton retour chez tes parents ?

— Regagner la maison familiale représenterait un pas en arrière pour moi. C'est la même chose avec Alan ; c'est bel et bien terminé avec lui. Une fois que j'ai tourné la page, tout est réglé pour moi.

— C'est parfois difficile de tourner la page…

Le « ding » de l'ascenseur fit sursauter Claire. Elle s'engouffra dans la cabine en compagnie d'Alice.

— Effectivement, c'est difficile, Claire. Mais quelquefois, pour être heureux, on n'a pas le choix.

Claire détourna le regard. C'était dur pour elle de cesser de penser à Romain…

— Tu sais, au sujet de Romain, c'est probablement mieux comme ça, déclara Alice.

— Que veux-tu dire ?

Les portes de l'ascenseur venaient de s'ouvrir. Les deux amies se faufilèrent sur le palier. Réalisant qu'elle venait de commettre une gaffe, Alice expliqua :

— En fait, cette histoire était vouée à l'échec depuis le début. Il était incapable de choisir entre Grace et toi. Tu as bien fait de lui signifier que tu en avais marre, de cette attente interminable !

Alice en savait beaucoup trop. Muguette lui avait tout raconté ; elle était la seule à qui Claire s'était confiée. Furieuse, Claire plaqua ses mains sur ses hanches. Alice ne savait pas comment se tirer d'affaire.

— Il ne faut pas en vouloir à Muguette. Elle croyait bien faire en me révélant tes soucis. Elle essayait de trouver comment te remonter le moral.

— Et qui d'autre est au courant ?

— Seulement moi. À qui voudrais-tu qu'elle en ait parlé ?

Claire espérait qu'Alice disait vrai. Mais à quoi bon se fâcher contre Muguette ? Cette dernière cherchait seulement conseil auprès d'Alice. De toute façon, son histoire avec Romain s'était terminée avant même d'avoir commencé…

***

Une fois passée l'onde de choc de l'assassinat du président Kennedy, la vie reprit son cours. Les jours après cette tragédie, les émissions spéciales – tant à la télévision qu'à la radio – chambardèrent la programmation habituelle. Les conversations étaient, elles aussi, perturbées. Tout cela accommodait bien Claire qui pouvait ainsi reléguer au second plan ses pensées toujours dirigées vers Romain. La jeune femme tentait de se convaincre qu'elle avait pris la meilleure décision, mais le doute subsistait.

Claire savait que Grace habitait toujours chez les Lacoste puisque monsieur Coulter – qui ignorait à quel point ces nouvelles la perturbaient – la tenait au courant des derniers développements concernant sa fille. Claire avait souvent l'impression d'être un personnage de vaudeville. Elle écoutait les propos de son patron en silence, essayant de se dissocier des sentiments qui l'habitaient chaque fois que le prénom de Romain surgissait dans la conversation. Les choses ne s'étaient pas réglées entre le père et sa fille. Claire refusait absolument de s'en mêler. Elle laissait monsieur Coulter parler tout en demeurant impassible. Cependant, une des confidences l'ébranla :

— Je ne doute pas de Romain ; je sais qu'il est un honnête homme et qu'il ferait l'impossible pour rendre Grace heureuse. Cependant, je dois reconnaître que ma fille a été beaucoup trop gâtée. Sa mère lui manquait tellement, alors j'ai voulu compenser en lui donnant tout, sans jamais rien lui refuser. J'en paye le prix aujourd'hui. Grace est égoïste et je doute que le pauvre Romain puisse demeurer longtemps avec une femme qui ne lui rendra pas tout l'amour qu'il lui porte. C'est terrible de penser ça de sa propre fille, mais je me demande parfois si un homme sera capable de la supporter.

— Grace est une jeune femme bien, monsieur, s'était-elle entendue lui répondre.

— Je le sais, miss Lemay. Seulement, je regrette parfois d'avoir passé trop de temps au bureau. Grace a été élevée principalement par une nounou. Je n'ai jamais été présent comme figure d'autorité.

La vie était parfois étrange. Claire s'était toujours sentie aux antipodes de Grace, qui provenait d'un milieu fort différent du sien. Cependant, toutes deux avaient un point en commun :

elles avaient grandi sans la présence rassurante d'un père. Les désirs de la jeune femme avaient toujours été exaucés, et pourtant elle aussi avait souffert de l'absence d'un modèle paternel. Songeuse, Claire avait ressenti de la compassion pour sa rivale.

Claire s'estimait privilégiée de recevoir ainsi les confidences de son patron. Cependant, elle ne savait quoi répondre lorsqu'il semblait solliciter un conseil. Lorsqu'il lui avait fait part de ses inquiétudes au sujet de Romain, Claire n'avait pas réagi. Pourtant, son imagination s'était emballée. Peut-être que Grace se rendrait-elle compte que Romain n'était pas fait pour elle ? Claire s'était juré de passer à autre chose, mais cette idée lui redonna un peu d'espoir. Parfois, elle avait du mal à comprendre jusqu'où allait son rôle de secrétaire. Une chose était certaine : en écoutant monsieur Coulter, elle veillait à son bien-être !

***

Claire se demandait encore comment elle avait abouti dans ce bar de la rue Saint-Denis. Alice avait beaucoup insisté pour qu'elle s'implique dans le comité de la fête de Noël. L'an dernier, il n'y avait eu aucune activité parce que personne n'avait voulu participer, mais il en irait autrement cette année, Alice y verrait ! La jeune femme avait promis à Claire de l'épauler dans ses recherches auprès des compagnies de taxi, à la condition qu'elle l'aide à trouver un endroit où célébrer entre copains.

Claire avait déniché un bar dans la rue Saint-Denis où il était exclu que des musiciens se produisent – Alice ne pouvait supporter l'idée de se retrouver en présence d'Alan. François s'était également joint au comité. Claire soupçonnait le jeune homme de s'être impliqué dans le but de se rapprocher d'Alice, et elle approuvait cette stratégie. Son amie avait besoin de distractions – tout comme elle, d'ailleurs. Claire n'avait pas vraiment le cœur à la fête, mais elle faisait des efforts.

Assise à une table, Claire observait les couples qui l'entouraient. Muguette était en bonne compagnie, assise à côté de Clermont. Marthe discutait avec Greg et François. Le manque de subtilité de la réceptionniste amusait Claire : elle riait à gorge déployée à chaque intervention de Greg. Collée sur son Raymond, Cécile profitait pleinement de cette sortie. Alice, qui avait juré qu'elle ne viendrait pas accompagnée, parlait avec un des commis de bureau du Service à la clientèle.

Claire se retrouvait toute seule devant son martini, en se demandant ce qu'elle attendait pour rentrer à la maison. Elle avait rempli son mandat auprès d'Alice en ce qui concernait l'organisation de cette soirée. Pour sa part, Alice lui avait fourni la liste des compagnies de taxi qui desservaient le territoire montréalais. Elle pourrait débuter ses recherches pour retrouver son père, si c'était bien lui que Lisette avait vu.

Claire s'apprêtait à partir lorsqu'elle aperçut Laurent qui venait d'entrer dans le bar. Il semblait chercher quelqu'un. Claire lui fit signe. Le visage du jeune homme s'illumina d'un grand sourire.

— J'allais partir, Laurent, lui annonça-t-elle après qu'il l'eut rejointe.

— Je peux te raccompagner ?

Claire regarda dans la direction d'Alice. Celle-ci était encore en grande discussion avec le commis de bureau. Muguette s'amusait avec Clermont, et Cécile et son mari dansaient. Personne ne lui prêtait la moindre attention. Claire désigna une chaise près de la sienne.

— Puisque tu es là, je vais boire un dernier verre avec toi.

Laurent fit signe au serveur. Il commanda un martini, lui aussi.

— Je suis heureux que tu sois encore ici.

— C'est ma mère qui t'a dit où me trouver ?

— Non, c'est Lisette. Elle avait peur que sa grande sœur s'ennuie. Elle m'a appris que tu prenais part à une soirée de Noël.

Il lui fit un clin d'œil. Claire n'en revenait pas. Encore une fois, Lisette s'était mêlée des affaires des autres !

— Elle n'a pas voulu mal faire, Claire.

— Je le sais, mais elle dépasse les bornes souvent !

— Préfères-tu que je parte ?

Laurent la regardait, l'air incertain. Claire secoua la tête. Un silence gêné s'installa entre les deux amis. Le serveur leur apporta leurs consommations. Laurent régla la note avant même que Claire ait le temps de réagir.

— Je te l'offre, dit Laurent.

— Merci ! C'est gentil à toi.

Laurent avala une gorgée de martini. Puis, la mine sérieuse, il regarda Claire.

— J'ai longuement discuté avec Lisette.

«À quel propos?» s'inquiéta aussitôt Claire. Qu'est-ce que cette commère pouvait bien avoir raconté? Laurent l'éclaira rapidement.

— Elle m'a parlé de sa rencontre avec votre père.

Claire poussa un soupir de soulagement. Pendant quelques instants, elle avait cru que sa sœur avait tout déballé à propos de Romain.

— Elle m'a dit que tu lui avais demandé de ne pas en parler à votre mère. Que comptes-tu faire avec cette information, Claire?

— Je veux d'abord m'assurer qu'il s'agit bien de lui. Alice a établi une liste recensant les numéros de téléphone de toutes les compagnies de taxi. Je compte commencer par là. Ensuite, j'aviserai.

— Penses-tu qu'il s'agit vraiment de ton père?

— Je l'ignore. Nous n'avons jamais su où il est allé après son départ. Ma mère ne nous a rien dit. Nous avons supposé qu'il avait quitté la ville.

— As-tu besoin d'aide pour le chercher?

— Si tu te proposes, je ne refuserai pas!

Claire fouilla dans son sac à main. Elle remit la liste à Laurent, qui la parcourut rapidement des yeux.

— On pourrait la séparer en deux pour faire les téléphones, ça irait plus vite. Qu'en penses-tu?

— C'est une excellente idée. Je ne sais pas trop où ces informations vont nous mener, mais c'est tout de même un début. Après, je déciderai si j'en parle à ma mère.

— C'est plus sage. Il vaut mieux ne pas créer de faux espoirs.

— Je ne pense pas que ma mère espère réellement le retour de mon père.

Henriette s'était toujours montrée discrète en ce qui concernait Alphonse. Claire commençait à penser que sa mère avait su pendant toutes ces années qu'il était dans les parages et qu'elle avait refusé qu'il revienne à la maison. En le retrouvant, Claire souhaitait faire la lumière sur cette période sombre de la vie de sa famille. Laurent fixait son verre. Claire connaissait suffisamment son ami pour savoir qu'il s'apprêtait à lui dire quelque chose, mais qu'il ne savait pas comment aborder le sujet.

Laurent se racla la gorge avant de plonger :

— Lisette m'a aussi parlé de cet ingénieur, Romain…

Claire s'adossa à sa chaise. Jamais plus elle ne se confierait à cette bavarde ! De quel droit avait-elle rapporté à Laurent ses confidences ? Claire pinça les lèvres et croisa les bras. Devant sa réaction, Laurent se sentit obligé de défendre Lisette :

— Tu ne dois pas lui en vouloir, Claire. Ta sœur s'inquiète pour toi.

— Pourquoi ?

— Elle ne sait pas comment te consoler de ta peine. Elle m'a demandé conseil.

« Elle n'a pas cherché bien loin ! Elle s'est adressée à Laurent, qui voulait m'épouser ! » pesta intérieurement Claire.

— Je m'en suis remise, figure-toi donc. Lisette n'a plus à s'inquiéter de mon sort. Tu pourras le lui dire la prochaine fois que vous parlerez de moi !

— Ne te fâche pas, je t'en prie.

Claire fulminait. Elle avait toujours détesté que les gens se mêlent de ses affaires, et encore plus quand il s'agissait de cette commère ! Laurent essaya de la calmer :

— Je te jure que Lisette voulait bien faire.

— Elle veut toujours bien faire en s'immisçant dans la vie des autres !

— C'était sérieux, vous deux ?

— Pourquoi veux-tu savoir ça ?

Laurent avala le reste de son verre. Comment lui apprendre qu'il s'était presque réjoui de cette rupture ?

— Je ne supporte pas que quelqu'un te fasse souffrir, Claire.

— Romain n'a rien fait d'autre que de me donner de faux espoirs, si tu veux tout savoir. En vérité, je n'ai pas envie de discuter de ça avec toi.

— Je comprends. Je veux juste que tu saches que je suis là.

Laurent posa sa main sur la sienne. Il était là, en effet, alors que Romain se trouvait probablement avec Grace. Cette idée chavira Claire. Elle regarda son compagnon droit dans les yeux.

— Je ne veux pas que tu t'imagines quoi que ce soit, Laurent.

— Je suis là en ami, tout simplement.

Claire s'apprêtait à parler lorsque Alice vint s'asseoir près d'elle.

— Ouf ! Bon débarras ! Je vous dérange, tous les deux ?

Alice s'aperçut que la main de Laurent reposait sur celle de Claire. Cette dernière retira doucement la sienne.

— Non, tu ne nous déranges pas, répondit Claire. Laurent est passé au bar et m'a trouvée esseulée, après que tu as décidé de m'abandonner pour jaser avec un commis de bureau ! blagua-t-elle.

— Il était gentil au début, mais beaucoup trop insistant par la suite. Je me suis sauvée !

— Il semble te chercher…

Claire indiqua du menton le jeune homme, visiblement en quête d'Alice. Cette dernière se rapprocha de Laurent et posa la tête sur son épaule. Stupéfait, l'épicier resta figé jusqu'à ce que le commis de bureau surgisse tout près. Puis il entoura la taille d'Alice et l'attira contre lui.

— Maintenant, je comprends pourquoi tu t'es sauvée, Alice ! dit le nouvel arrivant.

— Serge ! s'écria Alice. Laisse-moi te présenter Laurent, mon fiancé. Il m'a fait la surprise de se libérer afin de venir terminer la soirée avec moi. Tu connais déjà Claire Lemay, je crois ?

Serge salua Claire d'un signe de tête avant de jeter un regard chargé d'animosité à Laurent. Il serra la main tendue avant de s'éclipser rapidement. Alice poussa un soupir de soulagement. Une fois l'opportun hors de vue, Laurent retira son bras de la taille d'Alice.

— Merci, Laurent ! dit la jeune femme. Je te revaudrai ça ! Celui-là devrait me laisser tranquille au bureau !

— N'importe quand, ma belle Alice ! Je suis un homme galant !

Claire se leva.

— Est-ce que je peux te voler ton galant fiancé, Alice, afin qu'il me raccompagne à la maison ?

* * *

Les recherches pour retrouver Alphonse s'avérèrent infructueuses. Claire et Laurent avaient téléphoné à toutes les compagnies de taxi, sans succès. La jeune femme se disait que Lisette s'était trompée en croyant reconnaître leur père.

Laurent émit une autre hypothèse :

— Ton père a probablement changé de nom quand il s'est fait engager comme chauffeur, Claire. Ce serait beaucoup trop facile de le retracer s'il travaillait sous son vrai nom.

— C'est une possibilité, répondit-elle.

Ils étaient installés dans le salon. Dans la cuisine, Henriette s'affairait aux derniers préparatifs du réveillon avec l'aide de

Lisette. Denis était allé chercher Renée. Claire et Laurent discutaient en catimini, par peur de se faire surprendre par Henriette.

— Il est parti sans laisser d'adresse, Claire. Il voulait probablement refaire sa vie.

— Si, comme je le pense, ma mère s'est débarrassée de lui, il n'avait pas besoin de changer de nom.

— Tu as peut-être raison. Aussi, nous ne devons pas écarter l'éventualité que Lisette l'ait confondu avec quelqu'un qui lui ressemblait.

— Plus j'y pense, Laurent, plus je me dis que ça ne sert à rien de faire toutes ces recherches. À quoi bon ? Qu'est-ce que ça changerait à notre vie de le retrouver après toutes ces années ?

Claire avait beaucoup réfléchi. Jamais elle ne pourrait reprendre le temps perdu avec ce père absent. Denis était devenu un homme et il se marierait bientôt. Elle-même avait réussi dans la vie. Lisette n'avait pas trop mal tourné non plus, même si Claire la trouvait encore immature. Henriette avait fait vivre ses enfants pendant toutes ces années. Non, le retour d'Alphonse n'apporterait pas grand-chose à la famille.

— Je pense qu'on devrait cesser de chercher, Laurent. On a déjà perdu trop de temps là-dessus. Concentrons-nous plutôt sur le moment présent. Tu comptes revêtir ton costume de père Noël cette année encore ?

— De quoi parles-tu ?

— Tu sais, le costume que tu portais l'an dernier ? La fausse barbe, l'oreiller pour te rendre ventru et te donner chaud comme c'est pas possible ?

— Je ne sais vraiment pas de quoi tu parles !

Laurent fit un clin d'œil à Claire avant d'éclater de rire. Quelques instants plus tard, il reprit son sérieux.

— Une chose est certaine : je ne ferai pas un fou de moi en te demandant en mariage. Je sais à quoi m'en tenir cette année !

Claire pinça les lèvres. Mais devant la mine taquine de Laurent, elle éclata de rire à son tour.

— Une noce par année, c'est bien assez ! Je ne voudrais pas voler la vedette à Denis et Renée.

— Un mariage double ne te tenterait pas, Claire ?

Elle le frappa du revers de la main.

— Je ne suis pas prête. Et puis je suis une célibataire heureuse !

Ce n'était pas tout à fait vrai. Quelques jours auparavant, Claire avait appris que Grace avait finalement pardonné à son père. Toutefois, la jeune femme n'avait pas encore réintégré la résidence familiale. Claire s'efforçait de balayer Romain et sa fiancée de ses pensées, mais sans trop y parvenir.

— On verra bien pour le costume ! lança Laurent. Alice et Muguette sont-elles invitées au réveillon ?

— Oui. Ma mère tenait à ce qu'elles soient là. Cependant, pour Muguette, rien n'est encore certain. Clermont l'a invitée, lui aussi, alors le cœur de mon amie balance. Pour Alice, c'est confirmé. Elle n'a aucune envie de fêter Noël chez ses parents.

— Elle ne voulait pas célébrer avec Serge ?

Claire pouffa en repensant au pauvre commis de bureau éconduit par Laurent.

— Depuis cette soirée, nous avons croisé Serge à quelques reprises au bureau. Il n'a pas osé adresser la parole à Alice. Tu l'as tirée d'une mauvais pas, celle-là !

— Je suis toujours prêt lorsqu'il s'agit de secourir une demoiselle en détresse. Tu devrais le savoir !

Oui, elle le savait ! Laurent était toujours là quand elle avait besoin de lui. Elle le remercia encore une fois pour les recherches qu'il avait faites afin de retrouver Alphonse.

— Nous ferions mieux d'aller rejoindre ma mère ; sinon elle va se douter que nous complotons. Tu la connais !

— Effectivement, rien n'échappe à Henriette ! Et puis j'ai un costume de père Noël à enfiler, moi !

* * *

Le repas était terminé depuis un moment déjà. Tout le monde s'était retiré dans le salon pour prendre un digestif et s'offrir quelques présents. Muguette était venue sans Clermont. Lorsque Claire l'avait questionnée, sa compagne avait simplement répondu qu'elle n'était pas prête pour un « réveillon officiel » dans la famille de son prétendant. Alice s'était moquée d'elle, prétextant qu'à ce rythme-là elle ne le serait jamais. Mais Claire l'avait gentiment sermonnée :

— Alice, Muguette fêtera avec Clermont et les siens quand elle sera prête, et pas avant. Nous ne sommes pas là pour décider à sa place ou lui dire quoi faire.

— En tout cas, tu as beaucoup de chance que Clermont soit aussi patient.

— Je le sais, Alice. Mais j'ai pour mon dire que, s'il m'aime vraiment, il va m'attendre.

Claire détourna le regard. La dernière phrase de Muguette ne la visait pas, mais cela l'avait ébranlée. Romain lui avait demandé du temps et elle n'avait pas été en mesure de lui en donner davantage. Il était maintenant trop tard.

La jeune femme reporta son attention sur sa mère. Henriette portait fièrement le cadeau que Denis lui avait offert, soit un magnifique collier de perles. Peu habituée à ce genre de présents, elle vérifiait constamment si le bijou se trouvait encore à son cou. Assise près de Renée, Lisette paraissait nerveuse; elle regardait constamment l'heure sur la pendule du salon. Pourtant, Laurent n'avait pas quitté précipitamment les lieux comme il l'avait fait l'an dernier. Claire allait recommander à sa sœur de se calmer, car le père Noël ne passerait pas cette année, lorsque la sonnette de la porte retentit. Lisette se précipita pour aller ouvrir. Les conversations s'arrêtèrent net et les regards se tournèrent vers Laurent. Ce dernier haussa les épaules.

— Il semble que quelqu'un d'autre ait pris ma place cette année!

En bon chef de famille, Denis se leva pour aller voir qui venait les déranger en plein réveillon. Il se rassit lorsque Lisette revint au salon en compagnie d'un homme qu'il reconnut sur-le-champ, malgré le temps écoulé. Le reste de la scène se déroula comme au ralenti: Denis serra les poings, Henriette porta la main à son cœur, Claire saisit machinalement la main de Laurent. Les autres invités demeurèrent silencieux, dans l'attente qu'un membre de la famille Lemay fournisse des explications.

Lisette s'écria joyeusement :

— Surprise, tout le monde ! Papa est de retour pour Noël !

15

Alphonse Lemay ne fut pas accueilli comme Lisette l'avait espéré. Seule Henriette réagit après avoir surmonté le choc de ces retrouvailles organisées – et imposées – par sa benjamine. Elle l'invita à s'asseoir au salon et demanda à Denis de lui servir à boire. Réticent, le fils s'exécuta en contenant sa rage. Seule Lisette ne semblait pas se rendre compte de l'embarras qu'elle avait créé en invitant Alphonse à l'insu de tous.

Le nouveau venu resta muet, visiblement embarrassé. Il but son verre en affichant une mine impassible. Le malaise était beaucoup trop pesant pour que quiconque trouve du plaisir à ces retrouvailles. Renée, Muguette, Alice et Laurent observaient la scène en silence. Tandis que Claire et Denis cherchaient à reprendre le dessus, Lisette essayait de faire la conversation – sans grand succès. Après plusieurs minutes de silence, Alphonse se leva. Il souhaita bonne soirée à tout le monde et s'éclipsa aussitôt.

Les convives ne tardèrent pas à quitter les lieux à leur tour, jugeant préférable de laisser les membres de la famille Lemay encaisser entre eux le choc de cette réunion inattendue. Après leur départ, Denis affronta Lisette.

— Qu'est-ce qui t'a pris de l'inviter à la maison? À quoi as-tu pensé, pour l'amour?

Claire défendit sa sœur, même si elle en désapprouvait l'action. Devant les récriminations de son frère, la jeune fille éclata en sanglots. Elle se précipita dans sa chambre et claqua la porte. Dépassée par les événements, Henriette se laissa tomber dans un fauteuil. Denis faisait les cent pas dans le salon, essayant de comprendre ce qui avait passé par la tête de Lisette.

— Elle a voulu bien faire, Denis, tenta de raisonner Claire. Il ne faut pas lui en vouloir.

— Elle n'a pas pensé une seconde qu'elle causerait une grande peine à maman. Ce lâche est parti en nous laissant nous débrouiller, sans même s'inquiéter de notre sort.

— Notre sœur n'a pas les mêmes souvenirs que nous en ce qui concerne papa. C'est normal qu'elle désire le retrouver.

— Peut-être. Mais de là à nous imposer sa présence, il y a une marge ! Le soir de Noël, en plus ! Et devant tout le monde ! Que va penser Renée de tout ça, tu crois ?

— Renée va comprendre qu'une jeune fille de dix-sept ans a cru bien faire, Denis.

— Je n'en reviens pas ! Et lui qui se tenait là, fier d'être de retour à la maison ! L'hypocrite !

Muette depuis le départ d'Alphonse, Henriette intervint :

— Arrête, s'il te plaît, Denis ! Claire a raison : Lisette croyait agir correctement en invitant Alphonse.

— Ne l'excusez pas, maman ! Comme d'habitude, elle n'a pas réfléchi aux conséquences de ses actes. Elle a commis un affront à votre égard. Et que dire de lui, qui revient comme le messie !

— Denis, tais-toi ! Vous ne connaissez pas toute l'histoire, tes sœurs et toi.

Henriette avait haussé le ton pour signifier à son fils qu'elle ne tolérerait plus ses propos. Attendant des explications, Claire s'approcha de sa mère qui tremblait.

— Votre père n'est pas parti de lui-même, reprit-elle. C'est moi qui lui ai demandé de quitter la maison.

— Que voulez-vous dire, maman ? lança Denis qui, sous le regard chargé de reproches de Claire, en resta là.

Henriette se passa la main dans le visage avant d'entreprendre son récit :

— Vous étiez trop jeunes pour vous en apercevoir, ce qui était une très bonne chose. Votre père a toujours été porté sur la boisson. Oh ! Il se contrôlait en notre présence, et il n'a jamais été violent envers vous et moi. Mais son vice l'empêchait de conserver ses emplois. Votre père aimait également jouer, surtout aux cartes. Au début, les choses allaient bien. Il gagnait plus qu'il ne perdait, mais la chance a tourné. Alors, rapidement, il a accumulé des dettes de jeu importantes. Ses créanciers venaient lui réclamer leur dû à toute heure du jour et de la nuit. J'en avais assez et je craignais pour votre sécurité. Je l'ai obligé à partir. C'est la seule façon que j'ai trouvée pour protéger ma famille.

Elle essuya les larmes qui inondaient ses joues. Claire tendit un mouchoir à sa mère et posa sa main sur son bras en signe d'encouragement pour qu'elle continue son histoire.

— Durant toutes ces années, Alphonse s'est tenu loin, comme je le lui avais demandé. Il n'est pas entré en contact avec moi, à l'exception des quelques fois où il m'a fait parvenir un peu d'argent pour m'aider. Ce n'est pas lui qui nous a quittés lâchement, Denis. C'est moi qui l'ai chassé de la maison.

Planté devant sa mère, Denis la dévisageait. De toute sa vie, jamais il n'avait imaginé cette possibilité, ayant toujours jeté le blâme sur son père. Claire saisit la main d'Henriette. Elle non plus n'aurait jamais deviné que la séparation de ses parents s'était passée de cette façon. Denis alla prendre place dans un fauteuil en retrait. Il se mit à réfléchir aux propos de sa mère. Henriette laissa libre cours à son chagrin trop longtemps retenu. Le temps n'était pas aux reproches, alors Claire la consola.

* * *

Le temps des fêtes avait été plutôt triste pour la famille Lemay. Claire n'avait pas hésité à accepter l'invitation de ses amies à célébrer le Nouvel An avec elles. Vivement l'arrivée de la nouvelle année ! Claire avait repris les rênes au bureau, heureuse de retrouver ses consœurs, et surtout soulagée de quitter l'atmosphère pesante de la maison. Lisette ne parlait plus à personne. Et Denis ne lui pardonnerait pas de sitôt. Henriette tentait en vain de rétablir la paix entre ses enfants, tout en essayant de se faire pardonner toutes les années de privations qu'elle leur avait imposées pour leur tranquillité et leur sécurité.

Claire n'en voulait pas à sa mère. Toutefois, elle parvenait difficilement à accepter qu'Henriette leur ait laissé croire qu'Alphonse était parti de son plein gré. Elle s'était sentie coupable pendant longtemps, cherchant ce qu'elle avait pu faire pour encourir le rejet de ce père qu'elle n'avait pas eu la chance de bien connaître. Elle avait discuté longuement avec Laurent de la situation. Il lui avait recommandé de pardonner à sa mère, qui avait agi pour le mieux pour sa famille. Après son départ, Alphonse Lemay avait disparu de Montréal pendant plusieurs années. Puis il était revenu s'installer en ville, travaillant comme chauffeur de taxi sous une autre identité : Henri Fortier. En apprenant le nom d'emprunt de son père, Claire avait compris qu'il n'était jamais resté bien loin de la famille, car Fortier était le nom de jeune fille d'Henriette.

Denis finirait sûrement par pardonner à Lisette. Mais le connaissant, Claire savait qu'il lui faudrait du temps pour encaisser le choc. Bientôt, il laisserait de côté cette histoire afin de préparer son mariage, qui aurait lieu à l'été. À ce sujet, il avait annoncé à sa mère qu'il avait trouvé une maison à vendre à quelques rues du logement de la rue du Couvent et que son offre d'achat avait été acceptée. Renée avait tenu à rassurer sa future belle-mère ; elle serait heureuse qu'Henriette s'installe avec eux deux, de même que Lisette et Claire. Henriette avait retrouvé sa bonne humeur et rêvait du jour où elle emménagerait dans la maison de Denis. Lisette demeurait distante avec sa famille. La jeune fille se confiait occasionnellement à Laurent, auprès de qui Claire prenait des nouvelles de sa sœur. C'était à peine si Lisette lui adressait la parole quand elles se trouvaient dans leur chambre. Lisette lui reprochait – sans fondement – « d'être du bord » de Denis. Prise entre l'arbre et l'écorce, Claire essayait de faire la part des choses.

Claire se démenait au travail, afin d'oublier ses problèmes familiaux. Elle se réjouissait de passer du temps avec Muguette et Alice lors des pauses ou pendant les heures de lunch.

— Vas-tu reprendre contact avec ton père ? lui demanda Muguette durant la pause-café.

— Je ne sais pas encore, répondit Claire. Je n'y ai pas vraiment réfléchi. Les rares fois où Lisette m'a adressé la parole, elle m'a dit qu'il aimerait beaucoup que nous discutions, tous les deux. J'aurais l'impression de trahir ma mère si je le revoyais, même si j'estime qu'il a droit à une seconde chance, lui aussi.

— Laisse retomber la poussière. L'hiver finira par finir et le printemps ne tardera pas à se pointer ! D'ailleurs, à ce sujet, Alice m'a dit que ton frère t'avait offert de t'installer avec Renée et lui dans leur nouvelle maison après leur mariage.

— Oui. À ce qu'il paraît, la résidence est suffisamment grande pour nous accueillir toutes les trois. Ma mère est enchantée. Mais on ignore ce qu'en pense Lisette, car elle continue de nous éviter.

— Et toi ?

— Quoi, moi ?

— Comment te sens-tu face à ce déménagement ?

— Je considère que c'est une bonne façon de tourner la page sur cette fin d'année désastreuse. Nous avons vécu de bons moments, rue du Couvent, mais un changement fera le plus grand bien à ma mère. Elle a même promis à Denis de travailler moins, de prendre un peu plus de temps pour elle.

Alice poussa Muguette du coude et lui lança une œillade désespérée. Intriguée, Claire se demandait ce que cela signifiait. Muguette jeta un regard impatient à Alice avant de déclarer :

— Alice et moi avons cherché un nouveau logement. Ce n'est pas facile. Tout ce que nous trouvons d'assez spacieux pour nous ne cadre pas du tout dans notre budget.

Elle tournait beaucoup trop autour du pot. Alice décida de prendre les choses en main.

— Ce que Muguette essaye de te dire, c'est que nous aimerions que tu emménages avec nous. L'appartement que nous avons trouvé est tout simplement magnifique ! Nous aurions chacune notre chambre, il y a un grand salon lumineux et une belle cuisine. C'est un endroit de rêve pour trois secrétaires comme nous !

— Vous voudriez que je m'installe avec vous ?

— Oui ! confirma Muguette. On serait si bien, toutes les trois ensemble !

Claire ne s'attendait pas à une telle proposition. À vrai dire, elle ne voulait pas s'imposer chez son frère. Muguette et Alice lui donnaient la chance de voler de ses propres ailes. Mais elle hésitait à accepter l'offre de ses amies.

Muguette lui dit :

— Avant de prendre une décision, viens visiter l'appartement avec nous. Tu te feras une meilleure idée. On a tout calculé, Alice et moi. Avec nos trois salaires, nous avons amplement les moyens de louer ce logement.

— Dis oui ! lança Alice sur un ton suppliant.

— D'accord ! dit Claire. Prenez rendez-vous pour une visite. J'irai voir le logement avec vous avant de vous donner ma réponse.

— Merveilleux ! s'écria Alice en battant des mains comme une petite fille.

Après avoir regardé l'horloge, les trois copines s'aperçurent qu'il était temps de retourner au bureau. En chemin, elles élaborèrent plusieurs projets.

***

En sortant de la Place Ville Marie, après sa journée de travail, Claire se retrouva face à Laurent. Il l'attendait dans le hall d'entrée de la banque.

— J'avais peur de t'avoir manquée, déclara-t-il. Ça te dérange si nous rentrons à pied ? Je voudrais te parler de quelque chose.

— Pas du tout, car il fait beau aujourd'hui. C'est encourageant : les journées rallongent et se réchauffent. Le printemps se pointe enfin à l'horizon.

Comme pour contredire ses propos, une bourrasque souffla, ce qui força Claire à relever le collet de son manteau.

— J'ai vraiment hâte d'avoir les moyens de m'acheter une automobile au lieu de devoir toujours emprunter celle de mon associé. Je pourrais venir te chercher quand tu finis de travailler.

— Je m'accommode très bien de l'autobus, Laurent.

— Et moi qui te force à marcher pour prendre l'air, par une journée pareille ! Préfères-tu que je hèle un taxi ?

— Non, ça va aller.

Laurent sourit.

— On ne sait jamais. On pourrait tomber sur celui de ton père…

— On va laisser faire, si tu veux bien !

— As-tu eu de ses nouvelles ?

— Non, et je ne cherche pas à en avoir.

— Je comprends.

Pendant quelques minutes, ils marchèrent sans parler parmi les gens qui venaient de terminer leur quart de travail. Laurent brisa le silence.

— Ce que j'ai à te dire est délicat. Et je ne veux surtout pas que tu te fâches contre ta sœur.

— Qu'est-ce qu'elle a encore fait ? s'exclama Claire, qui regretta immédiatement son emportement.

— Depuis quelques semaines, j'ai remarqué qu'il manque toujours un peu d'argent dans la caisse en fin de journée. Oh ! Il s'agit seulement de quelques billets.

— Et tu penses qu'il pourrait s'agir de Lisette ?

— Nous sommes les seuls à utiliser la caisse, elle et moi.

Claire s'immobilisa. Cette nouvelle la gênait terriblement.

— Ta sœur a vécu des semaines pénibles depuis le réveillon. Elle a beaucoup de difficulté à accepter le fait que Denis soit encore en colère contre elle. Elle m'inquiète un peu, je le reconnais.

— Combien a-t-elle pris dans la caisse, Laurent ?

— Cela ne représente pas un gros montant. Je peux éponger la dette sans problème, ne t'en fais pas. C'est seulement que j'essaye de comprendre les raisons qui la poussent à subtiliser de l'argent.

Claire avait recommencé à marcher, tâchait de calmer la colère qui grondait en elle. Lisette avait toujours agi sans réfléchir aux conséquences de ses actes.

— Peut-être que tu pourrais tenter de savoir ce qu'elle a fait de cet argent, Claire ? Je ne veux rien brusquer et encore moins la congédier. Lisette travaille bien. Et puis je vous considère comme des membres de ma famille.

— Où est-elle en ce moment ?

— Elle m'a dit qu'elle s'occuperait de fermer l'épicerie à ma place. J'ai prétexté avoir un rendez-vous important. Après, elle rentrera à la maison.

— Je vais m'en occuper, Laurent. Merci de m'avoir informée, et surtout de te montrer si indulgent envers elle.

— Ne sois pas trop dure avec elle, Claire. L'histoire avec votre père l'a beaucoup perturbée.

La jeune femme le lui promit, tout en sachant qu'elle devrait fournir un effort considérable pour se maîtriser devant Lisette. Laurent la raccompagna jusqu'au logement de la rue du Couvent. Il l'embrassa sur la joue avant de filer chez lui. Claire prit une profonde respiration avant de monter chez elle. En entrant, elle sut que quelque chose n'allait pas. Denis s'efforçait de calmer Henriette, qui était dans tous ses états.

Devant le regard interrogateur de Claire, Denis expliqua :

— Lisette est partie ! Maman a trouvé ce mot sur le bureau dans votre chambre.

Il tendit un bout de papier à Claire. Elle lut rapidement le message.

Maman,

J'espère que vous me pardonnerez. Je n'en peux plus des remontrances de Denis concernant papa. Tout ce que je voulais, c'était réunir la famille. Ne vous inquiétez pas ; je vais rejoindre Mario. Dès que je serai installée là-bas, je communiquerai avec vous. Dites à Laurent que je regrette de partir ainsi et que, lorsque je le pourrai, je lui rembourserai ce que je lui ai pris.

Je vous aime !

Lisette

Claire replia la lettre. Henriette cria à ses enfants :

— Il faut faire quelque chose ! Ramenez-la-moi, pour l'amour !

Remerciements

À toute l'équipe des Éditeurs réunis, vous faites du bon boulot!

À Brigitte et Vicky qui me relisent et me corrigent dans des délais serrés, ainsi qu'à Nicole pour son coup de pouce!

À mes lecteurs et lectrices, vous me donnez des ailes pour écrire encore et encore!

À ma famille qui est derrière moi et qui me pousse à aller plus loin!

Merci!

MARQUIS
Québec, Canada